D. A. LEMOYNE
dalemoynewriter@gmail.com
Copyright © 2021 por D. A. Lemoyne

Título Original: Um Bebê Para o Italiano
Primeira Edição 2021
Carolina do Norte - EUA

Autora: D. A. Lemoyne
Capa: Jaque Summer
Revisão: Dani Smith Books
Revisão: Walter Bezerra Cavalcanti
Diagramação: VM Diagramações

Todos os direitos reservados. Nenhuma parte desta publicação pode ser reproduzida, distribuída ou transmitida por qualquer forma ou por qualquer meio, incluindo fotocópia, gravação ou outros métodos eletrônicos ou mecânicos, sem a prévia autorização por escrito da autora, exceto no caso de breves citações incluídas em revisões críticas e alguns outros usos não-comerciais permitidos pela lei de direitos autorais.

Este é um trabalho de ficção. Nomes, personagens, lugares, negócios, eventos e incidentes são produtos da imaginação da autora ou usados de forma fictícia. Qualquer semelhança com pessoas reais, vivas ou mortas, ou eventos reais é mera coincidência.

UM BEBÊ PARA O Italiano

SÉRIE FEITIÇO ITALIANO | LIVRO 1
D. A. LEMOYNE

— O amor é para os tolos? Eu li isso em algum lugar — minha irmã diz.

— Não acho. Essa é uma citação amarga. Na verdade, acredito que o amor é para os fortes. Precisa de muita coragem para se expor e se tornar tão vulnerável a outro ser humano.

Luna Cox
(Um Bebê Para o Italiano)

Atenção: pode conter gatilhos.

Aviso: *Um Bebê Para o Italiano*, livro que deu origem à série Feitiço Italiano, é um volume único. Por ser com casais diferentes, cada livro da saga pode ser lido separadamente, mas talvez o posterior contenha *spoilers* do anterior.

A Deus, que me permite viver da minha arte.

Carolina do Norte, setembro de 2021.

NOTA DA AUTORA

Um Bebê Para o Italiano é o livro que deu origem à série Feitiço Italiano.

Luna Cox é irmã de Antonella, protagonista de *O Dono do Texas*, livro 1 da série *Alma de Cowboy*, então, se quiser conhecer um pouquinho mais dessa personagem, recomendo ler o referido livro.

Já Ricco Moretti apareceu no fim do meu livro *A Esposa Contratada do Sheik,* e deixou os leitores super curiosos.

Luna e Ricco são opostos. Enquanto a menina que teve uma segunda chance de viver não quer perder tempo sendo infeliz, o magnata da indústria de vinhos vive recluso, sem desejar laços emocionais.

Com personalidades tão diferentes, quando se encontram, Luna e Ricco colidem, mas acabam rapidamente envolvidos por um desejo avassalador.

Eu amei escrever esta trama e espero que apreciem também.

Um beijo carinhoso e boa leitura.

D.A. Lemoyne

Prólogo

Luna

Aos treze anos

Um beija-flor está cantando em uma árvore bem próxima a nós.

Eu gosto de pássaros. São livres e a única preocupação que têm é voar o mais alto possível.

Acho que são felizes também. Sempre pensei que adoram chamar atenção porque são barulhentos. É como se dissessem: *hey, não veem que sou lindo*?

Olho para o lado, não porque sinto vontade de observá-lo, mas para fingir que este dia de hoje é um sonho ruim.

Entretanto, nesta tarde, nenhuma música me parece alegre. Talvez porque a tristeza dentro de mim seja tão grande que apaga as cores do mundo.

Eu não acredito que vá conseguir me esquecer deste dia e na minha memória, ele sempre será em preto e branco.

Tri. Tri. Tri.

O passarinho continua sua melodia, indiferente às minhas lágrimas. Entre mim e Antonella[1], eu sou a chorona.

Certo, eu sei que deveria ser ao contrário.

Ela é minha irmã caçula. Sou eu quem tem por dever consolá-la.

Mas a vida não é como um quebra-cabeça certinho, no qual todas as peças se ajustam.

Ela às vezes é um jogo assustador, do qual ninguém nos explica direito as regras.

---

[1] Protagonista de O Dono do Texas.

Quem decidiu que papai e mamãe já tinham vivido o suficiente?

Eu quero ter uma palavra com essa pessoa, porque não é justo que eu e minha irmã fiquemos sozinhas.

E os meus sonhos de entrar na igreja para casar com meu príncipe, de braços dados com meu pai?

E os sonhos de mamãe, que queria que eu e Antonella enchêssemos a casa de netos?

Olho para minha melhor amiga. O outro pedaço do meu coração.

Ela é tão forte. Passou o enterro inteiro com a mão no meu ombro, apertando-o cada vez que eu estremecia.

Antonella nasceu depois de mim por engano, porque eu sou a menina sonhadora e ela, aquela que não tem medo de nada.

Eu construo os castelos de areia, ela fica de sentinela para matar os dragões.

— O que você está pensando? — pergunta baixinho, porque acho que não quer que nossa tia escute.

É ela quem tomará conta de nós de agora em diante, mesmo que não pareça muito contente com isso.

— No que vai acontecer com a gente.

— Não temos como saber ainda. É muito cedo, Luna.

— Cedo para quê, irmã?

Ao invés de responder, ela me vira de frente para si e me abraça.

— Para você parar de sonhar. Lembra como mamãe era alegre?

— E linda.

— Sim, então vamos fazer um pacto. Primeiro, nós nunca ficaremos tão zangadas uma com a outra a ponto de nos separarmos.

— Essa é a promessa mais fácil do mundo de ser cumprida. E a segunda?

— Lembra quando mamãe dizia que deveríamos realizar nossos sonhos? — pergunta, secando minhas lágrimas com os polegares.

— Sim.

— Não importa quanto tempo demore, mas eles vão acontecer.

— Também sonha, Antonella?

Ela me dá um sorriso triste.

— Talvez não como você.

— Por que eu sou uma fada? — pergunto, sentindo meus olhos se encherem de lágrimas ao lembrar da maneira como mamãe me apelidou.

— Sim, por isso mesmo. Fadas são sonhadoras por natureza.
— E você?
— Eu sou a melhor amiga da fada. Aquela que fica com um pé em cada mundo, que passeia entre os sonhos e a vida real.

Capítulo 1

Ricco

PRINCIPADO DE MÔNACO
CINCO ANOS DEPOIS

— Está completamente louca se acha que vai me impedir de ver meu filho.

— *Vamos ver se não impedirei.*

— Não precisamos nos tornar inimigos, Naomi.

— *Não? O que você quer, que eu o chame para o chá da tarde? Enquanto eu fico aqui cuidando do garoto, você está farreando por toda a Europa, Ricco. Eu vi as fotos na internet da festa de ontem e sei muito bem quem é aquela modelo.*

Passo o dedo pela ponte do nariz, entrando em uma das cabines do iate de Vincenzzo[2], onde eu e meus amigos estamos desde sexta-feira. A tal modelo a que ela se refere está no andar de cima, me esperando. Se eu me sinto culpado? De jeito algum. Eu e Naomi nunca namoramos ou sequer fomos monogâmicos.

— Qual é a relevância de com quem eu estava ontem em relação ao fato de eu ter direito, garantido por um juiz, de visitar meu filho?

— *Não é justo. Eu é quem deveria estar ao seu lado, e não presa nesta casa.*

— Villa[3].

— *O quê?*

— Não está presa em uma casa, *cara*[4], mas em uma *villa* de oito quartos que você mesma escolheu e decorou como quis. — Res-

---

4 Algo como "querida".

piro fundo, tentando me acalmar. — Está lhe faltando alguma coisa, Naomi? Diga-me. Qualquer coisa que queira, desde que não cancele minha visita a Nicolo na próxima semana. Essas datas são importantes para minha família.

— *Eu não dou a mínima, praticamente não os conheço.*

Jesus Cristo! A mulher só pode estar me testando, vendo até onde pode me empurrar antes que eu tenha um *AVC*.

Sei que não é o melhor momento para argumentar que ela não os conhece, porque nunca chegamos a ter um relacionamento e que, depois que nosso filho nasceu, jamais aceitou os convites da minha mãe para se hospedar em sua casa. Sua desculpa é de que só entraria lá como minha esposa — o que não acontecerá nesta encarnação.

Eu poderia envolver meus advogados nisso, mas além de não querer um escândalo, não vou começar uma guerra com a mãe do meu menino. Nicolo, meu filhinho de somente dezoito meses, não foi planejado, mas eu o quis assim que me recuperei do choque da notícia: um bebê com uma mulher com quem fiquei por somente uma semana.

Não quero que ele cresça achando que nos odiamos, mesmo que isso seja bem próximo da verdade.

Ele é a razão pela qual eu acordo e respiro. É uma tortura só poder vê-lo em finais de semana alternados, mas meus advogados ingressaram com o pedido pela guarda compartilhada. Já foi uma vitória conseguir que Naomi, que nunca trabalhou na vida e para todos os fins, quando a conheci, era atriz e modelo *em construção* — seja lá o que isso signifique —, não se opusesse à mudança de Londres para a Itália, mesmo que eu desconfie de que havia interesses ocultos por trás dessa aceitação.

Ela acreditou que, por estarmos mais próximos, conseguiria me fazer pedi-la em casamento.

Sem chance.

Eu já vi o que uma união sem amor faz a um casal. Meu pai traiu minha mãe praticamente desde o momento em que saíram da igreja, o que resultou, além de diversas amantes, em uma família paralela, cujos filhos são inimigos mortais. Dentre eles, eu e meu meio-irmão, a pessoa a quem mais detesto na face da Terra: Tommaso Andresano.

— *Por que simplesmente não nos casamos?* — ela pergunta pela milésima vez.

— Você não quer ouvir a resposta.

— *Não precisa estar apaixonado por mim para se casar. Não seja teimoso, é o melhor a ser feito para o nosso filho.*

— Nunca a enganei. Você sabia que eu não estava procurando uma esposa. Aliás, ao que me consta, nem você estava procurando por um marido, ou ao menos foi o que me disse. E justamente por isso que nos encontramos naquela festa, ou já se esqueceu? Ninguém ali estava em busca de um amor eterno.

— *Eu mudei.*

Eu não. Não quero e nunca desejarei uma esposa.

— Não haverá casamento algum. Não envolva Nicolo em seus planos. Sabe que adoro o chão que ele pisa, mas não use meu filho para me chantagear. Até agora, tenho sido paciente porque acho que uma criança precisa da mãe ao lado, mas tente me proibir de vê-lo e tem minha palavra de que não gostará das consequências.

Toda minha fortuna não chega perto do que foi a experiência de me tornar pai, e não há limite no que eu faria para poder acompanhar o crescimento do meu filho.

Ela não é a mãe primorosa cuja imagem tenta vender para a imprensa. Eu tenho alguém vigiando-a porque, a despeito do que reclamou por eu continuar levando minha vida como fazia antes de conhecê-la, Naomi não fica atrás. Também não perde uma inauguração de boate ou festa do *jet-set*[5] europeu.

Desse modo, além das babás, que não deixam Nicolo sozinho por um instante sequer, e que têm meu número direto, pus guarda-costas para garantir a segurança do meu herdeiro.

— Não lhe telefonei para brigar. Também amo nosso filho. Mas já que continua sem me querer em sua vida, que tal um novo carro?

— E desde quando você precisa me pedir permissão para compras? A mesada que lhe dou não é mais do que suficiente?

— Dessa vez, o presente que quero é um pouco mais generoso. Um *Porsche 911 Cabriolet*[6].

Fico em silêncio por um tempo, mas a raiva se espalha como veneno. Não tenho problemas em lhe dar dinheiro para comprar o que deseja, mas odeio que isso seja uma espécie de negociação para eu ter acesso irrestrito ao meu filho.

— Com uma condição: nada mais de finais de semana alternados. Quero ver Nicolo sempre que eu desejar.

Ouço o suspiro irritado, mas sei que venci.

---

5 A elite da alta sociedade. Pessoas muito ricas que vivem em função do prazer, tais como viagens e festas.

6 Um carro desse modelo custa a partir de 220 mil dólares.

— Você não dá a mínima para o que eu lhe peça, não é? Desde que o permita estar com o garoto, não há nada que eu não poderia conseguir. Eu deveria ter exigido algo mais caro.

— Cuidado. Não ache que pode me dizer o que quiser. Tenha o mesmo respeito por mim que lhe ofereço, Naomi. Acredite quando eu digo que não deseja ter a mim como inimigo.

Foda-se. Toda vez é a mesma merda. Eu juro por Deus e por todos os santos que não vou brigar com ela, mas a mulher parece saber exatamente onde apertar para me enlouquecer.

— Quando você vem?

— No sábado, pela manhã. Deixe a mala dele pronta para o fim de semana. Não voltaremos antes da segunda.

Florença — Itália
Dois meses depois

Enquanto ouço minha mãe falar, aperto a taça com tanta força que me arrisco a parti-la em duas.

— Ela está cada vez mais descontrolada. Eu não consigo dormir de tanta preocupação com Nicolo. Aquela foto de Naomi na revista, dando uma festa em casa, e nosso *bambino*[7] solto, sem ninguém para supervisioná-lo, me deixou apavorada.

— Eu sei, *mamma*[8], e conversei com a equipe de advogados ontem. Não queria fazer isso, mas vou pedir a guarda definitiva.

— É triste uma criança ser criada longe da mãe — ela diz, abatida.

Carina, minha mãe, é o tipo de pessoa que acredita que um casal deve ficar junto a qualquer preço — o que discordo. Um relacionamento tóxico entre marido e mulher pode ser muito mais danoso para os filhos do que uma separação.

Quando Naomi engravidou, minha mãe tentou me convencer por todos os meios a me casar com ela, mas não faria com que meu Nicolo passasse por tudo que eu passei somente para dar uma satisfa-

---
7 Garotinho, em italiano.
8 "Mãe" em italiano.

ção à sociedade.

— Já tivemos essa conversa. Não vou permitir que meu filho corra riscos, mas também não me casarei com Naomi.

Ela dispensou todas as babás quando fez a comemoração pela chegada do novo carro, e eu não entendo a razão. Se queria se divertir, deveria ter deixado meu filho com as mulheres que designei para tomar conta dele. Não confio o suficiente em Naomi para deixá-la sozinha com ele.

— Você está ansioso.

Não a desminto, mesmo não me sentindo confortável por ela conseguir me ler tão fácil.

— Eu vou resolver tudo — falo. Prefiro isso a entrar na análise das minhas emoções.

— Não precisa fingir comigo, Ricco.

— Não estou fingindo. Só não vejo relevância em conversarmos sobre meus sentimentos. Minha única preocupação é o bem-estar do meu menino. Estou indo para Milão agora. Trarei Nicolo comigo até que os advogados consigam uma resposta definitiva do juiz.

— Eu vou com você.

— Não. Tenho que resolver isso sozinho. Vou conversar com Naomi e tenho certeza de que não será algo agradável de se testemunhar.

Aproximo-me para beijá-la, mas antes que me abaixe, meu celular toca.

É um dos seguranças designados para proteger Nicolo.

Enquanto o escuto, pela primeira vez que eu me lembre, perco a força das pernas.

Nem percebo que me sento no chão até ouvir a voz da minha mãe.

— Ricco, fale comigo. O que aconteceu?

Olho para ela sem vê-la.

— Eu perdi tudo, *mamma*. Acabou.

Capítulo 2

Luna

Hospital Medical City Dallas — Texas
Dois anos e meio depois

Olho em volta do quarto de hospital.

Meu último dia de tratamento. Mal posso acreditar nisso!

É incrível como nos adaptamos às situações que vão surgindo.

Quando, há cerca de dois anos, caí doente, fraca e perdendo peso rapidamente, primeiro imaginei ser algo passageiro. Porém, os meses passavam e os médicos não conseguiam descobrir o que eu tinha — e aquilo começou a me assustar de verdade.

Você sabe como funciona a mente de uma otimista — e não uma otimista qualquer, mas uma sonhadora — como eu?

Para nós, há sempre um plano *b* em qualquer situação, por mais adversa que ela pareça. A famosa *luz no fim do túnel*. Mas, para que essa positividade entre em cena, precisamos saber quem é o "dragão" para poder combatê-lo.

No meu caso, especificamente, o dragão não tinha um nome, endereço ou qualquer outra referência. Na verdade, ele era um monstro invisível.

Uma doença sem nome que foi minando minhas forças e nossas economias — minhas e de Antonella —, a ponto de minha irmã ter que assumir meu lugar no restaurante em que eu trabalhava como *hostess*[9] desde os dezesseis anos.

Eu e Antonella já morávamos sozinhas, porque assim que fiz dezoito anos, nossa tia, que foi designada como tutora após a morte de

---

[9] Funcionária que geralmente faz a recepção em restaurantes ou boates.

nossos pais, me chamou para uma conversa e disse com todas as letras que já éramos velhas o suficiente para vivermos por nossa conta.

Meus pais deixaram um apartamento bom para nós em Boston, além de um seguro de vida que nos permitiu ter uma existência confortável durante alguns meses. Mas logo em seguida, eu adoeci.

Fazia pouco tempo que estávamos sozinhas quando comecei a ter os primeiros sintomas. Ainda estava me ajustando como adulta e nem passou pela minha cabeça fazer um seguro-saúde.

Eu trabalhava no restaurante por meio período e quando me contrataram, eles não ofereceram o seguro-saúde padrão — ou qualquer outro. Eu soube, somente há alguns meses, que isso era ilegal. Se desde o começo eu tivesse contado com essa proteção, nós não teríamos precisado passar noites inteiras em claro, preocupadas se o dinheiro daria até o fim do mês.

Nossa vida recém-iniciada de repente se tornou um pesadelo e só existíamos em função das contas.

Os médicos de Boston, minha cidade natal, não conseguiam chegar a uma conclusão sobre meu diagnóstico, e aliado ao pavor de morrer sem ter aproveitado nada ou até mesmo saber de que doença eu sofria, havia outro medo: deixar minha irmã caçula sem um parente que se importasse com ela, já que nossa tia nunca mais nos procurou.

E então, um milagre aconteceu. Minha irmã se apaixonou por um *cowboy* poderoso, Hudson Gray[10], apelidado de "O Dono do Texas" e candidato a governador do estado.

Ele é um dos homens mais arrogantes que já conheci, mas também com um coração maior que o nosso país — embora tente disfarçar essa bondade com a aparente frieza.

A única exceção é a minha irmã, por quem, tenho certeza, escalaria o céu para pegar a estrela que ela escolhesse.

O ponto é: Hudson custeou não só todas as minhas despesas médicas, como também deu carta branca para que eles virassem meu corpo do avesso, com exames e pesquisas experimentais que ainda não estavam disponíveis no mercado.

E assim, com todos os recursos disponíveis e especialistas vindo até mesmo da Europa, eles finalmente estavam prontos para me dar um diagnóstico.

---

10 Protagonista de O Dono do Texas.

Eu sofria de uma doença rara, muito parecida com a anemia aplástica[11], mas um pouco menos grave[12].

O tratamento foi cansativo, doloroso algumas vezes e também, eu intuo, muito caro, mas hoje eu finalmente ouvi as palavras pelas quais tanto ansiava: curada.

Fecho os olhos para apagar as lembranças de uma época tão difícil.

— Feliz? — minha irmã pergunta assim que a equipe que me tratou sai da sala.

— Eu ainda não estou acreditando.

— Você escutou o que o médico falou, né? Nesses primeiros meses, terá que seguir rigorosamente a orientação deles.

— Vou fazer tudo direitinho, tem minha palavra. Ninguém, mais do que eu, quer deixar esse pesadelo para trás. Tenho um objetivo, esqueceu? Quero ficar boa para fazer minha viagem dos sonhos para a Itália.

Meu cunhado me deu de presente de aniversário um verão inteiro onde eu quisesse — e eu nem hesitei porque só havia um lugar no mundo para o qual eu desejava ir, mesmo que ainda não esteja disposta a compartilhar com a minha irmã o motivo.

— Agora, a senhorita deveria ir para casa. Você está *muito grávida* e hospitais não são os melhores lugares para gestantes.

— Eu vou, mas antes queria que soubesse que a família está toda lá fora. Eles fizeram questão de vir acompanhá-la neste último dia.

Família — um conceito que perdemos quando nossos pais faleceram. Os anos que passamos na casa da minha tia não nos trouxe isso de volta. Sabíamos o tempo todo que estávamos sobrando, como a ponta de uma franja que foi cortada torta e independente de que lado se penteie o cabelo, estará sempre aparente.

Tudo isso mudou quando minha irmã se casou com Hudson. Desde o momento em que nos viu, Mary Grace[13], a avó que o criou e

---

11 A anemia aplástica é um distúrbio caracterizado por pancitopenia e medula óssea hipocelular, com substituição gordurosa dos elementos e sem nenhum sinal de transformação maligna ou doença mieloproliferativa. Acomete geralmente adultos jovens e idosos, sem preferência sexual. A maioria dos casos é adquirida, mas pode ocorrer hereditariamente, por distúrbio molecular (anemia de Fanconi).

12 Eu optei por não me prender a uma doença do mundo real, justamente para ter flexibilidade durante a história.

13 Essa personagem aparece nos três livros da série Alma de Cowboy lançados até agora.

também a seus irmãos e primo, não foi menos do que maravilhosa, nos acolhendo e mostrando que éramos bem-vindas.

Sinto meus olhos se encherem de lágrimas, não só pela generosidade dos Gray, pelo calor humano e acolhimento a nós duas, mas por ter certeza de que não importa o rumo que eu vá dar em minha vida daqui por diante, minha irmã ficará bem.

— Eu vou me vestir e você pode chamá-los. Mal posso esperar para ver todos aqueles *cowboys* lindos de uma vez só.

— Bryce[14] ainda guarda a esperança de que um dia vá aceitar seu convite para sair — ela diz, sorrindo.

— Não, obrigada. Por mais tentador que seja, porque o homem é um colírio para os olhos, uma união Cox-Gray na família já é mais do que suficiente.

Na verdade, meu coração não está vago.

Ou melhor, desde os dezesseis anos, ele está tomado por um sonho, e nem mesmo se aquele ator lindo, Gael Oviedo[15], entrasse por aquela porta agora e me pedisse em casamento, eu aceitaria.

Ao contrário da maioria das pessoas que sonham sem qualquer esperança de realizar, eu sou uma sonhadora objetiva. Não desistirei dos meus até que todas as possibilidades estejam esgotadas.

Dallas — Texas
Alguns meses depois

Não é fácil caminhar sozinha, mas também não tem preço a sensação de ser dona do próprio destino.

Eu amo a minha irmã acima de tudo, mas estou muito feliz de, mesmo antes de ser oficialmente autorizada pelos médicos a enfim fazer minha viagem dos sonhos, poder ter meu próprio espaço — um emprestado, claro, já que o apartamento em que estou morando pertence a Hudson.

De qualquer modo, tenho uma rotina quase normal, indo ao mercado e saindo para caminhar — embora sempre com seguranças

---

14 Irmão caçula dos Gray.
15 Um dos irmãos Oviedo.

à minha volta, já que, quanto mais se aproximam os resultados das eleições para governador, cargo para o qual meu cunhado está concorrendo e é o favorito para ganhar, mais a imprensa enlouquece, perseguindo toda a família. E aparentemente descobriram que eu faço parte dela.

A evolução meteórica da minha doença acabou com nossas economias no banco, mas ainda restaram um pouco em aplicações, assim como o imóvel que eu e minha irmã dividíamos em Boston até Antonella e Hudson se conhecerem. Atualmente, ele está alugado.

Tentei negociar com meu cunhado para vendê-lo e pagar as despesas médicas que ele teve comigo, mas não aceitou de jeito algum.

Hudson não é o homem insensível que tenta demonstrar. No começo, ele me irritava um pouco com sua postura de dono do mundo e tal, mas eu só precisei de pouco tempo de convivência para perceber não só a absoluta devoção que tem por minha irmã, como também seu cuidado e proteção em relação à família — eu incluída no pacote. Desta forma, pude entender que estava diante de um ser humano raro.

Foi dele a sugestão de que começasse minha caminhada solo pela vida, e tenho certeza de que não era porque queria distância por eu morar com eles — não é assim que a cabeça dos Gray funciona —, mas porque conseguia enxergar o quanto eu precisava experimentar, viver, e também que eu relutava em sair de perto de Antonella.

Ele me ajudou a conversar com ela sobre isso e não foi fácil convencê-la de que eu ficaria bem sozinha — até porque, todos os fins de semana, estamos na fazenda da matriarca Gray, vovó Mary.

— Dominika[16] lhe enviou a passagem hoje, né? — minha irmã pergunta.

— Sim, como você sabe?

— Ela me contou que está tudo providenciado para sua viagem à Itália daqui a alguns meses. Fico impressionada como ela consegue pensar dois passos à frente. Até seguro-saúde europeu ela fez para você.

— E que eu espero não precisar.

— Não vai, irmã. Os médicos não são de dar falsas esperanças. Sua evolução foi acima do que eles haviam previsto.

— Sim, eu acredito nisso. Minha vontade de viver é tão grande, Antonella, que não aceito nada menos do que a vitória total.

— Você já conseguiu. Eu rezei e fiz promessas para Deus.

Sorrio, porque aquilo é muito ela: sair conversando com Deus e meio que *intimá-lo* a olhar por nós. É uma característica que herdou

---

16 Protagonista de O Herdeiro do Cowboy.

da nossa mãe, que acreditava piamente que tinha uma linha direta com o Criador.

— Hudson não gostou de você viajar em um voo comercial. Disse que preferia que aceitasse a oferta de usar o avião dele.

Claro que ele preferiria. Meu cunhado é um controlador nato.

— Eu quero a experiência completa, como uma turista comum.

— Tudo bem, não vou discutir sobre isso. Agora, se não se importa, vamos almoçar, porque Dante[17] está reclamando de fome aqui dentro — ela diz, passando a mão pela barriga.

Falta pouco para ver o rostinho do nosso garotinho. Antonella já está no fim da gestação.

— Não podemos deixá-lo com fome. Aliás, acabo de perceber que também estou faminta.

---

17 Filho de Hudson e Antonella, de O Dono do Texas.

Capítulo 3
Luna

DALLAS — TEXAS
CINCO MESES DEPOIS

Finalmente chegou o dia e mal posso controlar minha excitação.
— Tem certeza de que não quer adiar essa viagem mais um pouco?

Encaro minha irmã e sinto a garganta trancar.
— Por favor, não faça isso, Antonella.

Ela olha para o chão, parecendo envergonhada.
— Sinto muito. Não quero ser uma megera egoísta, mas você está indo para o outro lado do mundo.

— Não, eu vou para a Itália, o país de nossa mãe. Não me ofereça uma desculpa para desistir de um dos meus sonhos. Eu posso parecer corajosa, mas não sou.

— Eu não quero ser assim, Luna, mas não consigo evitar. Fomos só nós duas quase que a vida inteira.

— Mas agora tudo mudou e isso não é ruim. Olhe à sua volta. Tem sua própria família. Um filho lindo. Você é a primeira-dama do Texas[18], mas muito além disso, tem um homem que vive para cada respiração sua.

— Prometa que vai me telefonar se precisar de alguma coisa.

— Eu telefonarei, independente disso. Quero ver Dante por vídeo toda semana. Nem pense em me esconder esse bonitão.

Como se soubesse que estamos falando dele, nosso pequeno Gray sorri de orelha a orelha.

— Tem sinal lá?

Reviro os olhos.

— Não estou indo para o meio da selva, é uma vinícola na Toscana[19].

— San Bertaldo[20], não é? Por que essa cidade, Luna? Eu pesquisei na *internet*. Só tem vinícolas nessa região.

— Por que não? É um lugar tão bom quanto outro qualquer — disfarço, sentindo meu rosto esquentar.

— Sim, mas Hudson lhe ofereceu de presente a viagem dos seus sonhos. Quando penso na Itália, imagino algo como Milão ou Roma. Tudo bem, não sou ignorante. Sei que existem pontos turísticos incríveis como Veneza, a Costa Amalfitana...

— E a Toscana, que é onde nossa mãe nasceu.

— Sim, eu sei. Ela era de *Greve in Chianti*[21]. Mas se queria ficar perto do local onde nossa mãe nasceu, por que não em Florença, que é uma cidade maior?

— Quando eu trabalhava como *hostess* no restaurante, eu fui a um curso sobre o vinho que eles produzem e fiquei interessada — falo e, em seguida, me aproximo de Dante para ver se consigo fugir das perguntas dela.

Mas essa é Antonella, minha irmã que me conhece melhor do que eu mesma, e não parece disposta a deixar para lá.

— Você não me contou que já conhecia os vinhos desse lugar para onde está indo. Aliás, uma vinícola? O médico já liberou o álcool?

Sei que ela está perguntando por se preocupar realmente e não por querer direcionar minha vida ou estragar meus planos.

— Uma taça por dia. Mas não estou indo para beber. Quando voltar para os Estados Unidos, vou retornar aos estudos, e quem sabe não possa abrir meu próprio restaurante?

— Está falando sério?

— Estou, sim. Deus me deu uma segunda chance, Antonella, e não desperdiçarei um segundo sequer. Quando voltar dessas férias, vou começar a definir meu futuro.

Ela anda até a mesa e pega o celular. Depois de desbloqueá-lo, diz:

— *Fattoria Moretti*, certo? — pergunta, logo após verificar no

---

19 A **Toscana** é uma região do centro da Itália, que abriga paisagens exuberantes e cidades medievais.

20 É uma cidade criada por mim, especialmente para este livro, e que na ficção ficaria na região da Toscana.

21 *Greve in Chianti* é uma cidade italiana perto da cidade metropolitana de Florença, Toscana, Itália.

bloco de notas. — Sei que vai ficar com o celular à mão, como sempre, mas vou anotar o telefone fixo deles somente para o caso de algum italiano bonitão querer sequestrá-la.

Eu rio pela primeira vez desde que aquela conversa começou.

— Vou torcer por isso. E se puder escolher, que seja um alto, forte e de olhos azuis. Agora, pare de se preocupar tanto e venha aqui me dar um abraço.

Eu me aconchego a ela e a Dante, e sei que tenho neste instante meu mundo inteiro junto a mim, mas por mais que doa me afastar deles, essa é a vida de Antonella. Chegou a hora de trilhar minha própria estrada.

Durante o voo
Horas depois

— *Hum... brut*[22], por favor — respondo, tentando agir com naturalidade quando a aeromoça da primeira classe me oferece uma taça de champanhe, mas, caramba, eu ainda não estou acreditando que a minha aventura vai começar.

Apesar de estar com medo de dar um vexame, porque na minha cabeça doida tenho certeza de que todo mundo em volta é capaz de ler meus pensamentos e saber que estou fazendo isso pela primeira vez, fico feliz por não ter aceitado a oferta de Hudson, de voar em seu avião particular.

Além de não me sentir confortável usufruindo de algo ao qual só tive acesso porque minha irmã se casou com o homem mais rico do estado do Texas, ele já fez demais por mim ao custear todo o tratamento[23].

Já basta que seja um marido maravilhoso para minha irmã e um pai amoroso para o meu sobrinho.

Antonella voltou a estudar e isso também ajudou a acalmar meu

---

22 O **espumante brut** apresenta concentração de açúcar entre 8,1 e 15 gramas por litro. É o mais recomendado para quem gosta de vinhos menos doces.

23 Em O Dono do Texas, ao levar Antonella para morar consigo, Hudson paga para que Luna seja examinada por especialistas e, em seguida, tratada.

coração. Não conto com o fato dela ter se casado com um bilionário, mesmo que na minha opinião de observadora, a possibilidade de que Hudson se separe da minha irmã um dia seja nula. De qualquer forma, fico feliz que, mesmo com todo conforto e luxo que tem à sua disposição, ela tenha optado por perseguir uma carreira, mesmo com um bebê pequeno para criar.

— Quer ajuda com a poltrona, senhorita? Talvez deseje erguer os pés e relaxar. Temos uma excelente seleção de filmes à sua disposição. — Um comissário de bordo lindo de morrer se aproxima para falar comigo.

Fico admirando o rosto de traços perfeitos, sem conseguir responder, e acho que sou tão óbvia que ele sorri e ergue uma sobrancelha.

— Sinto muito. O que você disse?

— A poltrona. Se gostaria de ajuda com ela.

— *Huh*... não. Eu acho que não deve ser tão difícil assim — respondo, sem graça, por ser pega em flagrante admirando-o, e por puro nervosismo, aperto o primeiro botão do controle lateral, o que faz com que a poltrona comece a reclinar para trás e me deixe em uma situação na qual pareço uma paciente sendo examinada pelo médico... apesar de que, se esse homem fosse médico, teria fila no hospital para ser consultada por ele.

— Tem como parar isso? — pergunto quando, ao tentar cessar o dispositivo, meus pés começam a subir.

Vejo o canto de sua boca se erguer em um sorriso discreto, ao mesmo tempo em que se debruça sobre mim e interrompe meu processo de auto-humilhação.

— Não é tão difícil assim — comento, porque tenho essa necessidade doentia de não dar o braço a torcer.

— Não mesmo. É sua primeira vez?

Desisto de bancar a sofisticada. Bastou meia hora em minha vida solo para meu disfarce cair por terra.

— Em voo, a segunda. E acredite ou não, da primeira vez, foi em um avião de luxo e privado. Tinha até quarto nele.

— Uau — ele diz, sorrindo. — Mas pelo visto não a ensinaram a mexer nos botões certos.

— Essa frase tem duplo sentido?

Ele fica vermelho.

— Não poderia ter, senhorita. Estou conversando com uma cliente da nossa companhia.

— Não foi isso que eu perguntei. A propósito, meu nome é

Luna Cox — falo, oferecendo a mão em cumprimento. — Eu vi um filme, uma vez, em que os comissários de bordo falavam assim: *já serviu o drinque da poltrona A5?* Prefiro que me chame de Luna quando for falar de mim, tá?

Agora ele ri com o rosto todo.

— Tudo bem, senhorita Luna. Respondendo à pergunta anterior, se eu não estivesse em horário de trabalho e a senhorita não fosse uma cliente, a frase que eu disse teria, sim, um duplo sentido.

— Uau, acabei de levar minha primeira cantada. Nada mal para o primeiro dia.

— Eu não...

— Tudo bem, já entendi... — Estico o pescoço para ler o crachá dele. — Milles. Você não *pode* e nem *deve* me dizer que me acha bonita e que possivelmente me convidaria para jantar se não estivéssemos em nossos respectivos papéis, porque isso infringiria várias regras, mas é que eu estou saindo de casa para viver a vida pela primeira vez completamente sozinha, então preciso saber quando as frases têm duplo sentido para não fazer papel de boba.

Ele olha para um lado e depois para o outro. Sacode a cabeça e depois volta a se abaixar sobre mim.

— Sabe de uma coisa, Luna Cox? Minha frase era totalmente em duplo sentido e por você, até valeria a pena perder meu emprego.

Depois disso, ele me dá uma piscadinha e se afasta.

Capítulo 4

Luna

AEROPORTO FLORENÇA-PERETOLA
ITÁLIA

Piso em solo italiano com o coração leve e a alma agitada.

Eu nem acredito que há um ano, essa viagem para a região da Toscana não passava de um sonho.

Estou na fila da imigração — enorme, por sinal — e aproveito para observar quem está à minha volta.

Esse é um dos meus passatempos favoritos: adivinhar as emoções dos outros.

O hábito começou de uma maneira estranha. Um dia, li em um *site* que um rapaz havia entrado armado em um cinema nos Estados Unidos e, do nada, saiu atirando em diversas pessoas da plateia. Então, eu fiquei pensando se antes que ele cometesse aquele ato vil, alguém adivinhou que haveria uma chance de que ele pudesse ser capaz daquilo.

Deu alguma pista? Era cruel com parentes e vizinhos? Ou era daquele tipo que todos achavam calmo e incapaz de ferir uma mosca?

A verdade é que não sabemos nada do que se passa na cabeça de alguém, mesmo que eu sempre prefira acreditar que em noventa e nove por cento das vezes, as pessoas sejam boas.

Nem mesmo contra os mal-humorados eu fico com um pé atrás. Ninguém tem que ser feliz o tempo todo.

As pessoas são o que são, e rótulos podem ser cruéis.

Até hoje, a única exceção em meu coração, que eu me lembre, foi Evelyn[24], a primeira esposa de Hudson. Aquela ali não tem como gostar, mas talvez minha raiva por ela se dê principalmente pela maneira como tratou minha irmã na única vez em que estivemos frente a frente.

Esse é um defeito que eu tenho. Brigue comigo, me ofenda, mas não magoe quem eu amo, ou vou odiar você para sempre.

Olho para os guichês da imigração e vejo que há um aviso em italiano de que só podemos ligar o celular depois que passarmos pelos agentes. Sem nada para fazer, volto a analisar meus companheiros involuntários de espera.

Aquele rapaz de camiseta polo, por exemplo. Ele tem as mãos nos bolsos da frente do jeans e aparentemente está relaxado, mas seu pé não para de bater nervosamente no chão, o que torna óbvia sua impaciência.

Será que está com pressa porque tem uma linda namorada o aguardando? Não. Provavelmente tem uma reunião importante e sabe que chegará atrasado. Ou então, está indo...

— *Avanti, signorina*![25] — um homem fala logo atrás de mim e esse sim, eu tenho certeza de que está irritado.

A fila andou e eu nem percebi.

Tenho dupla cidadania, então entrei na fila dos cidadãos e não na de turistas, já que estou com meu passaporte italiano na mão. Eu também trouxe o meu americano, somente para o caso de algo dar errado, mas estou orgulhosa por pisar na terra de mamãe portando o passaporte do país dela — nosso, de um certo modo, já que sou metade italiana, mesmo que esteja vindo para cá pela primeira vez.

Mamãe fez questão de requerer nossa cidadania, ainda que nunca tenhamos saído dos Estados Unidos antes.

— *Mi scusi, signore*[26] — respondo, olhando para trás e torcendo para que meu pedido de desculpa em italiano seja compreensível o suficiente, mas o homem nem parece me enxergar.

Quando torno a olhar para os guichês, o agente está me chamando.

O homem sorri para mim antes mesmo de eu chegar lá, o que parece um bom sinal. Nos filmes, agentes de imigração sempre têm o rosto fechado.

---

24 Essa personagem aparece em O Dono do Texas.
25 Ande logo, senhorita! Ou algo como "fique atenta", no caso dela.
26 Sinto muito, senhor. (Ela está se desculpando por ter ficado desatenta ao andar da fila)

— Boa tarde, Luna Cox. Passaporte italiano, mas primeira vez em meu país? — pergunta assim que recebe os documentos que lhe entrego.

Não vou mentir. Fere um pouco meu ego que ele faça as perguntas em inglês. Ainda que com sotaque, meu italiano não é tão ruim assim. Minha mãe fez questão de que fôssemos fluentes em ambos os idiomas e conversava conosco na língua de Leonardo da Vinci[27] com uma certa frequência. Mesmo depois que eles faleceram, eu e Antonella mantivemos a tradição para não esquecermos o idioma.

— Sim, primeira vez — respondo em italiano e seu sorriso aumenta.

— Quanto tempo pretende ficar?

— Se tudo der certo, o verão todo.

— Em Florença mesmo? — ele pergunta, agora em seu próprio idioma.

— Não, estou indo para uma vinícola em San Bertaldo. Como sou cidadã, achei que não precisava preencher o formulário que os comissários ofereceram para os turistas no avião, apesar de que, tecnicamente, eu sou turista. Nossa, isso é um pouco confuso!

— Eu entendi, senhorita.

— Ufa, que bom.

— Essa falação toda é do seu lado italiano ou do americano?

— Um pouco de cada, eu acho. Ninguém da minha família poderia ser chamado de tímido.

Tenho quase certeza de que ele está segurando uma risada.

— Bem-vinda à Itália, senhorita! Florença ficará ainda mais bonita agora que chegou.

Pego meus documentos, ainda sem acreditar que ele acabou de me elogiar.

Será que é verdade aquilo que minha mãe dizia?

Se uma mulher precisar de uma massagem no ego, deve passear pelas ruas de Roma. Não há homem, no planeta, tão encantador quanto o italiano.

Quando chego na esteira, minha mala já está à minha espera, com uma etiqueta de "prioridade" colada nela, e acredito que seja porque viajei de primeira classe.

— *Grazie*[28] — falo para o rapaz uniformizado que estava perto delas e tiro cinco euros da carteira para dar de gorjeta.

---

27 Uma outra maneira de dizer que falava com elas em italiano, já que Leonardo da Vinci era italiano.

28 Obrigada, em italiano.

Não, eu não sou uma cidadã do mundo, mas pesquisei tudo o que precisava para não passar vergonha na Europa.

Como nos Estados Unidos, em solo europeu, todos também esperam ganhar gorjeta.

Conecto meu celular com o *wi-fi* do aeroporto e mando uma mensagem para Antonella, avisando que cheguei bem.

Preciso me lembrar de comprar um *chip* de uma empresa de telefonia italiana para o meu telefone, assim como alguns créditos. Fui ver quanto custava para manter minha linha americana aqui na Itália, e era o equivalente à venda de um rim.

Hudson depositou — contra minha vontade — uma pequena fortuna em minha conta corrente, dizendo que era uma extensão do presente de aniversário, mas pretendo ficar aqui na Itália pelos meus próprios meios, por isso, vou precisar muito desse *chip*. De qualquer modo, para falar com Antonella por vídeo, estou contando com a *internet* do hotel da vinícola.

Dispenso o carrinho que o mesmo funcionário me oferece e começo a andar para a saída, puxando minha mala e com o coração muito acelerado.

Sei que um funcionário do hotel-vinícola no qual me hospedarei estará à minha espera. Foi esse o combinado.

Quando saio, olho em volta procurando um motorista uniformizado e não o encontro.

Decido então tentar descobrir meu nome nas folhas de papel que diversos guias de turismo têm nas mãos.

Quem sabe houve algum atraso e eles contrataram uma empresa?

Finalmente noto uma placa escrito *Luna Cox*.

Mas quando ergo o rosto para quem a está segurando, meu coração dispara loucamente.

É ele.

Capítulo 5

Ricco

Florença — Itália

Olho para o relógio, imaginando quanto tempo mais terei que ficar aqui até que a hóspede da minha vinícola desembarque.

Não é minha função, como *CEO* das maiores empresas de vinhos da Itália, vir receber turistas, mas uma conjunção de fatores, aliados ao meu senso de dever, não me permitiram deixar a mulher — uma garota, na verdade, segundo os dados do registro no meu hotel — ficar aguardando indefinidamente até que alguém conseguisse contatá-la.

Uma árvore caiu, bloqueando a estrada. Avisamos a todas as outras pessoas que chegariam hoje, direcionando-as para se hospedarem aqui em Florença mesmo, mas essa hóspede, aparentemente, deixou o telefone desligado.

Por acaso eu estava na vinícola e o helicóptero, à disposição, então fiz o que achava certo.

Enquanto espero, estou irritado para cacete, e como é meu normal nos últimos anos, sem qualquer vontade de interagir, então, me pergunto se não seria melhor deixar o helicóptero levá-la e voltar depois para me buscar.

Observo, entediado, a multidão passar pelo aeroporto.

Eles têm pressa, puxando suas malas, sempre correndo e sem repararem uns nos outros. Em suas necessidades ou medos.

Por fora, todos são felizes, como eu também pensava que era.

Uma vida com tudo o que eu poderia desejar, inclusive...

Interrompo as lembranças.

Eu nunca me permito pensar no passado... naquilo que não posso mudar.

Seguir em frente sem olhar para trás é meu lema.

Confiro novamente as horas. Pelo aplicativo do aeroporto, descobri que o avião já pousou, então por que diabos ela está demorando tanto?

A porta do desembarque se abre e começam a surgir rostos sorridentes, olhares ansiosos.

Eu me sinto meio ridículo segurando a placa com o nome dela.

Pessoas que recepcionam turistas deveriam ser alegres, mas há anos eu não sorrio.

Uma cabeça loira surge, solitária, e de algum modo eu sei que é ela.

Anda sem pressa, observando à sua volta, provavelmente procurando quem viria buscá-la.

Não consigo vê-la muito bem, ainda que com meu um metro e noventa e um eu seja muito mais alto do que a maioria das pessoas. Mesmo assim, seria impossível não notar o cabelo de um loiro quase branco e a pele translúcida como porcelana.

Percebo que tem uma estrutura frágil, e no meio da multidão, ela parece um ser mítico, quase celestial, mais flutuando do que andando.

Afasto o pensamento ridículo. Talvez eu esteja precisando dormir mais do que as cinco horas que costumo durante a noite, pois já estou começando a imaginar coisas.

E então, finalmente ela levanta a cabeça e nossos olhos se encontram.

Ela me encara de um jeito estranho, como se já soubesse quem sou, mas tenho certeza de que não a conheço.

Ergo um pouco mais o cartaz com o seu nome: Luna Cox.

A única coisa que quero é acabar logo com isso e ir para casa relaxar.

Ela ainda não se move e aquilo me irrita.

Será que me enganei? Não é ela? Se não for, vou deixar o cartaz com o segurança e mandar que ele guie a verdadeira Luna, quando ela chegar, até o piloto.

Mas, então, a garota começa a andar até mim, ainda que de maneira hesitante.

Conforme se aproxima, reparo diversos homens que aguardam passageiros virando a cabeça para admirá-la, mas a loira não parece se dar conta disso.

Agora sim, eu a vejo completamente e percebo o porquê de eles não conseguirem deixar de cobiçá-la.

É linda. A pele ainda mais perfeita vista de perto. Um par de olhos azuis tão claros como cristais e que parecem tomar conta de seu rosto inteiro. Puros e inocentes. Doces e confiantes.

Alguém que ainda acredita na bondade dos seres humanos.

O meu oposto.

— *Buongiorno, signore*[29] — ela diz com um sotaque adorável, mas, estranhamente, não estica a mão em cumprimento.

Normalmente, isso seria um alívio. Eu tenho muito pouco contato com hóspedes, principalmente as do sexo feminino, para evitar qualquer confusão entre a atenção que daria a uma cliente das minhas vinícolas do modo como eu trataria uma mulher em quem estivesse interessado em levar para a cama.

Mas ela parece que propositadamente evita me tocar, o que me faz tomar a iniciativa do cumprimento.

— Boa tarde. Luna Cox? — pergunto em inglês.

A mão pequenina vem para a minha como se temesse o contato, mesmo que seus olhos continuem fixos nos meus.

— Sim, sou Luna. Meu italiano foi muito ruim? Por isso me respondeu em inglês?

Não estava esperando ser questionado. Achei que todos os americanos preferissem falar em sua língua natal.

— Não para uma turista — respondo, soltando sua mão, mesmo que seja agradável tê-la na minha. — Eu sou Ricco Moretti, o proprietário da *Fattoria* Moretti, como deve intuir pelo sobrenome. Estou aqui porque tivemos um pequeno incidente. Uma árvore caiu na estrada e como foi a única hóspede que não conseguimos contatar, vou levá-la de helicóptero para a vinícola.

— E *você*, o dono, veio me buscar? — ela pergunta, me olhando surpresa e cruzando os braços na altura dos seios, como se tentasse criar uma barreira entre nós.

— Sim, não havia alternativa. A não ser que não goste de voar de helicópteros e prefira pernoitar em Florença — respondo, indiferente. — Acredito que amanhã o problema tenha sido solucionado.

Antes que ela tenha oportunidade de responder, um comissário de bordo tão alto quanto eu se aproxima.

— Luna?

---

29 Na tradição literal seria "bom dia", mas os italianos usam tanto pela manhã quanto à tarde para cumprimentar alguém.

Ela olha por cima do ombro, mas parece conhecer o rapaz, porque noto seus ombros relaxarem.

— Milles, oi.

— Posso falar com você por um instante?

Ela se volta para mim e morde o lábio inferior antes de dizer:

— Se importa em me esperar um minuto?

Dou de ombros, mesmo que, por alguma razão desconhecida, me incomode que ela vá para perto do outro.

Não posso ouvir o que dizem, mas escuto o som suave de sua risada, assim como vejo o funcionário da companhia área devorando-a com os olhos.

Ela mostra o celular, sacode a cabeça em sinal negativo e resolvo que minha paciência se esgotou. Se ela quer marcar um encontro, terá tempo de fazer depois que chegar à vinícola.

Eu me aproximo dos dois de uma maneira nada sutil.

— Temos que ir — falo, mas o cretino ainda tem a chance de lhe dar um cartão.

— Adeus, Milles — ela se despede.

— *Ciao, bella*[30] — ele diz e sinto vontade de revirar os olhos pelo seu italiano de merda.

Mesmo que ambos sejam americanos, não há comparação entre a pronúncia dos dois.

— Sinto muito em fazê-lo esperar, senhor.

O sorriso que oferecia ao outro morre ao voltar a me encarar.

— Você é uma hóspede do meu hotel. É meu dever fazer com que chegue ao destino em segurança.

Capítulo 6

Luna

Já conversamos a respeito de eu ser uma sonhadora, lembra?

Positiva até o último fio de cabelo, caso contrário, não teria cometido a loucura de me apegar, durante cinco anos inteiros, ao desejo de viajar para a Itália atrás *dele*.

Quando vi Ricco De Luca Moretti pela primeira vez, aos dezesseis anos, eu me encantei imediatamente.

Não foi só o fato de ele ser o homem mais bonito que eu já conhecera na vida, mas tudo nele — mesmo que agora tenha concorrentes de peso, se levarmos em conta os Gray[31].

Do cabelo castanho-claro aos olhos azuis penetrantes, o rosto com barba por fazer, o corpo musculoso e perfeitamente moldado em um terno completo, com direito a colete e tudo o mais — Deus abençoe o bom gosto dos italianos para se vestir —, até o forte sotaque da língua pátria da minha mãe... Enfim, em tudo ele me conquistou.

Nunca vou me esquecer do dia em que o vi caminhando ao lado do dono, dentro do restaurante onde eu trabalhava.

O lugar era frequentado por homens poderosos, acostumados a não enxergar qualquer um à sua volta, mas Ricco parecia atento — ao ambiente e às pessoas —, como se dentro de sua cabeça estivesse fazendo uma análise mental de cada pequena coisa.

Até então, em minha inocência adolescente, eu nunca reagira a um homem.

Tampouco me interessava pelos garotos da minha idade no colégio. Achava alguns dos frequentadores do restaurante muito bonitos e percebi rapidamente que o tipo que me atraía era bem mais velho do que eu, mas ainda assim, nenhum havia chamado minha atenção.

Estar frente a frente com Ricco, no entanto, foi como ser atingida por um raio. Como se eu tivesse passado a vida adormecida e fosse despertada por meu príncipe em carne e osso.

Eu fiquei muda — o que, no meu caso, é uma tarefa bem difícil — e absolutamente concentrada nele, seguindo-o com os olhos e alheia aos novos clientes que chegavam.

Como se sentisse que era alvo de toda minha atenção, em um determinado momento, ele se virou para mim.

Ninguém jamais me olhou daquele jeito.

Ele parou de falar com o meu empregador e me encarou de uma maneira que fez meus joelhos fraquejarem.

Não tinha e ainda não tenho experiência para analisar se havia algum tipo de atração da parte dele, mas eu sabia que acabara de me apaixonar pela primeira vez em minha curta vida.

Ah, sim, eu sei o que você está pensando. Isso é loucura. Ninguém pode amar à primeira vista.

Na época, eu acreditei que era, sim, mas depois de testemunhar o relacionamento da minha irmã com Hudson, aprendi que o amor vai acontecendo no dia a dia. Uma soma de brigas, aparar arestas e fazer as pazes — ou algo assim.

Desse modo, poderia dizer agora que o que senti por Ricco foi paixão à primeira vista, mas algo tão intenso que fez minha pele formigar, o coração parecer que estava à beira de um infarto e a certeza de que nunca o esqueceria.

E isso foi até ele vir falar comigo.

Vamos dar uma pausa aqui para que eu possa explicar sobre o sorriso do homem.

Além de sua boca me fazer desejar todas as coisas que já li em romances no meu *tablet*, as palavras passavam pelos lábios dele quentes como chocolate com *marshmallow* em um dia de inverno.

E eu sempre amei chocolate.

Respondi suas perguntas em modo automático e demorei ao menos uns três minutos para me situar na conversa.

O dono do restaurante, ao ver que ele se aproximou de mim, agiu como se fôssemos amigos de longa data, quando, tenho certeza, até aquele momento, nem sabia da minha existência.

Explicou que Ricco era dono das mais importantes vinícolas da Itália e que o *Chianti*[32] que produzia era considerado o melhor do mundo.

Para ser sincera, não estava muito preocupada com o que foi dito — sim, julgue-me à vontade, mas eu já expliquei que a beleza do

---

32 **Chianti** é um **vinho** tinto italiano produzido na região da Toscana. É um **vinho** tinto seco, com notas de fruta muito concentrada, e é produzido com as uvas Sangiovese (predominante) e Canaiolo, ambas tintas, e as brancas Trebbiano e Malvásia.

homem é capaz de inverter a rotação da Terra.

O que eu queria mesmo era um balde de pipoca e refrigerante, sentar em uma poltrona confortável e ficar admirando-o pelo resto da noite.

Se ele pudesse tirar a camisa, o espetáculo ficaria ainda melhor.

Claro, eu memorizei informações importantes, como seu nome e também o de sua vinícola, mas isso foi tudo o que gravei, porque eu sabia que custasse o que me custasse, eu o veria novamente.

Um encontro somente com um homem como ele não é o suficiente.

Eu decidi que o queria para mim.

Quem disse que sonhos precisam ter limites? Depois de quase perder minha vida com a doença, fiquei ainda mais determinada. Eu mirei no *que* e em *quem* eu desejava de verdade: uma viagem para a Itália, para rever o protagonista das minhas fantasias.

Eu não o esqueci nos últimos cinco anos e nos dias mais sombrios em que estive internada, me apeguei àquela conversa boba entre a menina encantada com o lindo empresário italiano.

Uma lembrança excitante de que havia alguém lá fora que fizera meu coração errar as batidas. De que eu ainda não tinha experimentado nada, nem mesmo as descobertas do que acontece entre um homem e uma mulher.

Pensar em Ricco era como ter aquele torcedor invisível ao seu lado, na reta final da corrida, incentivando-o a não desistir.

Assim, eu prometi a mim mesma que um dia viria à Toscana e investiria nessa atração louca, paixão fulminante, ou sei lá o que pode ser chamado o que ele me despertou.

Está acompanhando a conversa até aqui?

Pois bem, é importante que preste atenção a tudo o que eu disse anteriormente.

O principal é que sempre usei o verbo no passado, porque esse homem andando ao meu lado não tem nada daquele que, por conta das minhas tolas lembranças, me fez escolher o país da minha mãe como destino para as minhas férias.

Na verdade, se eu pudesse, daria meia-volta e o deixaria falando sozinho, porque esse Ricco — talvez o real, e não o das minhas fantasias — me provocou antipatia instantânea.

Capítulo 7

Ricco

Toda simpatia que ela demonstrou para o outro cara subitamente cessou quando começamos a caminhar pelo aeroporto em direção à *limousine* que nos esperava.

Geralmente não uso motorista, mas, de novo, minha intenção era deixar claro para a hóspede a quem vim buscar que aquela não era uma situação de intimidade, e sim, uma gentileza concedida a uma cliente.

Agora, se eu ainda fosse capaz de sorrir, o faria.

Depois de cumprimentar o motorista, a loira se inclina para entrar no veículo, me ignorando completamente. Se pudesse adivinhar, diria que não corro o menor risco de que ela confunda as coisas entre nós, porque mesmo com o espaço enorme no banco de trás, Luna senta quase colada na janela.

A despeito da primeira impressão, de estar envergonhada e talvez um pouco atrapalhada quando nos vimos, ela agora parece me presentear com a mesma indiferença à qual eu pretendia lhe endereçar.

Sim, isso mesmo: *pretendia*.

Porque se há algo que não está morto dentro de mim, é o desejo por um desafio.

— Seu sotaque não é tão carregado.

Escolhi me sentar no banco em frente ao dela porque gosto de encarar meus adversários.

Ela custa um pouco a deixar de olhar a janela para me responder, o que me permite prestar mais atenção à pele delicada de seu pescoço.

É bem mais magra e suave do que as mulheres que costumam me atrair, mas é tão linda que compensa algumas curvas a menos.

— Obrigada — responde em inglês.

A palavra soa fria e sei que devo ter ferido seus sentimentos quando disse anteriormente que seu italiano não era ruim para uma turista, mas nunca fui conhecido por ser um diplomata.

A quem estou querendo enganar? Nos meus bons dias, até mesmo os funcionários me evitam, quanto mais uma garota tão jovem que veio para a Toscana...

Para o quê, mesmo?

Olho-a mais atentamente agora.

Sei, por seu cadastro no hotel, que ela tem vinte e um anos. Por que diabos uma menina tão jovem se enfurnaria em um vinícola no interior da Toscana? Há vários lugares mais divertidos na Itália e sei disso porque conheço todos como a palma da minha mão.

Ela deve notar que estou analisando-a porque depois de fingir olhar a paisagem por alguns minutos, volta a focar em mim.

— Quanto tempo pretende ficar na Itália? — pergunto, mesmo sabendo que não deveria.

— O verão todo.

— Na Toscana?

Ela dá de ombros.

— Eu não sei ainda. Não tenho planos definidos. Vai depender.

Ouço-a, sem acreditar. Posso não saber nada da garota, mas conheço muito sobre seres humanos.

Luna Cox é do tipo que planeja.

— Vai depender de quê?

Ela desvia os olhos.

— Essa é a minha viagem dos sonhos. Eles são muitos, mas flexíveis. Vou ficar onde estiver me sentindo feliz.

— E acha que encontrará isso em San Bertaldo?

— Sonhos ou felicidade?

O motorista estaciona na pista de pouso onde está o helicóptero.

— Os dois.

— Ambos podem ser encontrados em qualquer lugar. Sou uma boa caçadora de sonhos e muito disposta a ser feliz. Sei que acharei o que procuro em algum momento.

Sem esperar que lhe abram a porta, assim que o carro para, ela mesma desce.

Ela passou o curto voo de helicóptero calada e eu, perdido em pensamentos.

Assim que pousamos, uma equipe de boas-vindas veio recebê-la e pude notar o espanto no rosto dos funcionários, pois raramente fico fora do meu escritório durante o dia, principalmente para interagir com hóspedes ou visitantes.

Eu não saio para me divertir. Todas as viagens que faço hoje são a trabalho. Confraternizar com outros seres humanos se resume à minha família e meus amigos, e mesmo assim, depois que dois deles se casaram, não é mais como antes.

Além de governarem seus respectivos emirados, eles agora têm responsabilidades com suas esposas e filhos também.

Contra minha vontade, meus pensamentos se voltam para a garota que, mesmo sem saber, quebrou minha rotina de tédio.

Eu sobrevivo aos dias como um robô, sem sentir prazer ou fazer planos. Saio para fazer sexo com uma certa frequência, mas sempre com mulheres que, assim como eu, não têm vontade de se envolverem em um relacionamento.

Nunca as jovens demais ou as sonhadoras, como a loira que se despediu secamente de mim na volta de Florença.

Luna Cox.

Há muito tempo não encontrava alguém que me fizesse pensar no rumo que a minha vida tomou. É fácil seguir em frente sem levar em consideração nada além do dia a dia.

Um passo por vez e, desse modo, respirar se torna quase possível.

Luna, no entanto, parece ser do tipo que não consegue usufruir de qualquer coisa em pequenas porções.

Ela falou que está atrás dos sonhos e do que a faça feliz.

"Sou uma boa caçadora de sonhos", disse.

Tranco a porta do escritório, me obrigando a tirar a garota da minha cabeça.

Qualquer envolvimento entre nós resultaria na americana indo embora daqui com o coração partido.

Não tenho nada a lhe oferecer além de prazer sexual, e eu não preciso ser um adivinho para perceber que ela quer muito mais.

Porções inteiras. Não uma degustação. A menina quer se lambuzar com a vida.

Dois dias depois

— *Acha que podemos nos encontrar no próximo mês, então?* — um amigo, dono de uma vinícola na Califórnia, pergunta do outro lado da linha.

— Sim e vocês serão meus convidados. Vou mandar reservar um chalé especial para que possa aproveitar a estada junto com sua esposa.

— *Deus sabe que estamos precisando. Ela não tem um minuto de descanso com nosso pequeno exército em casa. Amo meus filhos, mas ambos necessitamos de férias. Vou compensá-la, mimando-a em passeios pela Toscana.*

Ele é dono de uma excelente vinícola em Napa Valley, nos Estados Unidos, mas está interessado em ampliar seus negócios, adquirindo uma propriedade que foi recentemente posta à venda, nos arredores de Nápoles. Nos conhecemos há anos — o primeiro encontro foi em um congresso de produtores, e nos tornamos muito próximos desde então.

Em uma das minhas raras viagens que não foi a trabalho, visitei sua vinícola e conheci sua esposa. Ele e a esposa formam aquele tipo de casal que nasceram um para o outro, a ponto de eu achar que eram recém-casados, tamanha a cumplicidade entre os dois.

— Se a sua intenção é proporcionar romantismo à sua senhora, meu país é o lugar certo.

— *E quanto à vinícola à venda, acha que ele fechará negócio?* — pergunta, se referindo a Amadeo Rossi, um dos mais antigos produtores da Itália.

— Acredito que sim. Ele não tem mais energia para tocar a empresa ou descendentes que possam fazê-lo em seu lugar. Está pensando em se mudar para a região, caso consiga adquiri-la?

— *Não, seria impossível. Não só por causa da carreira de minha mulher, mas porque temos uma família enorme aqui nos Estados Unidos.*

Depois de mais dez minutos de conversa, nós desligamos.

Pensando nele e em sua família, assim como em Kaled com a dele, quase dá para acreditar em finais felizes. Mas isso porque ambos encontraram em suas eleitas a outra metade. Eu jamais tive uma mulher em minha vida que me fizesse desejar uma relação a longo prazo e agora, mais do que nunca, isso não me apetece.

Ando até a janela do meu escritório e observo a movimentação de turistas lá fora.

O verão é uma estação mágica para a maioria das pessoas, mas, para mim, é como outra qualquer.

Dias e anos se passam sem que eu consiga distingui-los.

São todos iguais, congelados no momento em que abracei o corpo sem vida do meu filho. A última vez em que toquei e beijei meu *bambino*.

Uma risada me chama a atenção e quando sigo o som com o olhar, percebo que vem da loira que fui buscar em Florença.

Ela está na piscina, conversando com uma hóspede. Luna se mistura rápido. Eu tenho a vigiado à distância. Sorri e faz amizades em um piscar de olhos e apenas após poucos dias aqui, parece tão *local* quanto uma italiana nata seria.

Percebo como os homens ficam hipnotizados com sua presença sem que ela sequer se dê conta disso.

A felicidade da menina não é algo que se possa ignorar. É como se seu entusiasmo diante da vida obrigasse todo mundo a sorrir também.

Volto para minha mesa.

Ela não é para mim. Luna e sua alegria não se encaixam em meu mundo.

Capítulo 8

Luna

No mesmo dia

Quando desci do helicóptero, no dia em que cheguei, me despedi rapidamente do italiano azedo e depois de fazer o *check-in* na recepção da vinícola, segui o funcionário que me levou até o meu quarto.

Uau, e que quarto!

Quero dizer, no último ano e meio, eu me acostumei a viver com luxo, já que Hudson é um bilionário com *b* maiúsculo.

Tanto seu apartamento em Dallas quanto a fazenda em Grayland, e até mesmo o imóvel que ele me cedeu para morar por alguns meses, estariam prontinhos para receber alguém da realeza se fosse necessário.

Juro por Deus que você consegue cheirar a riqueza só caminhando pelas propriedades dos Gray.

Não é disso que estou falando, no entanto.

Claro, a *Fattoria* Moretti é muito luxuosa, mas estou apaixonada mesmo é pela beleza da decoração.

O teto alto é atravessado por vigas grossas de madeira escura e as paredes, pelo menos deste aposento, são de um tom terroso, que me fez sentir aconchegada.

Um tapete persa se estende no piso de mármore em frente à cama — enorme — coberta por uma colcha em tons degradê de creme.

Tive vontade de pular nela como uma criança, mas havia um funcionário comigo e não queria que ele saísse dizendo por aí que a hóspede americana é doida.

O quarto em que estou é maior do que meu antigo apartamento inteiro em Boston.

O empregado se despediu educadamente, dizendo que se eu precisasse de alguma coisa, poderia ligar para um dos números que se encontram na mesinha de cabeceira.

Decidi anotá-los em meu celular. Sou horrível para guardar cartões. Nunca sei onde encontrá-los depois.

Assim que a porta se fechou, corri para o que primeiro chamou a minha atenção quando entrei: uma enorme janela de parede inteira.

Ela faz um contraste maravilhoso com o aspecto tradicional do restante do ambiente, mas é a piscina do lado de fora, exclusiva para o meu quarto, aliada à vista paradisíaca que tantas vezes namorei nos *sites* de turismo na *internet*, o que roubou meu fôlego.

Agradeci a Deus por me dar a oportunidade de realizar esse sonho.

Meus olhos se encheram de lágrimas quando abri a porta e fui lá fora.

Não tenho um nariz muito apurado e não consigo identificar os odores, os quais os *sites* de turismo falavam serem característicos da Toscana, como oliveiras ou alecrim, mas senti o cheiro de *vida*.

Flor e verão.

Sol quente em minha pele.

Ar puro.

Um corpo sem dor ou fraqueza.

Tudo quase perfeito, não fosse o encontro com Ricco.

O que será que aconteceu para tê-lo transformado no que é agora? Ou o homem que eu conheci antes era um personagem?

Acho que não. Sou inexperiente, mas sei quando alguém sorri de verdade. Pelo pouco tempo que conversamos no passado, deu para perceber que Ricco era alguém que amava a vida.

Lindo, carismático.

O homem que foi me buscar no aeroporto parecia odiar a raça humana.

Não, isso não é verdade. Ódio é um sentimento. Ele parece mesmo é indiferente ao resto do mundo.

Não sou tão boba a ponto de pensar que Ricco, lindo e que deve ter dezenas de mulheres aos seus pés, se lembraria de mim ou cairia de amor quando me visse. O que eu queria de verdade era reencontrá-lo, quem sabe até para acabar com as tolas lembranças de adolescente.

Logo que o conheci, eu o pesquisei na *internet* e vi que era solteiro e um *playboy* também. O tipo de príncipe encantado moderno pelo qual nós mulheres suspiramos através das histórias de romance.

Ao longo dos anos, no entanto, e principalmente depois que decidi vir mesmo para a Itália, eu não busquei mais qualquer informação a seu respeito, como que para proteger o meu sonho — ou talvez fosse até uma tentativa de evitar que a realidade interferisse.

Agora, penso em como fui ingênua.

Ele pode perfeitamente ter se casado, mesmo que eu não tenha visto uma aliança em sua mão. Isso não prova nada, uma vez que alguns homens não usam.

Deus, Luna, que choque de realidade!

O homem com o qual sonhei por anos, em um primeiro momento de nosso reencontro, parecia querer estar em qualquer lugar, menos perto de mim.

Tudo bem que depois, no carro, ele tentou consertar fazendo algumas perguntas, mas acho que foi por eu ser uma hóspede e naquela hora, quem já não estava mais a fim de conversar era eu. Sou filha de italiana e bem esquentada também. Pise no meu calo e não vou oferecer a outra face, não, mas calçar um *scarpin* salto doze e devolver o pisão sem pena.

Olho para o céu sem nenhuma nuvem. O dia está lindo e resolvo que vou para a piscina, tentar me divertir ao máximo como tenho feito desde que cheguei.

Ficar trancada me lamentando pelo fiasco do nosso primeiro encontro não mudará nada. Não vim até aqui simplesmente para desistir no primeiro obstáculo.

Tudo bem, vou admitir que é mais do que um obstáculo. Ricco parece tão fácil de ser alcançado quanto Marte, mas se nada der certo, pelo menos vou limpá-lo da minha mente de uma vez por todas e abrir espaço para conhecer outros caras.

Por outro lado, também não mergulharei de olhos fechados.

Preciso ao menos saber se ele é livre. Isso vai determinar se ainda vou tentar nadar naquelas águas ou reprogramar meus planos.

Pego o celular para mandar uma mensagem para Antonella. Ela insiste que nos falemos todos os dias e, por mais que eu ache desnecessário por não correr qualquer risco, não quero chateá-la.

"Vou para a piscina do hotel para ver se consigo mais algumas sardas. Estou saindo da cor natural branco-fantasma para um vermelho-tomate adorável. Te amo."

A resposta não demora mais do que cinco minutos para chegar.

Antonella: *"Aproveite tudo o que puder. Estou com saudade, mas torcendo para que você se divirta sem medida. De qualquer modo, estou ao alcance de um telefonema. Hudson e Dante mandam beijo. Ah, não esqueça o protetor solar."*

Olho para o celular em minha mão, tentada a fazer uma pesquisa por Ricco Moretti.

Bastaria jogar o nome dele em um *site* de busca, como fiz no passado, e eu saberia se é comprometido, mas, estranhamente, depois que nos reencontramos, não quero fazer isso.

Antes foi uma questão de necessidade, como verificar sobre a vida da nossa celebridade favorita, agora eu me sentiria uma perseguidora se o investigasse.

Não, vou deixar as coisas acontecerem naturalmente.

Quem sabe um funcionário indiscreto não consiga me dar a resposta que eu preciso.

Horas depois

— Está me dizendo que já trabalhou como *hostess* em sua cidade natal? Quando? No berçário? — meu mais novo amigo pergunta.

Dou risada do exagero de Alessandro, um funcionário do lindo restaurante principal da vinícola, no qual eu jantei ontem.

Eu estava indo ao banheiro quando acabei me perdendo e entrando na porta errada, dando de cara com ele.

É um rapaz super informal e acabamos conversando. Nem vi a hora passar.

Primeiro, ele veio com aquele charme, que já aprendi ser tão natural nos italianos quanto respirar.

Não, isso não é bem verdade. Ricco não joga charme algum, muito pelo contrário. Mas também, com aquela aparência, ele nunca precisaria bancar o conquistador.

Enfim, como não dei trela, tratando-o como a um amigo, Alessandro acabou saindo do personagem e se revelando uma pessoa muito legal.

Como eu imaginara, entre uma conversa casual e outra, descobri o que precisava. Ricco Moretti é solteiro. Nunca foi casado, na verdade, mas isso foi tudo o que me foi dito até o momento.

Um casal passa por nós e acena com a mão.

Eu já conheci tanta gente em apenas dois dias!

Prefiro interagir com os locais, no entanto, do que com turistas. Além de poder treinar meu italiano, recebo dicas privilegiadas de lugares para visitar na região que não ficam lotados, mesmo nessa época do ano.

Eu estava entrando para tomar um banho, depois de horas no sol, quando ele me viu e se aproximou para conversar. Não sem antes me olhar de cima a baixo.

Uma vez italiano, sempre italiano.

Estou usando um biquíni roxo, um dos que Antonella me deu para meu *enxoval de verão*, como ela chamou, e uma saída de praia que mais parece um vestido super curto e transparente, da mesma cor, por cima.

Minha barriga ronca e percebo que estou morrendo de fome. Decido que vou almoçar e depois sair de bicicleta pela vinícola mesmo.

Ainda não fui na cidade da minha mãe. Estou adiando porque sei que quando pisar em *Greve in Chianti*, vou me emocionar. Nunca me acostumarei à perda dos meus pais.

— Terra chamando Luna — ele diz e dá risada. — Nossa, isso ficou estranho. Quero dizer, seu nome significa "lua" em italiano. Terra chamando lua...

Eu gargalho.

— Jesus, você nem se esforça para fazer piadas!

Ele ri junto comigo, mas percebo que sua expressão muda ao olhar para algo — ou alguém, melhor seria dizer — atrás de mim.

— Alessandro, sua gerente está o esperando para uma reunião.

Não preciso me virar para adivinhar de quem se trata. Pode parecer loucura, mas sinto a presença de Ricco a cada passo que dou dentro da vinícola.

— Sim, senhor Moretti — ele responde, parecendo ansioso e confirmando minhas suspeitas. — Agora que percebi que meu horário de almoço terminou.

— Acho que já vou indo também, Alessandro.

— Tudo bem, tenho que voltar ao trabalho. Mas pense direito no que eu falei sobre o piquenique na semana que vem.

— Vou pensar, mas como eu disse, ainda não tenho certeza quanto aos meus planos. Talvez nem fique na Toscana nesse dia.

Ontem eu peguei um folheto de uma agência que oferece excursões para cidadezinhas da região. Acho que irei a uma delas.

Finalmente, após me despedir e vê-lo se afastar fazendo um gesto com a cabeça para seu chefe, não tenho mais como evitar encarar o homem lindo às minhas costas.

Tomo uma respiração profunda antes de enfrentá-lo. Meu coração está batendo loucamente.

Capítulo 9

Ricco

Por um instante, só fico parado, devorando-a com os olhos sem disfarçar.

Absorvendo-a. Degustando cada pedaço dela.

Luna está ainda mais deliciosa vista de perto, o corpo quase nu, que a saída de praia não consegue ocultar.

— *Buongiorno, signor Moretti.*

— Ricco — comando.

— Oi, Ricco — ela diz, obediente, e eu gosto de ouvir meu nome naquela boca tentadora.

— Tem se divertido?

Tento não imprimir qualquer condenação ao meu tom. Ela é jovem, linda e livre. O que a impede de conversar com quem quer que seja?

É um discurso bonito, mas totalmente falso.

A verdade é que me incomodou para caralho vê-la tão à vontade com meu funcionário.

Mas por quê? Ela não é minha. Aliás, não é nada além de uma hóspede.

— Muito. Por enquanto só fiquei por aqui, mas pretendo explorar as cidades em volta.

— Caçando sonhos?

Ela fecha a cara.

— Tenha uma boa tarde, *signor Moretti.*

Já está se afastando quando digo:

— Luna?

Olha para trás, o rosto perfeito ainda zangado.

— Sim?

De algum modo, me incomoda que tenha sido meu comentário o que roubou sua alegria.

— Não há nada de errado em sonhar. Talvez eu esteja com inveja de você. Nunca soube como fazer isso.

Ela abre a boca como se fosse dizer alguma coisa, mas antes que consiga, eu viro as costas e me afasto.

Três dias depois

Mexo nos papéis em cima da mesa, sem conseguir me concentrar no que estou fazendo.

Geralmente, nessa hora do dia, estou mergulhado em trabalho. Foi me afundar em meus negócios o que me permitiu seguir em frente depois da morte do meu filho.

Hoje, no entanto, não há nada que consiga prender minha atenção, pois ora ou outra Luna volta à minha cabeça.

Sei que ela também se sente atraída por mim. Estou há tempo demais nessa estrada para não reconhecer o interesse de uma mulher.

Diferentemente de todas com as quais já me envolvi até hoje, porém, a menina não força um encontro casual.

Será que é porque não sabe jogar? Por ainda ser muito nova?

O fato é que eu é quem me sinto um perseguidor, buscando-a com os olhos dentro do hotel a cada vez que saio do meu escritório.

Nunca precisei de esforço para chamar a atenção de uma mulher, mas Luna parece me evitar quando passamos um pelo outro, me cumprimentando com um sorriso polido.

Se for algum tipo de estratégia da parte dela, está surtindo efeito, porque a todo momento volta à minha memória o corpo perfeito, o sorriso doce e as palavras sem filtro.

Ela é como um bálsamo em meu mundo escuro.

Ainda não tenho certeza sobre seguir em frente com essa atração, porque minha intuição diz que ter um relacionamento com ela, mesmo que nos meus termos, poderia gerar complicações.

Mas ela vai embora no fim do verão. Vai voltar para seu país, o que tornará o adeus muito mais fácil.

O que devo fazer? Até agora tenho sido um bastardo mal-humorado. Não acredito que ela vá simplesmente aceitar minha aproximação. Não, preciso ser sutil.

Abro seu cadastro para conferir onde está instalada e, de repente, sei o que fazer.

Oferecer o que há de melhor na *Fattoria* Moretti, um chalé exclusivo e luxuoso. Dar um *upgrade* nas férias dos sonhos dela. Mimá-la.

Além disso, assim teremos mais privacidade caso o que haja entre nós siga adiante. Não quero um relacionamento público e sim, algumas horas de satisfação mútua.

Levanto da minha mesa e vou até a antessala falar com a minha secretária.

— Quero que você ligue para Luna Cox, uma de nossas hóspedes, e ofereça o chalé *deluxe*[33].

Sua sobrancelha se ergue quase até o couro cabeludo.

— Devo lhe dar alguma razão para a oferta?

— Não. Apenas providencie para que ela receba o melhor tratamento.

Meia hora depois

— Fez o que eu mandei? — pergunto quando minha secretária abre a porta da minha sala após três batidas.

— Sim, mas ela não aceitou o chalé especial que lhe ofertamos.

— Por que não?

— Disse que prefere ficar na sede da vinícola mesmo.

— Deu algum motivo para isso?

A mulher me encara como se estivesse me vendo pela primeira vez.

— Acho que a senhorita se justificou dizendo que gosta de ter pessoas por perto.

— Mas o chalé é mais confortável. Ligue-me com o quarto dela.

— O senhor... *huh*... quer falar com uma hóspede?

— Sim. O que há de errado nisso?

— Nada, claro — responde depressa, tornando a sair para cumprir o que lhe foi solicitado.

Por que diabos a menina não aceitou uma oferta tão generosa? Hóspedes do mundo inteiro se matam para terem a oportunidade de reservá-los.

— E então? — pergunto quando, dois minutos depois, ela volta.

Impaciente, estendo a mão para o telefone, mas ela me interrompe com um gesto.

— Não consegui falar com ela novamente, senhor Moretti. A senhorita Luna Cox saiu. Parece que outra hóspede a convidou para uma festa.

— *Festa?*

A mulher parece perto de ter um *AVC*. Quase consigo escutar as batidas de seu coração.

— Sim.

— Onde?

— Na vinícola Andresano.

Sinto uma contração involuntária em meu maxilar e um zumbido no ouvido. Sinais da minha raiva aflorando.

De todos os lugares na Toscana em que Luna Cox poderia ir, ela tinha que escolher a vinícola do meu meio-irmão Tommaso, claro.

"Ela não é nada sua", a mesma voz que vem me avisando para me manter longe dela repete. Esforço-me para ouvi-la, porque onde Luna vai ou deixa de ir não é da minha conta, mas, ao mesmo tempo, já estou me levantando.

— Obrigado, você pode ir agora.

— Quando ela voltar, devo insistir na oferta da mudança do quarto para o chalé?

— Não, pode deixar que cuidarei disso pessoalmente.

— Sim, senhor.

Capítulo 10

Luna

Minutos antes

— Não bebo nada além de uma taça de vinho, Chiara — aviso para não estragar os planos dela.

Eu estava dando uma das minhas voltas aleatórias pela vinícola quando uma garota bonita se aproximou de mim, perguntando se eu era a americana que o irmão fora apanhar em Florença.

Custei um pouquinho a acreditar que aquela criatura sorridente poderia ter parentesco com meu italiano, então pensei no que ele me disse em nosso último encontro.

Não há nada de errado em sonhar. Talvez eu esteja com inveja de você. Nunca soube como fazer isso.

Aquilo não saiu da minha cabeça.

Eu o julguei erroneamente?

Quero dizer, não que eu deixei de considerá-lo um bastardo arrogante, mas talvez haja muito mais sob a superfície do que ele demonstra para o mundo. Seria muita pretensão da minha parte achar que o conheço após vê-lo somente uma única vez há muitos anos e, depois, em dois encontros rápidos aqui na Toscana.

Olho para a menina alegre.

Chiara Moretti, como se apresentou, consegue a proeza de falar ainda mais do que eu e Antonella.

Posso dizer sem medo de errar que, em cerca de meia hora, recebi um bom resumo da região, assim como de cada indivíduo de sua família.

Ela se ofereceu para dar uma volta pelo hotel comigo e me contou que no próximo semestre começa a faculdade em Milão, ao norte do país, mesmo que o irmão mais velho — Ricco — preferisse que ficasse pela parte central da Itália mesmo.

Agora, depois de pararmos para tomar um suco, ela acaba de me convidar para uma festa em uma vinícola vizinha.

A ideia parece bem mais atraente do que jantar e ir direto para o meu quarto, então estou muito tentada a dizer *sim*. Mas como eu não conheço nada dela ainda, resolvo colocar as cartas na mesa para que saiba que não sou uma farreadora profissional.

— Tudo bem, Luna. Acredite ou não, também não tenho muita resistência ao álcool, mesmo que meus dois irmãos sejam donos de vinícolas.

— Dois? Achei que tinha dito que Ricco era seu único irmão homem.

— Por parte de pai, sim. Essa festa para a qual a estou convidando é na vinícola do meu outro irmão, Tommaso. Na verdade, meio-irmão, mesmo que para mim não faça diferença.

Fico sem saber o que dizer e acho que ela enxerga aquilo estampado em meu rosto.

— É uma história complicada, Luna.

— Não quis ser indiscreta.

— Você não foi. Vou tentar fazer um resumo rápido. Não gosto muito de falar sobre isso porque acaba me deixando triste. Meu pai tinha uma família paralela — quero dizer, tecnicamente ainda tem porque, pelo que eu saiba, à exceção de Tommaso, que não fala com ele, vê os filhos que teve com a outra mulher. Não sei se já terminou o relacionamento com ela, mas continua casado com a minha mãe.

— Uau! — falo com a boca aberta. — Sinto muito se estou agindo como uma idiota, mas parece coisa de filme.

— Não é? E só piora, porque minha mãe não odeia os filhos da amante do meu pai, mas Greta, a outra mulher, não nos suporta.

— Então como você e esse Tommaso... quero dizer...

Jesus, que situação! Como conversar com ela sobre isso sem parecer bisbilhoteira?

— Como nos damos bem? Eu sou a única do clã Moretti que fala com Tommaso. Acredite, ele também não queria aproximação comigo, mas eu insisti até que me recebesse em seu escritório e agora almoçamos juntos uma vez por semana. Você conheceu, Ricco, então não espere nada melhor no que diz respeito à simpatia da parte do meu outro irmão.

— Existem mais? Você disse sobre os *filhos* da outra mulher.

— Sim, do lado de mamãe somos só eu e Ricco, mas do lado de Greta são cinco. Três rapazes e duas moças. Se continuarmos próximas até o fim de suas férias, o que espero que aconteça, talvez você precise de um aplicativo somente para gravar o nome da minha família inteira. Agora chega de falar e vamos nos divertir.

— Eu preciso trocar de roupa?

Ela olha criticamente para meu vestido cor-de-rosa de um ombro só e na altura dos joelhos.

— Hoje não, mas pretendo levá-la a uma boate em Florença ainda essa semana. Aí sim você deve ir vestida para matar.

Duas horas depois

— Tem certeza de que seu irmão não vai se importar por você ter me trazido? — pergunto, um pouco ansiosa.

— Qual deles? Se estiver falando de Ricco, ele não sabe que eu vim, ou ficaria louco comigo. Mas se for sobre Tommaso, provavelmente ele nem estará aqui. Assim como Ricco, vinícolas são apenas uma parte de seus negócios, mas enquanto meu irmão mais velho sempre amou essa região, Tommaso fica quase todo o tempo em Roma. Se quer ouvir minha opinião, acho que ele só entrou no ramo para infernizar Ricco. Eles se odeiam.

Nossa, que situação! O que Chiara me contou é surreal.

Como a mãe dela consegue continuar casada com um homem que a traiu a vida inteira e que, ainda por cima, esfrega essa traição na sua cara em formato de cinco descendentes com outra mulher?

Oh, ser iluminado, viu! Porque eu tenho certeza de que arrancaria a pele do meu marido se ele, não satisfeito em me trair, ainda tivesse filhos com a outra.

— Pronto, chegamos — diz quando o motorista que nos trouxe estaciona. — Normalmente eu venho dirigindo minha *scooter*[34], mas isso me faria levar bronca dos dois lados da família, tanto de Ricco quanto de Tommaso.

— Eu nunca andei de moto.

— Haverá outras oportunidades, mas para sair à noite por essas estradas não é uma boa escolha. Além do que, temos que provar o vinho que é concorrente do da minha família. Álcool e moto definitivamente não combinam.

— Tecnicamente, esse daqui é da sua família também, já que a vinícola pertence ao seu outro irmão.

— Sim, eu sei, mas quando se trata de *Chianti*, só existe um, e esse vem da *Fattoria* Moretti.

Sorrio pensando em como ela é doce, mesmo sendo arrogante ao falar do famoso vinho que o irmão mais velho produz. Chiara não parece ser o tipo que lhe diz algo para agradar e isso, para mim, é uma senhora qualidade.

Olho para a propriedade toda iluminada. Várias pessoas estão com taças na mão e espalhadas pelo terreno, parecendo se divertir.

— Você nasceu aqui? — pergunto enquanto começamos a caminhar para perto da multidão.

— Sim, mas em Florença. Tanto eu quanto Ricco.

— É uma sortuda, Chiara. Que lugar incrível para se crescer.

— Não só a região, mas a família também. A nossa é enorme, sabe? Natal é quase como que um festival. Nunca conseguimos reunir todo mundo.

— Antigamente éramos só eu e a minha irmã. Ficamos órfãs muito cedo e a tia que terminou de nos criar não quis mais proximidade conosco depois que fiz dezoito anos.

— Nossa, Luna, que triste. Minha família está longe de ser perfeita, mas não consigo imaginar a vida sem eles. São tantos tios e primos que temos que fazer um rodízio anual para visitar todos. Mas você disse *antigamente*. O que mudou?

— Minha irmã caçula se casou com um texano que tem uma família relativamente grande e agora não somos mais sozinhas.

— Texanos *sexies*? — pergunta, sorrindo. — Vi um filme outro dia sobre *cowboys* modernos texanos e juro por Deus que me apaixonei umas cinco vezes durante a sessão.

— Eles são lindos, sim, mas aqui na Itália também tem muito homem bonito.

— Bonitos e de fala macia[35], então tome cuidado para não cair nas garras de um sedutor do tipo que coleciona mulheres.

Olho para ela em dúvida. Apesar do seu discurso, não acredito muito que tenha mais experiência do que eu. Chiara parece um bebê

---

35 É uma expressão usada para dizer que os italianos são conquistadores.

querendo usar sapatos de adulto. Não compro sua atuação de mulher vivida.

Respiro fundo para ter coragem de perguntar o que eu quero.

Um garçom passa por nós e, para disfarçar, pego uma taça de *prosecco*[36], mesmo que não tenha qualquer intenção de bebê-lo, já que ainda não comi nada.

— E seu irmão, Ricco?

Ela se volta para mim.

— O que tem ele?

— Também é um dos bonitos de fala macia?

Nem tento ser sutil porque dizer que Ricco é bonito é simplificar muito o conceito de beleza. O homem deveria ter os genes estudados. Aliás, os pais deles estão de parabéns no quesito fazer filho bonito, porque Chiara também deve dar trabalho aos irmãos.

— Ele nunca precisou. Ser fala macia, quero dizer. Desde que me entendo por gente, as mulheres sempre se jogaram nele como moscas em cima do mel, e a apreciação era, digamos, recíproca, mas ele não é mais assim...

Antes que termine de falar, seu celular toca e ela faz um gesto com a mão, me pedindo licença para atendê-lo.

— Ricco, eu não estou na *Fattoria*. — Posso ver pela maneira como suas bochechas coram que está levando uma bronca. — Sim, eu trouxe a nova hóspede para uma festa na vinícola de Tommaso, qual é o problema?

Ai, meu Deus! Eu não quero testemunhar isso.

Sem jeito, esqueço da determinação anterior de não beber sem comer algo antes e viro a taça de *prosecco* de uma só vez, enquanto me afasto um pouquinho para dar a ela privacidade para discutir com o irmão.

Mal ando meia dúzia de passos e uma voz me para.

— Uma intrusa?

Quem quer que tenha dito aquilo, deve saber que sou americana, porque a pergunta veio em inglês.

Viro-me curiosa e talvez um pouco rápido demais, porque fico tonta.

---

36 **Prosecco** e **Champagne** são denominações de origem de dois dos mais famosos **espumantes** do mundo. **A** princípio, prosecco era um tipo de uva nativa da Itália. Há pouco tempo, transformou-se na nomenclatura de todo vinho efervescente produzido na região italiana de Vêneto. Diferentemente dos champagnes e dos cavas, os proseccos são elaborados pelo método charmat, onde a segunda fermentação ocorre em grandes tanques de aço inox, e não na própria garrafa.

— Opa, devagar, *bella mia*[37].

Jesus misericordioso, é como ver Ricco em uma versão mais morena.

O que tem nessa terra para produzir tanta gente bonita?

Ninguém precisa me dizer que esse é Tommaso, o meio-irmão do meu ex-futuro-amor ranzinza, mas a despeito do que Chiara disse, essa versão de Ricco veio com o acessório "flerte" acoplado.

— Eu não sou intrusa. Chiara me convidou.

— Tommaso, nem pense nisso. Essa é minha nova amiga americana, Luna, e não vou deixar que você parta o coração dela. Portanto, afaste-se. — Mesmo com o tom meio zangado, ela sorri quando vai para perto do irmão e o abraça.

Ele endurece e o charme que jogou para mim some como em um passe de mágica.

Deus, os homens dessa família vão conseguir fritar meu cérebro. O que o fez mudar de atitude? Dizer que somos amigas?

Acho que foi isso, sim.

— Você não me avisou que viria — ele diz para Chiara, como se eu já não existisse.

— Porque não tinha certeza. De qualquer modo, não vou demorar.

— Por que não?

As bochechas dela ficam em brasa.

— Ricco está vindo nos buscar.

— De jeito nenhum.

— Vem, sim, e nós não vamos brigar por causa disso, Tommaso. Não importa quanto tempo fiquemos, eu estou aqui e morta de saudade de você.

Ela enfia o braço no dele e estica a outra mão para mim.

— Agora, trate de me contar as novidades.

---

37 Algo como "minha linda".

Capítulo 11

Luna

Cerca de uma hora depois

— Não é nada pessoal — ela diz quando o irmão se afasta para falar com uns convidados.

Depois do primeiro contato, ele se manteve em um modo "polido-distante", sem qualquer resquício do deus *sexy* que me abordou.

— Eu não sei se entendi o que você está falando — disfarço.

— Entendeu, sim. Tommaso foi com os dois pés na porta para cima de você até descobrir que estava comigo. Meus irmãos não se envolvem com mulheres conhecidas pela nossa família porque nenhum deles namora.

Ah!

— Por quê? — pergunto, mesmo já desconfiando da resposta.

— Imagine a complicação que seria magoar a filha de uma amiga dos nossos pais?

— Mas eu não sou conhecida de qualquer pessoa. Eu e você nos encontramos pela primeira vez hoje.

Estou argumentando só pela força do hábito, porque ainda que Tommaso seja lindo, não despertou meu interesse.

— Ainda assim, eu a trouxe e ele sabe que não gosto que magoe as minhas amigas.

— Eles fazem muito isso? Magoar as mulheres, quero dizer.

— Não de propósito, né? Meus irmãos podem não ser muito simpáticos, mas nunca os vi maltratar qualquer pessoa, homem ou mulher, e isso é algo que Ricco e Tommaso têm em comum. Mesmo sendo criados por mães diferentes, ambos não são grosseiros com suas mulheres, ainda que não possam ser chamadas de namoradas. O que estou tentando dizer é que eles as magoam quando querem terminar e a pessoa não quer.

— *Hum...* acho que agora entendi o recado.

— Não foi para você, acredite. Não quero que se machuque, mas também não posso impedi-la de suspirar por qualquer um deles.

— Não estou suspirando por Tommaso.

— Por Ricco, então?

Meu rosto esquenta e quero muito negar, mas não acho que seja uma mentirosa tão boa assim. Meu silêncio me entregou completamente.

— Meu Deus! Sim, é por Ricco!

— Seu irmão é muito bonito, mas não acho que eu dizer isso seja algo que cause espanto. Duvido que exista uma mulher com sangue correndo nas veias que fique indiferente a ele.

— Verdade. Os dois são lindos, e não é porque são meus irmãos, mas a mulher que os laçar será uma sortuda. Eles já tiveram muitas *companhias femininas*, mas acho que nenhum dos dois se apaixonou alguma vez, e penso que quando acontecer, vão seguir em linha reta para o altar. Enfim, o que tentei explicar é: não deixe que a indiferença de Tommaso arranhe seu ego. Tenho certeza de que se você não tivesse vindo comigo, a essa altura estaria nos braços dele.

— *Hey*, vamos devagar aí. Não sou de cair nos braços de qualquer um, não!

Ela ri.

É, no lugar dela eu também riria, porque uma mulher tem que ser muito louca para dispensar alguém como Tommaso. O problema, no caso, é que ele é o irmão errado.

— Ah, é, me esqueci. Seria nos braços de Ricco que você preferiria estar.

— Você é incontrolável — falo, mas estou rindo também.

— Não é a primeira pessoa a me dizer isso.

— Imagino.

— Não, você não tem ideia do que é ter dois irmãos controladores. Eu tenho que driblá-los o tempo todo. Bem, tecnicamente são quatro irmãos homens, já que há mais dois rapazes por parte do meu pai, embora eles prefiram me ignorar.

— Eu não me importaria de ter dois irmãos no meu pé, se minha família fosse tão grande quanto a sua.

— Grande, mas muito louca.

Não tenho como negar aquilo, então opto por não responder.

— Vamos ter que ir embora, né?

— Sim, eu não avisei a Ricco que viria e ele ficou bravo comigo. Sinto muito por termos que sair tão cedo.

— Por que não contou ao seu irmão que viria?

— Ele falaria um monte sobre os perigos dessa estrada, mas, na verdade, acho que não me quer perto de Tommaso.

— Por que eles se odeiam tanto?

— Tirando o óbvio?

— Não vejo qualquer coisa óbvia nesse ódio, afinal, os filhos não têm culpa dos erros cometidos pelos pais.

— É complicado, Luna. Além de anos de mágoa, há uma questão pessoal entre Ricco e Tommaso — diz, de maneira enigmática.

— De qualquer modo, perdoe-me por lhe trazer a um programa que acabou se transformando em uma furada.

— Não tem problema. Acredite, da maneira que a minha vida era há alguns meses, o dia de hoje já foi uma superaventura.

— Nós nem começamos ainda. Estamos na melhor estação do ano para curtir e vou organizar alguns passeios bem legais para nós duas. A não ser que você prefira férias mais tranquilas, claro.

— Não, na verdade estou superanimada. Eu amei o convite. As pessoas são tão alegres. É como participar de um filme, só que na vida real. De tudo o que vi da Itália até agora, me apaixonei.

— Isso inclui Ricco? — pergunta às gargalhadas.

O telefone dela acende com uma mensagem no momento exato, me livrando de uma resposta mentirosa com relação ao seu irmão mais velho.

Quando acaba de ler, o rosto está um pouco afogueado.

— Ricco chegou, precisamos ir.

— Por que parece nervosa?

— Os confrontos entre os dois nunca são bonitos de se testemunhar.

— Por que ele ficou tão chateado por você ter vindo? Quero dizer, sei que me contou que ele e Tommaso não se dão bem e tal, mas você não correria riscos aqui.

— Não foi só por causa de Tommaso, para ser sincera. Claro, acho que ele preferiria que não nos encontrássemos, mas penso que a preocupação maior dele foi a distância que eu e você teríamos que percorrer com o carro na volta. Essas estradas são bem sinuosas e meu irmão é superprotetor. Acredite em mim quando eu digo que ele tem seus motivos.

Ela faz um sinal para Tommaso, que caminha até nós.

— Ricco chegou, preciso ir — diz, se deslocando para perto do irmão.

Engraçado como mesmo não tendo convivido a vida inteira, eles são carinhosos um com o outro. Dá para ver que mesmo com a pose de durão, Tommaso adora a irmã.

— Vou acompanhá-las até a saída.

— Não precisa...

— Sem discussão, *bambina*[38]. Quero ter certeza de que você irá embora daqui em segurança.

— Prometa que não o provocará.

— É mais forte que eu. Não consigo resistir.

Capítulo 12

Ricco

Luna não foi para a vinícola de Tommaso com uma hóspede qualquer, mas com a louca da minha irmã que, em seus dezenove anos incompletos, não parou para pensar nos riscos de se voltar de uma região como aquela de madrugada, que é quando as festas locais costumam terminar.

Tenho plena confiança no motorista que as levou, mas os problemas são outros, como pessoas que bebem e pegam a estrada cujo um dos lados, em alguns dos trechos, descamba em desfiladeiros.

O que diabos Chiara perdeu na *Castiglion*[39]? Não tem entretenimento o suficiente em San Bertaldo?

Ou foi especificamente para ver o bastardo do Tommaso?

Paro o carro e envio uma mensagem para ela. Não sinto qualquer vontade de pisar nas terras daquele miserável, mas vou dar cinco minutos até que saia ou irei lá.

Tamborilo os dedos impacientemente no volante do carro, mas não é o suficiente para me acalmar, então resolvo esperá-las do lado de fora.

E é quando o vejo.

O cretino do Tommaso de mãos dadas com a minha irmã, enquanto Luna caminha do outro lado de Chiara.

Cruzo os braços na frente do peito, esperando somente uma provocação. Eu só preciso de um único motivo para ir até onde está. Mas depois de se despedir da minha irmã, ele aparentemente se encontra distraído com a deusa loira.

"*Não é da sua conta*", uma voz repete quando o vejo rodear a cintura dela, puxando-a para um beijo na bochecha.

Mas, aparentemente, essa voz não consegue me convencer porque em meia dúzia de passos, estou neles.

— Vamos — falo, de mau humor, para as duas.

— *Buonasera, signor* Moretti[40] — Luna me cumprimenta em italiano, talvez para me lembrar dos meus maus modos.

— *Buonasera*. Se estiverem prontas, vamos andando.

Chiara conversa com Tommaso, se despedindo, mas Luna ainda hesita, como que me desafiando.

Olho a mulher que, quando vi pela primeira vez, pensei ser um pouco suave demais para o meu gosto, mas que como pude atestar naquele dia na piscina, apesar da compleição delicada, tem curvas nos lugares certos e seios grandes o suficiente para encher minha mão.

Ela usa um vestido cor-de-rosa que deixa um dos ombros nus e quero correr a língua naquele pedaço de carne.

Quando volto a focar seu rosto, sei que fui pego no ato, mas não tento disfarçar o que estava fazendo. Ao invés disso, ergo uma sobrancelha e fico satisfeito quando vejo-a corar.

— Estamos prontas — minha irmã diz e vem para o meu lado. Somente então a loira se rende, juntando-se a nós.

Olho uma última vez para Tommaso. Esse encontro foi muito civilizado para nossos padrões porque tenho certeza de que nenhum de nós quer chatear Chiara. Normalmente, eles terminam com ofensas recíprocas e juras de ódio eterno.

Quando abro a porta do carro, Chiara se prepara para entrar na frente, mas eu faço sinal de *não* com a cabeça e ela entende o recado.

A americana parece confusa quando me vê segurando a porta do carona para ela, mas, por fim, entra, ocupando o lugar do passageiro e fechando seu cinto de segurança.

— Você vai dormir na minha casa hoje — aviso Chiara. — Está muito tarde para voltar a Florença.

— Eu não queria ir embora, de qualquer modo — ela responde, acho que mais pelo desejo de dar a última palavra do que qualquer outra coisa.

Ignoro a birra e me concentro na passageira silenciosa ao meu lado. Ela está rígida, tensa, e tenho certeza de que, neste instante, não sou uma de suas dez pessoas favoritas no mundo.

Estava se divertindo com o cretino? É por isso que parece tão chateada? Ou foi me ver de novo o que a desagradou?

Aparentemente ela não me deixará saber, porque a cabeça re-

---

40 "Boa noite, senhor Moretti."

costa no vidro da janela e quando volto-me para verificá-la, seus olhos estão fechados.

Estamos quase chegando à *Fattoria* e ouço um suave ronco vindo da parte de trás do carro.

Acho que as duas apagaram o caminho inteiro, mas não tenho certeza se Luna não estava somente de olhos fechados, me evitando.

De qualquer modo, me deu tempo o suficiente para pensar na fuga da minha irmã para a vinícola de Tommaso.

Chiara me deixa louco. Acho que a todos nós, até mesmo ao infeliz do meu meio-irmão.

Ela leva bronca de todos os lados e não dá a mínima. A menina é um furacão de um metro e cinquenta e quatro.

Minha irmã é impulsiva, boa demais para este mundo e também muito ingênua. Ela não consegue pensar nas consequências do que faz — o que é normal em sua idade —, mas isso deixa nossa mãe sem dormir.

Desvio o olhar da estrada por um instante, somente para conferir Luna quietinha ao meu lado. Percebo que está acordada agora, olhando para frente, em uma posição tensa.

Fui eu quem causou isso? Sente-se incomodada em minha companhia? Já despertei muitas emoções em mulheres, mas indiferença não costuma ser uma delas.

— Pode respirar. O ar faz parte do pacote de traslado até a vinícola.

Ela se vira para mim, mas não está sorrindo.

— Você faz piadas?

— Não foi uma piada.

— Bom, porque se tivesse sido o caso, teria que melhorar muito. Lamento estar dirigindo.

Queria poder estudar melhor seu rosto para ter certeza se aquelas palavras são verdadeiras — o que significaria que estou enferrujado com as mulheres — ou se ela está fazendo algum tipo de jogo.

— Por que não aceitou o chalé que mandei lhe oferecer?

— Foi você? Achei que havia sido uma gentileza do hotel.

— Eu *sou* o hotel — falo e poderia apostar que se a encarasse neste instante, a pegaria revirando os olhos por conta da resposta que me dá em seguida.

— Sério que você é o dono, *signor* Moretti? — pergunta, dando ênfase ao meu sobrenome, e pela primeira vez em muito tempo sinto o canto da minha boca se erguer involuntariamente em um ensaio de sorriso.

— É sempre tão impertinente?

— Normalmente, não. Só com os italianos arrogantes mesmo.

O esforço para segurar o sorriso agora é maior. A irritação do início da noite é parcialmente esquecida.

— E com quantos italianos arrogantes se encontrou em seus primeiros dias na Itália, menina?

— Dois. Não sou uma sortuda? — Sei que ela se voltou para mim e me observa. — Por que me ofereceu um chalé inteiro?

— Era o mínimo que eu poderia fazer depois do inconveniente de sua chegada.

— Que inconveniente? Eu ganhei uma viagem de helicóptero!

— Fiz o que julguei necessário — minto novamente, porque não acredito que ela gostará de saber o motivo de eu querer transferi-la para uma casa privada, fora da sede do hotel. — Mas não respondeu minha pergunta. Por que não aceitou a oferta para ficar mais confortável?

— Você está falando sério? Já entrou no quarto em que estou hospedada? Aquilo é um pedaço de céu. Não preciso de mais conforto. Eu gosto de conversar. Por que viria para a Itália e me isolaria do mundo?

— Isso para mim soa como o paraíso.

— Para mim, não. Adoro seres humanos na maior parte do tempo. Agora me responda uma coisa: por que se importa com onde estou dormindo?

— Não me importo, só estava tentando compensá-la — desconverso.

— Agradeço sua oferta, mas não preciso desse tipo de compensação. Tem algo que eu gostaria, no entanto.

Viro-me para olhá-la.

— Diga-me.

Antes que ela responda, Chiara fala, aparentemente já desperta:

— Leve-a para um *tour* completo pela vinícola. Ou melhor, um *tour* pela região durante o dia e um jantar em Florença à noite. Tenho certeza de que seria a compensação perfeita. Luna me contou que a mãe dela nasceu em *Greve in Chianti*. Quem melhor do que um local para guiá-la?

— Chiara, acredito que seu irmão não tem tempo para isso.

Não é tanto o que ela fala, mas o tom com o qual diz aquilo — como se a ideia de passar algumas horas ao meu lado fosse absurda — o que bate o martelo.

— Não, minha irmã está certa. Depois da confusão em sua chegada, merece um tratamento especial.

Um alerta interno me manda recuar, passar a tarefa a um funcionário, porque eu sei o que está acontecendo. O descaso de Luna despertou o caçador dentro de mim.

Ela não só não parece interessada, mas neste instante, se eu pudesse apostar, diria que está pronta para sair correndo com o carro ainda em movimento.

— A que horas você acorda? — pergunto.

— Eu não disse que iria.

— Não pode ofender a hospitalidade do meu irmão porque, se o fizer, quando eu levá-la para conhecer nossa *mamma*, ela não te perdoará.

— Por que não vem junto? — Luna vira para trás para falar com a minha irmã.

— Não, obrigada. Vou estar bem ocupada nos próximos dias, mas aquele convite de que lhe falei, para irmos à boate na próxima sexta, está de pé. As festas que eles dão no verão são épicas.

Ignoro o entusiasmo dela enquanto estaciono em frente à sede do meu hotel para deixar Luna.

— Não saia — aviso à minha passageira.

Dou a volta para abrir a porta do carro para ela e vejo que está se despedindo de Chiara.

Um minuto depois, encontra-se de pé na minha frente.

— Não estou querendo ofendê-lo. — Ela finalmente se rende. — É claro que aceito o *tour*, mas como disse antes, tenho um pedido a lhe fazer que não tem nada a ver com isso.

— O que é?

— Amanhã eu te conto. A que horas nos encontraremos?

Tiro um cartão do meu bolso e lhe entrego.

— Mande-me uma mensagem quando acordar.

— Boa noite, *signor* Moretti.

Eu a olho caminhar, sabendo que deveria manter distância.

Ela é bonita demais e desde que pus meus olhos na garota, me senti atraído.

Não foi um desejo que eu tenha alimentado, mas é impossível de controlar. E isso só piorou quando ofereceu resistência em aceitar minha companhia para o *tour*.

Sei todas as razões pelas quais não deveria me envolver com ela.

Se ficarmos próximos, o inevitável acontecerá e, no fim, as coisas não vão acabar bem.

Mas admito que talvez seja um pouco tarde para desistir.

Ela me excita.

Luna Cox é como uma brisa fresca e só agora percebo, estou sedento por ar puro.

Capítulo 13

Luna

No dia seguinte

— *Buongiorno*[41] — cumprimento a garçonete assim que me sento à mesa para o café da manhã.

— Bom dia, senhorita — ela responde, também em italiano, e eu sorrio de orelha a orelha.

Nada mau para uma turista.

Toma isso, Ricco Moretti.

Ainda tenho alguns minutos antes do nosso *tour*. Eu mandei uma mensagem assim que desci, avisando que estava indo tomar o café da manhã.

Até agora não sei como chegamos a esse ponto. Quero dizer, a irmã dele sugeriu, *okay*, mas por que aceitou?

Eu sei porque, após relutar, concordei com o passeio: meus sentimentos sobre Ricco flutuam entre atração física e vontade de correr.

Só mesmo a adolescente boba que eu era para acreditar que um homem assim poderia se interessar por mim.

Ainda não me recuperei da noite de ontem.

Comecemos com a brincadeira de *quente* e *frio* de Tommaso, na qual aparentemente fui uma pecinha de seu jogo. Ele primeiro veio todo no modo *italiano gostoso*, mudou para pedra de gelo e, no fim, quando viu Ricco à nossa espera, me puxou pela cintura para uma despedida que não condizia em nada com a maneira como me tratou depois que descobriu que eu era amiga de Chiara — o que me fez intuir que, de algum modo, ele estava tentando irritar o irmão.

Agora, mudemos o foco para Ricco.

Ele aceitou me levar para o *tour* por causa do pedido de Chiara?

Não parece o tipo de homem que faça o que quer que seja sem sentir vontade. Assim, qual o significado de ter insistido para que eu aceitasse sua companhia? Por nossas interações anteriores, pensei que a última coisa que ele queria era proximidade comigo, mas ontem à noite, se não estou ficando doida, ele estava completamente mudado.

Não é como se tivesse dito algo com duplo sentido, como no caso de Milles, o comissário de bordo, mas mesmo sem ter vivência, sei que me olhou de um jeito diferente.

Ah, quer saber? Vou deixar as coisas acontecerem. Passei cinco anos fantasiando com ele, agora está na hora de viver ao invés disso.

Dou uma mordida em um dos queijos que a garçonete acaba de colocar na mesa e quase gemo de prazer, mas me controlo bem a tempo. O restaurante está lotado e ninguém precisa ser um *expert* para saber que os hóspedes da vinícola não se encontram entre a classe média.

Não, senhor, tenho certeza de que se juntassem a fortuna dos ocupantes de dez mesas aqui, equivaleria à economia de um pequeno país.

O lugar é lindo. Assim como o quarto, faz um estilo rústico-chique, o que o torna bem aconchegante.

Olho para a *hostess* perto da entrada e me lembro de quando eu trabalhava. Eu adorava o fluxo de pessoas. Conhecer diferentes culturas através de conversas com alguns frequentadores estrangeiros e também, claro, provar comidas refinadas.

Nunca pude experimentar vinho, no entanto, já que não tinha idade legal para beber[42].

Quando o médico me liberou, eu comprei uma garrafa de *Chianti* da vinícola de Ricco e provei uma taça sozinha em casa. Uma espécie de cerimônia de passagem não só para a vida adulta, mas uma comemoração por ter uma chance de *experimentar*.

Não importa se é uma taça de vinho, sentir o cheiro das parreiras de uvas na Toscana ou passar algumas horas com o homem que, sem saber, foi meio que uma obsessão para mim.

Eu quero provar a vida.

— Você acordou cedo!

Viro para trás e vejo Chiara parada com uma mulher que é sua cópia, mas bem mais velha. A mesma pele dourada, cabelos escuros e olhos cor de avelã — o que me faz supor que Ricco puxou ao pai, porque tanto ele quanto Tommaso tem olhos azuis.

— Bom dia — falo, me levantando. — Nem tanto. Acredite,

---

42 Nos Estados Unidos, a idade legal para beber é de 21 anos.

em Dallas eu acordava praticamente de madrugada para me exercitar.

Foi uma das primeiras coisas que fiz quando o médico me deu alta: entrar em uma academia.

Sorrio, lembrando do que meu *personal trainer* falava quando eu reclamava: *mão dura, bunda dura.*

Era uma tentativa de me estimular a pegar mais peso na musculação, o que nunca conseguiu.

— Minha mãe veio me buscar porque eles não confiam em mim pelas estradas — ela diz, sorrindo e fazendo um gesto para a mulher ao seu lado. — Mãe, essa linda aqui é a Luna de quem lhe falei. Ela é metade italiana, mas pretendo corrigir isso até o fim do verão. Quando ela voltar aos Estados Unidos, vai ser uma italiana legítima.

— Luna, essa é a minha mãe, Carina. Se meu irmão a chatear, é com ela que você tem que falar.

Balanço a cabeça rindo e ofereço a mão para cumprimentar a senhora, mas para minha surpresa, ela me abraça.

— Não gosto de aperto de mãos. — Carina se justifica, me dando um beijo na bochecha.

— Dona ou você? — pergunto, mais confortável, porque não sei como conversar com pessoas formais.

— Você. Agora me diga: por que teria motivo para reclamar de Ricco?

— Porque ele irá levá-la para um *tour* e depois vão jantar. Sendo meu irmão quem é, fará alguma coisa para aborrecê-la.

Jesus Cristo! Nem que tentasse com força Chiara conseguiria ser mais indiscreta.

Eu não sou de me acovardar com situações constrangedoras, mas nesse exato momento sinto uma onda de calor se espalhar pelo meu pescoço e rosto.

— Seu filho se ofereceu para me acompanhar em um *tour* — digo e vejo sua sobrancelha se erguer. Ela me avalia com mais atenção agora. — Quero dizer, Chiara o obrigou a me levar em um *tour* pela vinícola.

A matriarca Moretti balança a cabeça.

— Ninguém obriga Ricco a fazer o que não quer — fala, confirmando o que eu já suspeitava. — Então, aonde vocês irão?

— Acho que por aqui mesmo, e essa história de jantar é fruto da imaginação de sua filha.

— Vamos ver. — Minha nova amiga ri. — Amanhã quero saber dos detalhes.

Faço um *não* discreto com a cabeça, pedindo pelo amor de Deus para ela parar de falar sobre aquilo, mas não parece muito disposta a colaborar.

— Tem uns restaurantes bem românticos em Florença. Quem sabe até não possam dormir por lá?

— Chiara, você está deixando sua amiga sem jeito. Comporte-se.

— O que ela fez dessa vez? — o pivô da conversa pergunta atrás de mim.

Mesmo que sua voz me cause arrepios na nuca e saber que se encontra às minhas costas me deixe trêmula, tenho a vontade doida de sair correndo e me esconder.

Sou uma sedutora de meia-tigela.

Ao primeiro sinal de caos, estou pronta para abortar a missão.

— Só estou dizendo que você deve compensar Luna com tudo o que tem direito pelo *incômodo* dela ter vindo do aeroporto ao seu lado no helicóptero, e não pela estrada com um motorista. Que programa horrível! Sinceramente, irmão, você deveria se envergonhar — a descarada diz.

— Chiara, vamos. Você definitivamente não pode comer açúcar logo cedo[43]. — Carina anda para trás de mim. — Meu filho, espero-o para o almoço amanhã. — E voltando-se para mim: — Foi um prazer conhecê-la, Luna. Desculpe-me pelas indiscrições da minha filha.

Eu ouço tudo com um sorriso grudado no rosto, acenando com a cabeça, mas incapaz de falar — ou olhar para trás e conferir o homem cheiroso atrás de mim.

— Você gravou meu número, né? Ligue-me na segunda — Chiara pede e depois me dá um beijo na bochecha. — Aproveite seu dia e não deixe Ricco intimidá-la. Ele não é tão mau quanto parece, só esqueceu como sorrir — cochicha ao meu ouvido.

Finalmente estamos só nós dois — e mais uns cem hóspedes no restaurante — e sei que estou fazendo um papel ridículo de costas para ele, mas quando me viro...

Nossa! Dou de cara com o peitoral do homem perto da minha testa.

Se fosse nos Estados Unidos, diriam que ele estava invadindo meu espaço pessoal, mas acho que os italianos têm um conceito mais flexível sobre isso.

Não consigo me mexer.

---

[43] A mãe está brincando. Como quando dizemos que ao comerem açúcar, as crianças ficam incontroláveis.

Mentira, vamos tentar de novo.

Não quero me mexer porque Ricco é tão quente que mesmo com centímetros de distância, é como me aproximar de uma fogueira.

— Pronta?

Sem um *bom-dia*.

Ergo os olhos para encará-lo.

Grande erro. As memórias que gravei durante os últimos cinco anos não são nada perto da beleza do homem.

Como sempre acontece quando estou nervosa, ataco:

— Qual o seu problema com cumprimentos?

— O quê?

— Nós não nos conhecemos. Precisamos ser formais. *Bom dia, boa tarde, boa noite.* Coisas que pessoas civilizadas costumam fazer.

— Bom dia, Luna. Agora responda: pronta?

Sinto um desejo insano de dizer que mudei de ideia, mas ele é sufocado rapidamente pela voz da razão. Não vou desperdiçar um passeio com o dono da vinícola só porque ele não tem bons modos.

Rá!

É, estou ficando ótima nessa coisa de mentir para mim mesma. Eu não desistiria desse passeio por quase nada no mundo.

— Quanto tempo vamos ficar fora?

— Quer conhecer a região?

— Sim.

— O dia todo.

— Não estou vestida para um jantar em Florença se for...

Jesus, alguém me amordace! Por que no céu fui falar uma coisa dessas?

— Quero dizer, você não me chamou para jantar, mas só estou tentando explicar que...

— Nós vamos jantar, mas não precisa se preocupar com a roupa.

Ai, meu Deus! Isso teve um duplo sentido?

— Tudo bem, então. Sem roupa. Quero dizer, sem preocupação... — Pego minha bolsa na cadeira, incapaz de encará-lo. — Será que podemos começar esse *tour* de uma vez, sem essa conversa sobre roupas?

Ele não responde e não consigo ler sua expressão, mas apoia a mão na parte baixa das minhas costas e me guia para fora do restaurante.

Capítulo 14

Ricco

    Ela está calada enquanto anda ao meu lado para fora do restaurante. Caminha alguns passos à frente, me dando uma perfeita visão do corpo lindo e feminino.

    Veste um *short* curto branco, tênis e uma camiseta de alcinha azul-clara. Os cabelos loiros caem soltos pelas costas. O sol reflete neles, deixando-os quase prateados.

    Percebo pela rigidez em sua postura que Chiara conseguiu deixá-la sem graça.

    A garota é diferente das mulheres com quem já convivi. Não acho que seja tímida, se eu for levar em consideração a maneira como me enfrenta, mas ao mesmo tempo, ficou encabulada com as insinuações da minha irmã.

    Uma contradição talvez explicada em razão da idade.

    — Você já levou alguma hóspede para um *tour*? — ela indaga, virando-se para trás e me pegando de surpresa.

    — Por que a pergunta?

    — O hotel inteiro parece estar olhando para nós, tanto funcionários quanto hóspedes, então imaginei que é porque você deve estar fazendo algo incomum.

    Viro a cabeça e percebo que é verdade.

    — Nunca levei qualquer pessoa para um *tour*, hóspedes ou amigos.

    — Estamos indo porque Chiara pediu?

    Ao invés de responder, a encaro em silêncio.

    — Sua mãe disse que você só faz o que quer.

    — E ela está certa.

— Então por que me levar a esse passeio, Ricco?

— Porque sou o melhor anfitrião do mundo — ironizo e ela não tem tempo de responder, já que o manobrista chega com nosso transporte.

Luna olha de mim para a moto, a boca *sexy* entreaberta.

— Eu pensei...

— Não há como se conhecer uma vinícola decentemente de carro. Existem lugares em que só seria possível chegar de moto ou bicicleta. Mudou de ideia?

— *Hum...* claro que não. Posso fazer isso — diz, parecendo querer convencer mais a si mesma.

Entrego um dos capacetes que um funcionário me traz e ela coloca, mas se atrapalha com o fecho.

— Deixe-me ajudá-la.

Eu a guiei para fora do restaurante, tocando suas costas por cima da camiseta, mas no instante em que meus dedos encostam no pedaço de pele de seu pescoço, sinto uma espécie de corrente elétrica me atingindo.

Sem pensar no que estou fazendo, esqueço da tarefa à qual me propus e passo o polegar no local exato onde uma veia pulsa. Somente quando ouço um som parecido com um chiado baixinho vindo dela é que me lembro de onde estamos.

Os olhos que me encaram pela abertura do capacete estão brilhantes e um pouco vidrados.

Ela é transparente e seu desejo cru, sem disfarce, está me deixando louco.

Luna não é uma brisa fresca como pensei a princípio, mas um vendaval fluindo emoções, sem tentar mascarar o que quer.

Sei que se eu cancelasse o passeio agora e lhe dissesse para irmos para minha propriedade, ela concordaria.

Mas a razão fala mais alto.

O que diabos estou pensando?

Não é pelo fato de a garota ser uma hóspede. Esse navio já partiu[44] há tempos — quebrei todas as minhas regras desde o momento em que peguei aquele helicóptero para buscá-la em Florença —, o problema real agora é toda a minha bagagem e a juventude dela.

Não é apenas nossa diferença de idade — quinze anos — o que

---

44 Significa que ele já violou regras hóspede-proprietário ao propor sair sozinho com ela.

deveria me manter afastado, mas o fato de que eu posso quase cheirar sua inocência.

Ela olha de mim para a moto outra vez, a dúvida estampada no rosto.

— Algum problema? — pergunto.

Eu quase espero que ela diga que sim e que mudou de ideia quanto ao *tour*, mas como reconheci inicialmente, Luna não foge de nada.

— Não, eu nunca andei em uma antes. Mal posso esperar para experimentar.

Experimentar.

Essa palavra parece se encaixar nela como uma segunda pele. A sede de viver da menina vai na contramão da minha indiferença dos últimos anos.

E mesmo sem que eu dê permissão, a energia que emana dela está se inserindo em meu sistema, me fazendo ansiar por algo que não sei como nomear.

Irritado por perder o controle sobre minha própria vontade, subo na *Harley*[45] e a chamo:

— Venha.

Ela hesita por um instante, mas depois se acomoda atrás de mim. Sinto o calor de suas coxas através do meu jeans e um choque de desejo me atinge a virilha.

Não escolhi a moto de propósito — realmente para que ela tenha uma boa visão da vinícola, é o veículo ideal. Os hóspedes costumam participar de *tours* guiados de bicicleta — mas agora que sinto o corpo delicado me encaixando entre as coxas, não posso negar que aproveitarei cada segundo.

Puxo suas mãos para minha cintura.

— Segure firme. Pode fazer isso?

Sua resposta é trancá-las em meu peito. Aperto-as ainda mais, sobrepondo as minhas por cima das dela para lhe mostrar como deve se manter. Luna me segura com firmeza e o corpo desliza para frente.

Ligo a moto antes que perca a cabeça. O dia vai ser uma tortura.

Eu já deveria ter **parado**. Passamos por várias parreiras e seria o

---
45 Harley-Davidson é uma famosa marca de motos.

momento de lhe dar uma explicação, mas ao invés disso, fujo do objetivo inicial do *tour*, indo para o meu lugar favorito: o alto da colina da qual consigo enxergar toda a minha propriedade.

Quando desligo a moto, Luna não me solta e eu também não faço qualquer esforço para descer.

Sentir o sol em meu corpo e ela colada em mim traz um prazer que eu já não me lembrava. Estar com alguém fora de um contexto sexual é algo que não vivencio há anos.

Não sou um misógino[46] que só usa as mulheres para sexo. No passado, apesar de não ser chegado a relacionamentos sérios, assim como meus sete amigos, cheguei a ficar semanas com a mesma companhia.

Depois da morte de Nicolo, no entanto, a proximidade humana se tornou quase insuportável. Eu mal aguento estar com a minha família — que para mim, se resume a Chiara e mamãe. Meu pai não existe, ainda que eu seja obrigado a conviver com ele todo fim de semana para não ferir os sentimentos dela.

Claro, há uma horda de primos e tias, mas ninguém que me faça falta.

Hoje, no entanto, eu quero estar aqui. É como voltar a sentir o sangue bombeando, após anos vivendo no automático.

Tiro o capacete e isso parece instigá-la a agir, porque se solta e desmonta. Assim que se livra da proteção, caminha para a beirada da colina e fica de costas para mim, os braços abertos, o rosto voltado para o sol.

Eu não me mexo porque não quero interromper seu momento. Sei exatamente o que está vendo. Esse lugar é o meu favorito de todas as minhas propriedades, a ponto de ter considerado construir minha residência principal aqui. A única coisa que me dissuadiu da ideia foi que o caminho faz parte da rota para a cidade, e não me agrada a possibilidade de ter turistas passando de carro pelas minhas terras privadas.

— Eu disse à sua irmã ontem, mas vou repetir: vocês vivem no paraíso.

— De onde você é, nos Estados Unidos? Seu endereço consta de Dallas, no Texas, mas não parece uma texana.

— Você andou verificando minhas informações? Não há leis contra isso em seu país?

Apesar do que diz, está sorrindo. Luna é uma graça. Linda e charmosa para cacete.

— Tenho acesso livre aos seus dados. Foi você quem os cedeu

---

[46] Homens que odeiam ou desrespeitam as mulheres.

voluntariamente quando quis vir para os meus domínios.

— Soou como um senhor feudal agora.

— Talvez eu seja. Responda. De onde você é?

— Boston — ela diz e cora. — Vivi lá a minha vida toda. Me mudei para Dallas depois que a minha irmã começou a se relacionar com o marido.

— São só vocês duas?

— Sim. Na verdade, agora fazemos parte de uma família de *cowboys*. Minha irmã é casada com um texano *raiz*.

— Dallas é muito diferente de Boston — afirmo.

Ela dá alguns passos para mais perto e há uma expressão em seu rosto que eu não consigo identificar quando pergunta:

— Você conhece bem os Estados Unidos?

— Conheço bem o mundo todo, eu acho, mas gosto particularmente do Texas. Quanto a Boston, estive lá há alguns anos para fazer negócios.

Ela fica em silêncio, somente me encarando.

— Minha vida em Boston ficou para trás — diz, por fim. — Gosto de morar no Texas e também de ter ganhado uma família.

Fico pensando em como deve ser para uma garota tão nova não ter alguém além da irmã, mas não quero perguntar muito a respeito porque isso é uma via de mão dupla. Falar de sentimentos ou emoções levam a um caminho de intimidade para o qual não desejo seguir.

— Vem cá. Precisa se proteger do sol ou sua pele estará ardendo à noite.

— Eu não me importo. Significa que estou viva. Além do mais, sou muito branca. Não faria mal um pouco de cor-de-rosa no rosto.

A pele dela é perfeita para caralho, mas guardo isso para mim porque ainda não tenho certeza do que farei sobre a atração que sinto.

Apesar do protesto, ela me segue, o que me agrada.

— Parou de viajar? — indaga quando sentamos em uma pedra.

— Por que essa pergunta?

Dá de ombros.

— Pareceu que estava se referindo ao passado.

Ela é muito mais sensível e perceptiva do que eu imaginei.

— Sim, parei — respondo, tenso, porque não estou disposto a entrar nesse assunto. — O que veio fazer na Toscana?

— Minha mãe nasceu aqui.

— Sim, Chiara me contou, mas por que o verão todo?

— Não disse que ficaria o verão todo na Toscana.

— Conferi sua reserva hoje cedo. Lá consta que meu hotel está pago para o verão inteiro.

— Isso é culpa do meu cunhado. Ele me deu a viagem dos sonhos de presente.

— Sonhos e você. Essas duas palavras sempre se misturam.

— Não há nada de errado em sonhar. Por que é tão cínico, *signor Moretti*?

— Vai me chamar de *senhor* toda vez que eu a irritar?

— Talvez. Pretende me irritar com frequência?

— Acho que é uma espécie de dom. Nasci com ele e não há nada que eu faça para mudar isso.

— Você mentiu ontem.

— Sobre o quê?

— É capaz, sim, de fazer piadas.

— Não é uma piada. Meus amigos dizem que costumo irritar as representantes do sexo feminino. Principalmente no fim.

— No fim de quê?

— Do que quer que esteja acontecendo entre mim e a mulher em questão.

— Por quê?

— Porque sempre desejam mais do que eu posso dar.

— Se sempre se doa na mesma medida, como saber se não pode ir além?

— Talvez eu tenha me expressado mal, Luna. Eu nunca vou além porque não quero um relacionamento a longo prazo. Nem agora e nem no futuro.

Capítulo 15

Luna

Eu fico cerca de cinco segundos absorvendo o que ele falou.

Quero dizer, se estivéssemos em um ringue, suas palavras seriam equivalentes a um nocaute. Um gancho de direita indefensável, como diria meu pai, que era amante do boxe profissional.

Não preciso ser um ás em relacionamentos para entender que ele acaba de me mandar um recado nada sutil.

Recado que talvez devesse me assustar, mas sou uma otimista por natureza e o que pego de seu discurso cínico é: Ricco Moretti, a delícia italiana que rondou meus sonhos eróticos durante cinco anos, enxerga uma possibilidade entre nós — e isso é mais do que imaginei depois de: um, ele nem lembrar da minha existência, o que já era esperado, e dois, a maneira pouco amigável com que me recebeu no aeroporto.

— O que está me dizendo então é que só vive relacionamentos curtos, tipo fazer sexo com alguém durante o verão apenas? — pergunto casualmente.

Ele abre e fecha a boca, mas não emite som algum, o que me diz que esperava que eu fosse correr assustada diante de suas palavras.

— De onde veio isso? — Finalmente parece conseguir formar uma frase.

— Minha pergunta faz todo sentido. Você disse que não quer um relacionamento a longo prazo, então pensei que talvez os mantenha durante uma estação. Ou são semanas?

Ele cruza os braços como se estivesse tentando adivinhar onde quero chegar.

A verdade é que estou mesmo curiosa para compreender as regras do jogo. Tive namoricos bobos no ensino médio e gostaria de saber como esse tipo de relacionamento casual entre adultos funciona.

— Não há um prazo determinado para acabar.
— Mas há a certeza do fim?
— Sim. O fim é uma certeza.

Ele me encara com tanta intensidade que meus joelhos perdem as forças.

É como se dissesse: *fuja enquanto há tempo*.

Meu coração bobo presta atenção ao conselho? De maneira alguma.

— Sabe aquele pedido que eu disse que tinha para te fazer? Era para ver se você podia me apresentar a alguém que me ensinasse a dirigir, mas acabo de mudar de ideia. — Respiro fundo para criar coragem de continuar. — Pode me explicar um pouco mais sobre relacionamentos entre homem e mulher, ao invés disso?

— O quê?

— Eu tive... *huh*... uma situação que me impediu de aproveitar na adolescência, e essa minha viagem para a Itália é principalmente sobre descobrir a mim mesma.

— Está me dizendo que vivia em um convento e é inocente de tudo?

Jesus, de onde ele tirou isso? Convento, eu?

— *Hum*... algo parecido — respondo.

Não quero trazer minha doença à tona. Acho que isso mudaria a maneira como me enxerga, me vendo como alguém frágil, vulnerável.

— Você ia ser freira?

Agora o espanto dele parece real e eu quase sorrio de sua expressão.

— Quem gostaria de ser freira? — pergunto, saindo pela tangente. — Quero dizer, há um mundo inteiro de emoções para se aproveitar e decidi que estou pronta para começar. Do jeito que você falou, parece bem experiente, o que é o meu oposto. Então pensei se não poderia me dar algumas dicas...

— Dicas? Você quer que eu a ensine como se comportar com um homem?

— *Hum*... não. Na verdade, eu queria fazer um acordo. Poderia sair comigo uma vez — sem qualquer vínculo, claro — e me mostrar como um casal age quando vai a um encontro. Eu estaria segura ao seu lado e ao mesmo tempo, entenderia os sinais. Tipo professor-aluna.

Não estou jogando. Sair com Ricco seria incrível e se nada acontecesse entre nós, pelo menos poderia ganhar algum conhecimento vindo diretamente de um especialista.

No entanto, aparentemente, ele não tem resposta para o que eu falei.

— Por que está calado?

— Pensando no que acaba de me dizer.

— Eu o ofendi?

Jesus, o homem parece que tenta enxergar minha alma quando me encara desse jeito.

— O quão inexperiente você é?

— Beijos contam?

— Em garotos?

— Aham.

É sua vez de se afastar e ir para a beirada da colina.

— Eu disse a você que não saio mais.

— Não, disse que não viajava mais.

— Dá no mesmo.

Ele me olha e não faço ideia do que está pensando.

Mudo de uma perna de apoio para outra, minha coragem se esvaindo.

— Olha, quer saber? Esquece o que eu falei. Você não deve ter tempo ou paciência para esse tipo de coisa. Tenho certeza de que é muito ocupado e...

— Uma vez. Levo-a para sair uma vez à noite e então meu dever estará cumprido.

Nossa, seu tom não faz nem um pouco de bem para o meu ego. É como uma concessão de um último desejo a um condenado antes do fuzilamento.

De onde eu tirei a ideia absurda de que poderia jogar com um homem como ele?

— *Signor Moretti...* Ricco... eu não deveria ter pedido nada. Podemos fingir que essa conversa não aconteceu e continuar o *tour*?

— E deixá-la solta no verão italiano sem experiência alguma além de uns beijos? Uma menina que é praticamente uma freira? Não.

Agora ele conseguiu me irritar.

— Não precisa cuidar de mim. Não sou sua irmã.

Ele me olha de cima a baixo e eu estremeço.

— Sei disso.

— Então por que se importa?

— Porque me pediu ajuda, então, agora temos um acordo. Uma noite. Vou levá-la para uma festa, para que possa experimentar.

Deus, ele é tão arrogante que não consigo me segurar.

— Como um tutor? Vai aprovar quem poderá dançar comigo também?

Não responde. Ao invés disso, caminha em direção à moto.

— Vamos, Luna. Nosso *tour* mal começou.

Estamos em uma das lojas espalhadas pela vinícola e Ricco me levou na área privativa, onde, segundo me disse, apenas os grandes clientes têm acesso. Escuto fascinada enquanto ele explica sobre o vinho que produz.

Agora entendo o que Chiara falou. Não sei nada sobre Tommaso, mas Ricco é absolutamente apaixonado por suas vinícolas. Não é somente um negócio para ele.

— Nos últimos quarenta anos, a Toscana viveu um verdadeiro renascimento do vinho...

Acho que eu poderia ficar sentada aqui ouvindo-o discorrer sobre o assunto o dia todo que não ficaria cansada.

Depois da maneira abrupta como nossa estranha conversa se encerrou, Ricco manteve-se quieto, mas quando descíamos da moto para as visitas, eu sentia como se ele estivesse atento à cada respiração minha.

Então, após me mostrar as plantações, ele me trouxe aqui e sua postura mudou. O homem enigmático cedeu lugar a um outro tão apaixonado pelo que faz que me peguei imaginando como seria fazer amor com alguém intenso assim.

E sobre essa saída que propus, onde diabos fui me meter ao sugerir tal coisa?

E se no meio da noite ele encontra uma das inúmeras mulheres que deve ter conhecido ao longo da vida e me deixa plantada com cara de tacho?

Ai, Jesus, talvez eu deva arrumar uma boa desculpa para liberá-lo dessa obrigação.

— Quer provar? — pergunta, me oferecendo uma taça de vinho.

Nós almoçamos em um dos diversos restaurantes espalhados pela propriedade, então me sinto segura para aceitar um golinho.

— Sim.

Estico a mão para pegá-la, mas ele a afasta.

— Não beba tudo — fala, de maneira protetora.

Passei a tarde toda querendo desmentir aquela história dele pensar que eu estudei para ser freira e o que acaba de dizer é a gota d'água que faltava para coroar minha ansiedade.

— Eu nunca fui freira — afirmo e viro o vinho de uma vez só.

Ele estava se servindo, mas congela o movimento.

— Sou virgem e muito, muito inexperiente. Mas não preciso que me leve para sair por piedade.

É isso aí, mister delícia. Tenho algum orgulho a preservar.

Eu estava prestes a me dar um super parabéns mental quando me levanto rápido demais e o vinho que tomei me sobe à cabeça.

Somente a agilidade do homem que é também a minha fantasia sexual em carne e osso me impede de cair literalmente aos seus pés.

Capítulo 16

Ricco

Depois do que ela havia me dito sobre ser inexperiente, é claro que eu imaginei que Luna também era totalmente inocente, em outras palavras, virgem, o que fazia com que a teoria de ter morado em um convento por toda a vida fizesse sentindo.

Linda como é, a única maneira dos homens se manterem afastados seria se ela estivesse enclausurada.

Mas agora ela diz que não, nunca foi freira, e eu não sei o que pensar.

Ela protesta, enquanto a carrego no colo e a deito no sofá.

Vou até a porta da sala privada e a tranco, depois volto e me sento na mesinha de centro, em frente onde está.

As bochechas estão coradas e os braços, com um leve tom cor-de-rosa do passeio de moto ao sol.

— Devia ter me dito que não está acostumada a beber. Qual é a sua resistência ao álcool?

— A mesma que para o sexo, eu acho. Quero dizer, talvez um pouco mais, porque já bebi duas vezes, quanto ao sexo…

— Eu já entendi.

Fico entre sorrir porque acho que ela deve estar um pouco bêbada, sim, para ter coragem de me dizer aquilo, e lhe dar umas palmadas por virar a taça toda de uma vez.

Deus, a mulher me desperta os sentimentos mais loucos. Não consigo prever um movimento dela.

— Não faça mais isso. Principalmente se eu não estiver por perto.

— Você não é meu guardião, Ricco, mesmo que eu tenha tido a ideia mais idiota do mundo de lhe propor aquele acordo. Mas fique tranquilo, não sou estúpida. Não me colocaria em uma situação de risco. Sei o que pode acontecer com meninas em boates se pegarem bebidas das mãos de estranhos. Sou inexperiente, mas sempre tive acesso à *internet*.

— Ah, é mesmo? Porque me disse, há algumas horas, que era inocente em um relacionamento entre homem e mulher.

— Na prática, sou uma folha em branco. Na teoria, eu sei muito. Tenho conta no *Kindle Unlimited*.

— O que isso significa?

— Duas palavras: *livro hot*.

Sei que tenta brincar porque está nervosa e também adivinho a razão desse nervosismo. A mesma pela qual minha pulsação está acelerada no momento.

— O acordo ainda está de pé — falo.

— Não. Eu não preciso de um encontro *de favor*.

Em vez de discutir, sento-me na beira do sofá e corro o dedo por seu maxilar.

Meu Deus, o olhar dessa menina. Eu nunca estive com alguém assim.

Doce, inocente.

Sem jogos ou disfarces.

Ela mal respira, concentrada em mim.

— De zero a dez, o quão bêbada você está?

— Meio. Não é o álcool, eu falo muito em qualquer situação, principalmente quando fico nervosa.

— E está nervosa agora?

— Sabe que sim.

— Por que, Luna?

— Isso aqui entre nós dois… eu nunca vivi.

Sua respiração fica instável.

— Não estamos fazendo nada… ainda.

— E… vamos fazer?

Eu fico de pé e decido sentar em uma poltrona. Ela segue o movimento e sei que está muito excitada.

Estico a mão em sua direção, que se levanta e vem para mim.

— Eu não sei o que isso significa. Por que me chamou?

Separo as pernas e a puxo para o meio delas.

— Mostre-me o que sabe sobre beijos, menina.

Estou completamente louco de vontade de tocá-la, mas lhe darei a chance de decidir se é isso o que quer.

— Devo montar em seu colo?

Jesus, ela é muito crua.

Uma delícia.

— Quer me montar?

— Sim.

Apoio as mãos nos braços da poltrona e espero.

Não me lembro de já ter me sentindo tão ansioso para tocar uma mulher, mas vou deixar que tome a iniciativa.

A coxa macia se sobrepõe à minha. Uma e depois a outra. Ela está ajoelhada apenas, sem se sentar, mas somente a possibilidade de senti-la através do jeans já deixa meu pau muito inchado.

— E agora?

— Até hoje, você só beijou?

Ela me dá um aceno de cabeça como resposta.

— Mostre-me.

— Estou muito nervosa.

Passo os dedos na curva de sua cintura fina.

— Mostre-me, Luna. Quer aprender? Deixe eu ver até onde você sabe, *bellezza mia*[47].

Ela segura meu rosto nas mãos, os olhos ansiosos me pedindo em silêncio, e eu não consigo resistir.

Puxo-a para mim, fazendo com que se sente no meu colo.

O arfar suave me mostra que ela sabe o quanto estou excitado.

Aperto as mãos em seus quadris e sua cabeça inclina para trás. Os bicos dos seios despontam na camisetinha.

Ela é a criatura mais deliciosamente erótica que já tive em meus braços. Em sua pureza, Luna me deixa completamente fascinado.

Seguro um punhado de seus cabelos, mas não a beijo ainda. Preciso que dê o primeiro passo para ter certeza de que sabe o que está fazendo.

— Eu quero tanto isso que dói, Ricco.

— O que você quer?

— Sua boca e língua na minha.

Foi como se uma represa se rompesse. Uma lascívia primitiva sendo libertada.

Não quero pensar nos motivos pelos quais eu não deveria tocá-la, eu preciso de sua doçura e calor.

---

47 Outra expressão para "minha linda".

O aperto em seu cabelo aumenta enquanto alinho nossas bocas. No momento em que as carnes ferventes se encostam, uma explosão de luxúria nos engolfa.

Eu a devoro sem contenção, esfomeado por seu gosto, perdido em seu cheiro e na maciez do corpo jovem.

A língua inexperiente duela com a minha e eu preciso de pouco tempo para perceber que Luna é uma aprendiz aplicada e atenta.

Ela imita o que faço com ela, chupando minha boca, mordendo meus lábios. As mãozinhas pequenas me apertam os ombros.

Somente para tentar controlar um pouco meu tesão, desvio de sua boca para o pescoço, sugando e mordendo aquele pedaço de seda.

Aperto a bunda redonda e ela responde, se movendo no meu colo.

— Ahhhh...

Seu gemido leva um choque direto ao meu pau. O desejo controlando cada fibra de nossos corpos.

Não há gentileza no beijo, mas necessidade áspera, voraz.

Sua entrega apaixonada está me deixando insano.

É como se ela confiasse em mim para fazer o que eu quisesse.

E é justamente isso o que me impede de continuar.

— Eu tenho uma contraproposta — falo, tomando fôlego.

Ela ainda não abre os olhos. A boca inchada dos meus beijos me tentando a deitá-la no sofá e dar seu primeiro orgasmo pelas mãos de um homem.

— Luna.

— Não quero parar ainda. É tão gostoso, Ricco.

Jesus Cristo! Como resistir a isso?

— Ouviu o que eu disse sobre ter uma contraproposta?

Ela finalmente cede e me encara, nossos rostos a poucos centímetros de distância.

— Contraproposta?

— Sim, você me ofereceu um acordo. Levá-la para sair por uma noite. Tenho uma contraoferta. Vamos aproveitar nosso tempo juntos durante todo o verão ou o tempo em que você ficar na Toscana. O que terminar primeiro significará o fim para nós dois.

É mais do que eu havia pensado inicialmente e muito além do que já ofereci a qualquer mulher, porque se ela ficar durante todo o verão, significa três meses inteiros como um casal.

É uma grande concessão, se for levado em conta o tempo que já passei com uma mesma pessoa até hoje.

Estou ainda convencendo a mim mesmo de que posso me manter em um relacionamento tão longo, até que sua resposta me pega totalmente de surpresa.

— Eu não sei. Preciso pensar sobre isso.

Capítulo 17

Luna

Eu me levanto, mesmo sem ter certeza se minhas pernas vão obedecer.

Ainda sinto pulsar no centro delas, evidência do desejo que ele me despertou.

Seus olhos estão em mim o tempo todo, mas é impossível adivinhar o que ele está pensando. Seu autocontrole me descontrola.

Como ele consegue se manter impassível quando sinto meu coração quase pulando para fora do meu peito?

— Eu quero você — diz, me encarando.

Três palavras.

Ele não se move, mas ainda assim, eu me sinto ligada como se um fio invisível nos conectasse.

Meu corpo não obedece a mente e volto para seu colo.

Foram cinco anos desejando o impossível, alimentando um sonho, e agora ele está bem aqui na minha frente, dizendo que me quer também.

Dessa vez, sou eu quem comanda o beijo, pois preciso tirar a prova real do *tsunami* de emoções que ele causou dentro de mim.

Suas mãos não estão mais no meu corpo como antes. Ele me deixa fazer o que eu quiser, embora eu saiba, intuitivamente, que sua natureza seja puro comando.

Enrosco os dedos em seu cabelo e o beijo com meu coração e alma, os lábios nunca satisfeitos do gosto dele, a língua sedenta por mais.

Gemo e me movo em seu colo.

Não há espaço para vergonha ou pudor.

Eu quero mais. Quero tudo e ao mesmo tempo, morro de medo de me perder nele para sempre.

Eu me transformo em uma fogueira, queimando por nós dois. Agora eu sei que minhas fantasias não chegam nem perto da realidade. Em meus sonhos, meu corpo não doía de tanto desejo como sinto agora.

Mordo sua boca e depois a sugo. Ele finalmente reage.

Levanta-se comigo em seus braços e somente quando sinto a superfície dura embaixo do meu bumbum, percebo que me sentou na mesa em que estávamos degustando o vinho antes.

— Só beijos?

— Sim. E não foram muitos. Dois namorados no ensino médio.

Ele havia tomado distância e estava me olhando, como se tentasse se impedir de chegar até mim, mas em dois passos, está comigo outra vez, o corpo másculo se inclinando sobre o meu.

Meus seios estão pesados e doloridos de desejo, e como se pudesse adivinhar o que eu preciso, ele se abaixa e somente roça a barba por fazer no meu mamilo, por cima da seda da camiseta.

Não estou usando sutiã e a sensação é forte demais para que eu consiga segurar um gemido longo.

— Gostoso?

— Muito.

Ele desce a alça da minha camiseta e, me olhando, prende o bico do meu seio nos lábios.

Eu nunca vou esquecer dessa cena.

Seu olhar de desejo, atento ao que estou sentindo, enquanto a língua brinca pela primeira vez com meu corpo inexplorado.

— Meu Deus!

Ele me suga sem piedade e uma mão escorrega para a parte interna das minhas coxas, mas sem tocar meu sexo. Brinca com o polegar na lateral, muito perto da virilha, fazendo pressão, e o vértice entre as minhas pernas se encharca na mesma hora.

— Essa é uma zona erógena pouco explorada. Eu poderia fazê-la gozar só massageando-a aqui, próximo o suficiente para que você sinta o latejar em sua bocetinha virgem.

— Eu quero.

Ele estava acariciando meu seio com a língua, mas para.

— Quer o quê?

Desvio nossos olhos.

— Não me faça dizer isso.

— Se você for minha, terá que aprender a pedir, Luna.

— Como posso pedir se não sei o que preciso? Me ajude a descobrir o que eu gosto.

Eu não prevejo seu movimento seguinte.

Ele desce minha outra alcinha, me expondo completamente.

Sinto meu rosto corar e desvio nossos olhares.

Mas nem tenho tempo de sentir vergonha, pois ele já está me devorando.

Eu gemo, choramingo, imploro.

A boca não me deixa, a língua áspera nubla meus sentidos enquanto, cumprindo a promessa que fez, os polegares mantêm uma massagem constante muito, muito perto do meu sexo.

Sinto meu ponto mais sensível dolorido e carente.

— Por favor.

Ele não faz caso e não para de me tocar.

Eu me reclino na mesa, trêmula de desejo, totalmente à sua mercê, me entregando e confiando.

E então, sinto meu abdômen endurecer e o corpo inteiro arrepiar, enquanto uma sensação já conhecida, mas nunca antes compartilhada com alguém, me tira de órbita.

Tranco as pernas em volta da cintura dele e ouço um rosnado baixo do fundo de sua garganta.

— Goze — ele ordena enquanto me lambe e me chupa.

Quero fechar os olhos para aproveitar a sensação, mas, ao mesmo tempo, também preciso memorizar tudo, porque eu nunca me senti tão viva quanto agora.

No segundo seguinte, meu mundo explode, se desmantelando em partículas infinitas.

Sua boca desvia dos meus seios para encontrar a minha, e agora seu beijo não é mais urgente e sim, carinhoso.

Enquanto os lábios quentes passeiam nos meus em uma exploração lenta, ele sobe as alças da minha camisetinha.

Eu não quero que o beijo acabe, porque quando isso acontecer, temo que vá se afastar e não estou pronta para perdê-lo ainda.

Vejo que a minha intuição estava certa quando, depois de me dar um beijinho no queixo, ele tenta dar um passo para trás.

Faço que não com a cabeça.

— Não o quê? — pergunta.

— Não pode ir ainda. Estou tremendo. Foi você quem causou isso, então precisa me segurar mais um pouco.

Consigo ver a dúvida em seu rosto e não sei se o que eu disse são as palavras certas para se entregar a um cara que acabou de me dar um orgasmo de abalar o planeta, mas não vou bancar a sofisticada.

Finalmente ele parece se decidir e me pega no colo. Eu engancho as pernas em seu corpo e abraço seu pescoço, a cabeça descansando em seu peito.

— Obrigada.

— Por segurar você?

— Não. Por me mostrar até onde meu corpo pode ir.

Ricco vai para o sofá e senta comigo montada nele.

— Nós nem começamos ainda.

— Tem muito além disso? Porque eu não sei se aguento muito mais.

Ele não me responde, mas toma minha boca outra vez. O beijo é tão erótico que eu estremeço. A maneira como sua língua me invade, lenta e profundamente, me faz gemer em agonia.

Quando ele interrompe o beijo, eu mal consigo respirar.

— Uma semana — falo.

— Uma semana o quê?

— Ficamos juntos por uma semana e vemos o que acontece.

— Você entendeu os meus termos? Nada mudou, o fim ainda é uma certeza, não importa quanto tempo fiquemos juntos.

Suas palavras são um balde de água fria depois do que acabou de acontecer, mas talvez necessárias para que eu nunca me esqueça de *com quem* estou lindando e *quem* nós somos.

— Entendi, sim. E é por isso mesmo que estou dizendo para tentarmos por uma semana. Falou que seu aviso não mudou e que o fim é uma certeza. O que eu te disse quando nos conhecemos também. Você lembra? Ficarei onde estiver me sentindo feliz. Se depois de uma semana eu achar que já obtive o suficiente de nós dois, vou continuar minha viagem dos sonhos em outro lugar.

Forço um sorriso e depois de dar um beijo em seu peito, me levanto.

A conexão foi desfeita.

— Aonde você vai?

— Eu pedi que me segurasse depois que me fez gozar. Já voltei ao mundo real, obrigada. Podemos continuar o *tour*?

Capítulo 18

Ricco

UMA HORA DEPOIS

Estaciono em frente à sede do hotel e espero que ela desmonte.

Eu deveria seguir para minha casa, mas ao invés disso, entrego a chave da moto na mão do manobrista e fico esperando enquanto ela retira o capacete.

Continuou tagarela pelo restante do *tour*, mas não me olhando nos olhos quando conversávamos — e eu queria isso.

Não desejo modificá-la ou roubar sua espontaneidade, e sei que foi minha culpa seu afastamento emocional.

Fui pego de surpresa com o que aconteceu e não soube como agir, então, trilhei o caminho seguro e segui o roteiro de sempre.

Eu já estive com mais mulheres do que poderia me lembrar, por semanas ou somente para uma transa, e jamais experimentei uma química tão intensa.

Sexo é como um jogo. Às vezes, os participantes fazem um movimento e esperam o do outro, às vezes movem as peças ao mesmo tempo, mas sempre há uma espécie de rota na corrida mútua pelo gozo.

Com Luna fui puro instinto.

Sempre me considerei generoso durante o sexo, recebendo e dando na mesma medida, mas no momento em que a tive em meus braços, fiquei fascinado, envolvido em ensiná-la a começar a se descobrir, em ouvir seus gemidos pedindo por mais. Eu queria tê-la nua e experimentar cada pedaço dela, mostrar até onde podemos ir.

O *durante* eu sei de cor. Fazê-la gozar, gritando por mim naquele momento exato em que corpo e alma se desligam e o universo é preenchido por sensações, cheiros e sussurros.

O problema é que não sei trabalhar o *depois*.

Não fico aconchegado no pós-sexo e também sempre considerei conversas nesse momento extremamente perigosas. Com a mente nublada pelo orgasmo, pode-se acabar dizendo coisas que não tem nada a ver com sentimentos, mas com a emoção trazida à tona pela luxúria.

E foi exatamente aí que as coisas começaram a desandar. Quebrei minhas próprias regras quando ela não aceitou que eu me afastasse.

Quando cedi e a peguei no colo, sentimentos confusos de posse e cuidado, desejo e carinho se misturaram dentro de mim, então achei por bem lembrar a nós dois o que a ligação que tínhamos significava.

Eu não estava preparado para o comportamento dela, no entanto.

Quero dizer, eu deveria ter ficado satisfeito por ela ter assimilado tão bem minhas palavras, mas não foi o que aconteceu.

Experimentei uma sensação de perda, como se tivesse causado uma rachadura em uma peça rara.

— Obrigada pelo *tour* e... todo o resto também — diz, corando.

— Eu vou levá-la para jantar.

— *Hum...* não. Quero dizer, aceito para um outro dia, mas hoje quero relaxar na piscina do meu quarto e talvez pedir alguma coisa por lá mesmo.

Percebo que as pessoas passam, atentas à nossa interação.

— Venha para minha casa, então — proponho, jogando o que sobrou das regras para o inferno, já que nunca levei uma mulher lá.

— Obrigada, mas tenho outros planos. Vou telefonar para minha irmã. Estou louca para falar com meu sobrinho, Dante. Quero dizer, não vamos exatamente falar porque ele ainda é um bebê, mas sinto falta de estar com ele.

Deveria ser minha deixa para ir embora. Conversar sobre família nunca é uma boa coisa, mas não quero encerrar o dia ainda.

— O que vai fazer amanhã?

— Estou pensando em pegar uma excursão para *Greve in Chianti*. Acho que chegou a hora de visitar a cidade da minha mãe.

— Tem parentes lá?

— Uma tia e alguns primos, mas nunca mantivemos contato e nem avisei a eles que viria para a Itália. Só quero mesmo passear pela praça central e nas ruas que mamãe tanto falava. Ela era tão entusiasmada contando as histórias de sua família que eu quase podia sentir como se tivesse vivido aquilo também.

— Em uma excursão não vai conseguir ver nada direito.

Ela sorri.

— Vou ficar bem. *Buonasera*, Ricco.

Luna já está começando a se virar.

Assim, sem tentar qualquer contato comigo. Um beijo, ou mesmo um simples aperto de mão, agindo exatamente da maneira como sempre considerei ideal.

Então, por que a sensação de ser privado de algo que é meu por direito me atinge tão forte?

— Eu levo você à *Greve in Chianti*.

— Não. Disse que iria almoçar com sua mãe. Carina vai ficar desapontada se faltar ao compromisso. Dou minha palavra de que não vou beber com estranhos, *signor* Moretti — ela tenta brincar. — Ou com qualquer outra pessoa, diga-se de passagem. Não devo ficar ingerindo álcool com tanta frequência.

— O que isso significa?

— Nada. Eu tenho que ir.

— Você ainda tem meu cartão, não é?

— Está em algum lugar aqui na minha bolsa. Mas tenho certeza de que nós vamos nos encontrar. Afinal, estou hospedada em seu hotel.

— É sempre tão desprendida?

— Não sei o que sou ainda. Ou melhor, talvez seja uma página em branco. Estou dando os primeiros passos sozinha, experimentando, como já havia dito. Não sei do que gosto, mas sei do que não gosto.

— E o que é, Luna?

— Terá que descobrir sozinho. É isso o que um bom professor faria — diz, sorrindo. — Mas só para que saiba, eu adorei as lições de hoje e sei que vou pensar nelas quando me deitar.

Merda.

Agora não vou conseguir afastar da minha cabeça a visão dela na cama, nua e recordando o orgasmo.

— Não seria melhor revivê-las a dois?

— Sou boa em sonhar, lembra?

— Minha menina caçadora de sonhos.

Dou um passo para mais perto, mas ela recua.

— Dê um beijo em Chiara e Carina por mim. Você tem uma família maravilhosa.

E então, vai embora sem olhar para trás uma única vez que seja. De algum modo, aquilo parece uma espécie de ensaio do que acontecerá ao fim do verão.

Disse uma semana para testar o que será de nós dois? Sete dias não chegam nem perto do suficiente. Luna Cox vai ser minha por todo o tempo em que permanecer na Itália.

Ela quer ser feliz e sonhar? Não sei se consigo dar felicidade a alguém, mas sou bom em realizar sonhos.

Capítulo 19

Ricco

NO DIA SEGUINTE

Seguro a vontade de me levantar. Sempre que possível, venho aos almoços de domingo por amor à minha mãe, mesmo sem entender como ela consegue se manter em um casamento como esse.

Dino Moretti, também conhecido como meu pai, é sem medo de errar a pessoa que eu mais desprezo na face da Terra.

Estou há quase duas horas me segurando para não brigar. Essa é a dinâmica entre nós. Um esforço unilateral da minha parte para não ferir os sentimentos da minha mãe.

Enquanto ela e Chiara conversam alegremente, eu me preparo para ir embora.

Amo minha mãe e irmã, mas eu não quero estar aqui.

— E o batizado do sobrinho de vocês será na semana que vem — ele diz, sem qualquer centelha de culpa no rosto. Como se relembrar na frente da esposa, a evidência de que é um traidor não fosse nada de mais.

Antes que qualquer uma das duas responda, eu me levanto.

— Tenho que ir, *mamma*. Estava tudo uma delícia — minto, pois não comi nada.

— Você ainda não provou a sobremesa — ela diz, mas quando nos olhamos, ambos sabemos a exata razão pela qual estou indo embora. — Vou mandar a empregada servir uma porção para que possa comer mais tarde.

A culpa está estampada no rosto dela, o que só me faz odiar meu pai um pouco mais por fazê-la se sentir envergonhada de um erro que não cometeu.

Sua fraqueza é amá-lo. Não conseguir se libertar desse sentimento, mesmo sabendo que ele não a respeita e é um trapaceiro.

— Não precisa. Vou voltar para a vinícola.

Dou um beijo rápido na testa de Chiara e viro as costas para o meu pai, já me encaminhando para a saída. Mamãe me acompanha.

— Como foi o passeio ontem com Luna? Eu gostei dela. Traga-a aqui em uma próxima vez.

— Não acho que seja uma boa ideia.

— Por causa do seu pai?

— Pelo conjunto da obra. Não quero confundir as coisas entre nós.

Ela está parada à minha frente, estudando meu rosto.

— Não sou a melhor pessoa para dar conselhos amorosos a quem quer que seja. Eu não tenho medida para amar, mas não acha que já passou da hora de deixar seu luto para trás?

— Isso não tem nada a ver com luto, mãe, tem a ver com a minha incapacidade de manter um relacionamento a longo prazo.

— Não pode ter certeza disso. Nunca experimentou — diz, usando quase que as mesmas palavras que Luna falou ontem. — Ela não é como as outras mulheres com quem já se envolveu.

— Por ser metade italiana? — desconverso.

A maioria das minhas *exs* eram modelos de outros países. Coincidência ou não, só tive namoradas italianas na adolescência, e isso antes de ir estudar no colégio interno, onde acabei me encontrando e fazendo amizade com meus sete amigos.

O grupo do qual eu fazia parte e que foi apelidado de *Os Oito Silenciosos,* uma vez que nós nos mantínhamos tão fechados quanto uma irmandade seria, era composto de filhos da elite mundial. Nos unimos por força das circunstâncias. Oito herdeiros bilionários e cada um com problemas familiares a serem trabalhados.

A decisão de me enviar para estudar na Suíça foi do meu pai, porque eu estava incontrolável desde que descobri não só sua traição, mas como a outra família também.

Com todo o mal que ele me fez, admito que me colocar em um colégio interno foi o que me transformou no que sou hoje. Honestamente, não sei o que seria de mim se tivesse continuado trilhando aquela estrada da adolescência. Eu comprava briga com qualquer um, principalmente Tommaso. Extravasávamos a raiva contra Dino trocando socos.

Há uma grande chance de que, se não tivesse sido matriculado no colégio suíço, estaria morto, já que uma das minhas diversões favoritas sempre foi correr de moto e carro velozes.

— Não tem nada a ver com ser parte italiana, mas porque gostei dela instantaneamente. Sabe que tenho bons instintos para pessoas.

Eu a encaro em silêncio e nós dois sabemos o que estou pensando: se é assim, por que ainda está com ele, então? Meu pai é um canalha.

— Eu o amo. Sei exatamente quem ele é, Ricco. Conheço os defeitos dele mais do que os meus próprios e ainda assim, eu o amo.

— É esse tipo de amor que você me deseja? Um sentimento permissivo, que a tudo perdoa e vai nos matando aos poucos? Obrigada, mas não preciso disso em minha vida.

— Não, eu te desejo que se dê uma chance. Nem todas as relações são como a minha e a do seu pai.

— Eu preciso ir — falo, pois me sinto sufocar. — Foi bom vê-la.

Seguro suas mãos e as beijo, depois entro no carro sem lhe dar a chance de dizer mais nada.

Fico parado, segurando o volante, e sei que minha mãe ainda me observa.

Não tenho certeza se posso continuar fazendo isso. Ouvindo aquele cretino falar de sua infidelidade como se não fosse nada além de um fato que devemos aceitar.

Antes que eu pense no que estou fazendo, pego o celular e completo uma chamada para Luna.

Ele toca algumas vezes antes que ela atenda.

— *Alô?*

— Luna?

— *Ricco?*

Ela parece genuinamente surpresa.

— Não sabia que era eu?

— *Não cheguei a gravar seu telefone.*

Em algum nível que eu não consigo identificar, aquilo me incomoda.

— Por que não?

— *Não achei necessário. Acabamos de nos conhecer.*

— Mas tem o de Chiara.

— *Eu tenho o seu também, naquele cartão que me deu. Sua irmã é minha amiga, uma relação que espero que seja duradoura. Eu e você... não temos um nome para isso que está acontecendo entre nós, e como bem me lembrou ontem, o fim é uma certeza. Não pretendo manter contato depois.*

Fim? Nós nem começamos direito ainda.

Seu desprendimento me deixa louco.

— Onde você está?

— *Lembra que eu disse que queria conhecer a cidade da minha mãe? Estou em Greve in Chianti, visitando uma propriedade linda, aberta ao público, em que o proprietário cria pavões. Estou completamente apaixonada.*

Seu entusiasmo descomprime meu coração no mesmo instante. É como ser atingido por um raio de sol, após horas sob um céu nublado.

— Dispense a excursão. Estou indo encontrá-la.

— *Achei que estava almoçando com sua família.*

— Já acabou e de qualquer modo, não consegui comer. Podemos fazer isso juntos e depois, quero levá-la para conhecer a minha casa. Não tem pavões, mas um cachorro muito louco.

— *E o que mais vou encontrar em sua casa? Acho que talvez precise pôr algo um pouco além nessa oferta para poder me convencer.*

Sei que ela disse aquilo brincando. Eu não.

— Eu. Terá a mim quando chegarmos lá.

Ela demora um pouquinho a responder e sinto minha pulsação acelerar.

— *Vem. Estou esperando você, signor Moretti.*

Capítulo 20

Luna

Tento manter estáveis as batidas do meu coração enquanto o vejo descer do carro conversível e caminhar para mim.

Correndo o risco de soar repetitiva, o homem é escandalosamente lindo.

Ricco anda com a autoconfiança de quem sabe que o mundo lhe pertence, e o que eu achava arrogância quando via em Hudson, nele considero fascinante.

"*Boca fala, boca paga*[48]", já diria minha mãe.

Eu não me levanto enquanto ele se aproxima porque, de verdade, estou com muito medo de que minhas pernas não me sustentem.

Ele está focado diretamente em mim, apesar de as pessoas — as mulheres, principalmente — o devorarem com os olhos.

Ser alvo da atenção de Ricco me deixa excitada além da razão.

Está muito próximo agora e não faço a menor ideia de qual deveria ser meu comportamento em um não-relacionamento como o nosso, mas ele rapidamente esclarece minhas dúvidas ao, uma vez na minha frente, me erguer, puxando-me para seus braços e me beijando na frente de todo mundo.

Não um beijinho do tipo *"bom dia, como passou a noite?"*...

Mas um daqueles que não precisam de legenda.

Eu me recupero rápido, me agarrando em seus braços musculosos e me entregando ao beijo com a minha alma.

Mesmo com um medo danado de me apaixonar de verdade por ele — sim, porque agora eu sei que o que eu sentia antes de chegar à Itália era uma empolgação adolescente, nada comparado ao que ele me desperta agora —, eu não vou parar até que o que temos tiver esgotado todas as possibilidades.

— Oi! — falo, com a respiração instável, quando ele finalmente se afasta.

— Oi.

Acalma-me um pouco ver que ele também puxa o ar com força.

— Você chegou rápido.

Ele se inclina e sussurra na minha orelha:

— Não rápido o bastante.

Meu aperto em seus braços aumenta.

Doce Senhor! O homem poderia ser sinônimo de sedução.

Ouço sua risada e me afasto um pouquinho para olhá-lo.

— Eu falei em voz alta?

— Não — responde como um cavalheiro, mas o canto esquerdo de sua boca se ergue e sei que está segurando um sorriso. — O que está em sua programação?

— Você disse que não comeu. Eu também não, mas antes preferiria ir conhecer a casa onde minha mãe nasceu. Pode ser? Depois podemos fazer um lanche.

— Sim, para irmos até a casa de sua mãe e não para o lanche. Um almoço tardio em minha casa depois.

— Para conhecer seu cachorro?

— Para fazer o que quisermos.

E com essa última sentença cheia de promessas, ele segura minha mão e caminha até o automóvel.

— Fale-me sobre eles — pede.

— O tempo é cruel.

— Por quê?

— Eu era muito nova quando meus pais morreram e as lembranças vão enfraquecendo com o passar dos anos.

Ele olha para a frente, mas como se estivesse em outro lugar, bem distante daqui.

Sentamos em uma mureta em frente à casa onde minha mãe nasceu, mas, infelizmente, não tem ninguém no momento. Vim com a esperança tola de que o novo proprietário me deixasse conhecê-la, mas as coisas não são perfeitas na vida real como são nos romances.

— Mas eram felizes quando vivos?

— Sim, muito. Minha família era a típica classe média americana. Mãe e pai que ganhavam bem, filhas estudiosas, vida sem drama. Não vivíamos no luxo, mas não nos faltava nada. E o mais importante para mim é que eles estavam sempre conosco, não importava qual fosse nosso projeto. Do desejo de virar astronauta a um campeonato de cuspe à distância, eles sempre nos apoiavam, mesmo que também recebêssemos os devidos puxões de orelha se fosse necessário.

Seu rosto volta a relaxar e fico feliz que seja nossa conversa a responsável por isso.

— Nossa mãe não era muito convencional. Acho que nunca conheci alguém tão naturalmente feliz.

— *Você* parece naturalmente feliz.

— Porque eu valorizo cada dia e o fato de estar viva.

— Qual o significado disso?

— Eu amo viver. Cada vez que me levanto e respiro, considero meu milagre pessoal. Eu tenho um pacto com Deus de que nunca desperdiçarei um dia sequer.

— Você é jovem e cheia de sonhos ainda.

Dou de ombros.

— Talvez, mas eles não estão todos dentro da minha cabeça. Os sonhos, quero dizer. Alguns eu crio, outros eu adapto, mas a todos eu sempre alimento.

— Depois que seus pais se foram, você e sua irmã tiveram que enfrentar tudo sozinhas?

— Ah, sim. Eu e Antonella somos personalidades opostas, mas totalmente complementares. Ela dizia que eu era a fada que vivia no mundo dos sonhos e ela, a melhor amiga da fada, que ficava com um pé em cada mundo. O real, como uma vigilante para nós duas, e o mágico, para nunca perder a conexão comigo.

Ele me surpreende ao me erguer e me colocar de lado em seu colo.

— Então eu tenho uma fada nos meus braços agora?

— Sim, sou um ser mítico, fruto da sua imaginação. Posso desaparecer entre uma piscada e outra.

— Eu não vou deixar.

— Não depende de você.

— Do quê, então?

— Do quanto nosso sonho juntos me fará feliz.

Ele está quieto e aparentemente concentrado na estrada, mesmo que, de vez em quando, eu perceba que me observa.

— Você precisa anotar meu número em seu celular.

— Por quê?

— Se perder o cartão, não vai conseguir falar comigo.

— Ainda tenho a mensagem que mandei para você gravada no meu telefone, então se for uma emergência, posso ligar. Mas não acho que vá acontecer.

— Assim mesmo, quero que faça.

— Não vejo sentido...

Antes que eu termine de falar, ele dá seta e estaciona embaixo de uma árvore.

— Vamos esclarecer uma coisa para que não haja qualquer dúvida: nós estamos juntos e sou um pouco neurótico no que diz respeito à segurança daqueles que são importantes para mim.

— Não sou nada em sua vida, Ricco. Mal nos conhecemos.

— Você chegou muito mais perto do que qualquer uma antes.

— Não quero ouvir isso. Não confunda minha cabeça com mensagens cruzadas. Disse que nosso fim é certo, então não me venha com esse jeito de italiano lindo, *sexy* e superprotetor. Estamos nos conhecendo.

— Não é algo que eu consiga mudar, Luna. Pelo tempo que estivermos juntos, eu preciso saber que está segura.

— Segura contra o quê?

— Qualquer coisa. Desde um pneu furado em uma estrada até uma topada no dedão.

Penso no que ele está me dizendo.

Seria tão ruim assim conceder isso? Não é como se estivesse lhe oferecendo meu coração em uma bandeja.

Suspirando, pego meu celular na bolsa, desbloqueio e lhe entrego.

Ele não sorri porque acho que não é de sua natureza, mas percebo que fica satisfeito pela maneira como me olha.

Quando me devolve, verifico a agenda.

Ele gravou como "italiano lindo, *sexy* e superprotetor".

Eu começo a rir.

— Eu sabia que havia um pouco de senso de humor por trás dessa carranca.

— Não sei do que está falando. Achei que esse fosse meu apelido.

— Claro que achou.

— O que você está pensando?

— No que você disse, sobre eu poder precisar de ajuda com um pneu furado. Eu não sei dirigir e já que estamos parados aqui, poderia me dar uma aula.

— O que sabe sobre carros?

— De uma maneira resumida?

— Sim.

— Que eles precisam ser ligados para funcionarem e de quatro pneus bem calibrados para conseguirem rodar.

Ele encosta a cabeça no banco e fecha os olhos, mas depois de alguns segundos, torna a me encarar e, em seguida, abre a porta do motorista.

— Passe para cá — comanda, apontando para o banco do qual saiu. — Agora, vamos esclarecer uma coisa. Você precisa fazer o que eu mandar ou sua experiência como motorista chegará ao fim antes que consiga entender o que está acontecendo.

Capítulo 21

Ricco

— Nos Estados Unidos, os carros são automáticos — ela reclama, não pela primeira vez.

— Você quer aprender a dirigir ou mexer em um controle remoto?

— Deus, você é tão arrogante.

— Não tenho como negar. Agora responda: já consegue diferenciar o freio da embreagem?

Eu saí do acostamento e fui para uma estradinha rural, e claro, muito reta. Vai ser preciso bem mais do que uma aula para que Luna consiga arrancar com o carro. Talvez eu não seja o melhor professor para isso, mas se eu pudesse dar um palpite, chutaria que ela faz parte daquela parcela da humanidade que jamais conseguirá dirigir.

— Isso é frustrante! — diz, batendo a mão pequenina no volante e, em seguida, soltando um grito de dor.

— Não faça isso. Uma mão quebrada não ajudará em nada. Eu tenho uma ideia. Saia do carro.

— O quê? Não acredito. Vai desistir de me ensinar tão rápido assim?

— Confie em mim, menina lua[49].

Ela bufa, mas faz o que mandei.

Volto a me sentar no banco do motorista e bato na minha coxa.

— O quê?

— Vou ensiná-la o básico, guiando seus pés.

— Quer que me sente no seu colo?

— Não quer aprender a dirigir?

— E acha que há alguma chance de eu me concentrar com você

me segurando? Está subestimando seu *sex-appeal*[50], senhor.

— Na verdade, estou apostando em nosso autocontrole. Não podemos fazer nada em plena luz do dia, no meio de uma estrada.

Ela se encaixa com dificuldade entre meu colo e o volante, e na primeira aspirada em seu cabelo, sei que cometi um erro, porque meu corpo reage quase que instantemente à compressão daquela bunda durinha.

— Pensando bem, acho que isso não vai funcionar.

Ela vira o rosto para trás, a boca muito perto da minha.

— Ah, não. Agora nós vamos tentar. Qual é o problema? — pergunta, mas quando se mexe, acho que entende perfeitamente qual é o *problema*.

— Estou machucando você?

Balanço a cabeça, incapaz de falar.

— Quer que eu saia?

— Não. Mas não vou comê-la aqui, mesmo que eu queira muito.

Ela geme alto e sinto-a apertar as coxas.

— Está doendo de vontade de novo? — pergunto, lembrando do que ela me falou ontem.

Não sei mais o que estou dizendo ou onde nós estamos. Luna tem o poder de invadir todos os meus sentidos.

Sem uma resposta dela, deslizo minhas mãos sob o vestido, pelo interior das coxas macias. Sua cabeça recosta em meu peito e os braços vêm para trás do meu pescoço.

Ela volta a me olhar e mordo de leve sua mandíbula.

Pego uma de suas mãos e, presa à minha, levo até o centro de suas pernas.

— O que está fazendo?

— Você está pegando fogo. Quero que sinta junto comigo a primeira vez em que eu tocar a sua bocetinha.

— Ai, meu Deus! — ela grita quando deslizo um dedo na frente da calcinha.

— Tão molhada.

Luna se mexe no meu colo, tentando procurar sozinha o que precisa, mas passo uma mão por seu ventre, mantendo-a parada.

Puxo a calcinha para o lado e o primeiro contato com seu clitóris me faz cerrar a mandíbula. Ela está muito excitada e obrigá-la a se tocar

---

50 Poder de sedução.

junto comigo está me enlouquecendo.

— Ahhhhh...

Escorrego nossos dedos em suas dobras lambuzadas de mel, invadindo sua abertura somente o suficiente para fazê-la rebolar.

— O que você quer?

— Gozar para você.

— Separe bem as coxas.

Ela faz, o rosto me mostrando todo o prazer que sente.

Subo a mão pelo peito cheio e belisco o mamilo. Sua bunda se esfrega no meu colo e eu daria qualquer coisa para senti-la nua bem assim.

— Não podemos demorar, então você vai ser minha menina boazinha e gozar gostoso.

Trabalho o polegar em movimentos circulares no clitóris intumescido e ela urra baixinho.

— Você é muito gostosa.

— Estou morrendo, juro. Não aguento mais.

— Você se toca assim sozinha?

— Eu me toquei ontem no banho pensando em você.

Porra!

Escorrego mais um dedo nela, dilatando-a, imaginando quando for meu pau tomando-a pela primeira vez. Dou estocadas suaves, mas constantes, e quando seu corpo começa a ondular contra o meu, sei que está muito perto.

A mão busca meu maxilar, querendo minha boca comendo-a sem qualquer vergonha, e eu engulo seu gemido no momento exato em que ela finalmente me entrega o que eu mais quero.

É uma espécie de agonia, após tê-la gemendo e gozando em meus braços, me manter distante mesmo que seja para dirigir até minha propriedade.

Meu corpo quer tomá-la, mergulhar em sua doçura, sentir seu mel escorrendo por meus dedos e língua.

Depois que gozou, eu não sei por quanto tempo a segurei, mas a mantive comigo até que sua respiração se estabilizasse, porque me lembrei do nosso encontro ontem. Independente da idade, Luna é uma menina e eu não posso agir com ela como faria com uma mulher experiente.

Quando percebi que havia adormecido, coloquei-a de volta no banco do carona e ela se encolheu em seu sono, as pernas dobradas embaixo do corpo, completamente desligada do mundo à nossa volta. Mas ainda assim, presa na teia da inconsciência, sua mão procurou e se entrelaçou à minha.

Já fiz as pazes com o fato de que Luna não se encaixa em qualquer molde de relacionamento que eu tenha vivido anteriormente.

Estaciono, esperando que o barulho do motor desligando a desperte, mas minha fada continua completamente fora do ar, então dou a volta e a pego em meus braços.

Ela reclama, boceja, e depois se aconchega mais contra meu peito.

Seria uma chegada bem romântica se, ao entrarmos na minha casa, não fôssemos recebidos pelo meu dogue alemão, Thor.

Ao me ver com alguém, o que não é comum, resolve dar uma de bom anfitrião e começa a lamber as pernas de Luna para demonstrar hospitalidade.

— Thor, pare com isso.

Ela desperta com o som da minha voz, e ainda meio sonolenta, grita ao ver o tamanho dele.

Meu *guardião* sai correndo e não sei qual dos dois está com mais medo agora.

— Meu Deus do céu, parece um potro!

— Calma. Dou minha palavra de que ele é manso.

Ela se engancha ainda mais no meu pescoço.

— Eu nunca tive cachorro.

— Ele adora gente. Vocês vão se dar bem, prometo.

— Certo, pode me colocar no chão. Se acontecer alguma coisa comigo, diga à minha irmã e sobrinho que eu os amo.

Eu a viro para mim e a beijo.

— Nunca deixaria que fosse machucada.

E então, ela me entrega música na forma de quatro palavras.

— Eu confio em você.

Capítulo 22

Ricco

— Thor, vem cá, amigo.

Apesar de sua tentativa de ser corajosa, suas costas estão coladas em mim e posso jurar que a sinto estremecer.

Meu companheiro de quatro patas, por sua vez, agora se aproxima, desconfiado. A despeito do seu tamanho e excesso de entusiasmo, Thor é um cão pacato e deve estar considerando se quer realmente amizade com a humana que quase lhe deu um infarto.

— *Hey*, Thor — ela diz, dando passos inseguros —, sei que lhe dei um tremendo susto, mas posso dizer que foi recíproco. Já se olhou no espelho? Você deve pesar mais do que eu.

Sorrio ao ouvir seus argumentos e, aparentemente, meu cão também parece achar graça de seu jeito, pois dá os passos que faltam para que possam fazer as pazes.

— Tenho que avisá-la de que ele curte lambidas.

— Unilaterais, né? Porque se depender de enfiar minha língua nesses pelos aí para poder fazermos amizade, vamos seguir como inimigos eternos.

Jesus, ela me fez sorrir mais em poucos dias do que nos últimos anos.

— Sim, unilaterais. As suas você pode guardar para mim.

Ela olha para trás e o rosto está rosado, mas os olhos estão dilatados de excitação também.

Contudo, Thor volta a roubar sua atenção ao tentar escalar o corpo delicado.

— Não, companheiro. Luna não vai conseguir aguentar seu peso.

Ele enfim desiste e apoia as quatro patas no chão. Depois de mais algumas abanadas de rabo, a novidade de alguém estranho na casa perde o apelo e ele retorna para se acomodar em sua poltrona favorita.

— Deve estar morrendo de fome. Vou preparar nosso jantar.
— Você cozinha?
— Sou italiano. Minha mãe adora cozinhar e mesmo com todos os empregados, fui praticamente criado dentro de uma cozinha. — E então, sem ter a menor ideia do porquê, me pego revelando: — Ela me disse hoje para levá-la em um dos nossos almoços em família.

Luna estava andando alguns passos à minha frente, olhando a decoração, mas depois do que falo, se volta para mim.

Posso ver a pergunta em seu rosto, mas não tenho uma resposta para lhe dar, então, beijo os lábios cheios.

— Quer explorar a casa ou ficar comigo enquanto cozinho?
Para meu alívio, ela parece ter deixado para lá o que eu falei.
— E perder a oportunidade de assisti-lo em ação? De jeito nenhum. Você pode me mostrar a casa depois.

Ela não está mais comendo e nos encaramos, um de cada lado da mesa.

Eu sei o que está pensando. Luna é transparente e não consegue ocultar o que quer, talvez porque seja um reflexo do meu próprio desejo.

Como eu, ela também preferiu água somente ao invés de álcool.

Observo a mulher linda e inocente, pensando sobre a razão de sua presença na minha casa não me causar incômodo.

Não trago namoradas aqui. Nunca trouxe porque dou muito valor à minha privacidade. Duas coisas, no entanto, me fizeram mudar meus, digamos, procedimentos.

Primeiro porque ela é preciosa demais. Não combina com hotéis por uma noite, como já fiz tantas vezes.

Em segundo lugar, é porque tenho a sensação de que ela nunca imporia sua presença.

É como se estivesse atenta ao fim de que lhe falei para não perder o momento exato de se afastar da minha vida.

Isso me traz a sensação de uma bola de ferro no estômago — o que é loucura, já que nunca cogitei manter uma ligação mais séria com uma mulher.

— Quer fazer o *tour* agora?
— Sim. Thor vai conosco?
— Não, hoje ele não acorda mais. Não leve para o lado pessoal, mas é que já está velhinho.

Eu me levanto e ofereço a mão.

— Por onde vamos começar?
— Vou levá-la para meu lugar favorito na casa.
— Seu quarto?
— Não, menina levada. O terraço, no terceiro andar. É lua cheia e você poderá ver toda a região lá de cima.

Ela se solta da minha mão e sobe a escada sorrindo. De vez em quando para e olha para trás.

— E agora?
— Mais um andar — digo, apontando o lado esquerdo do corredor.
— Sua casa é linda, mas enorme. Não se sente sozinho aqui?

Com qualquer outra mulher, eu acharia que seria um tipo de insinuação visando o futuro, mas sei que sua pergunta não tem qualquer maldade.

— Sou essencialmente um solitário, Luna.

Chegamos ao terceiro andar e eu acendo a luz da suíte, porque é preciso passar por ela antes de alcançarmos o terraço.

— Como é possível ser um solitário? Sua família é enorme.
— Isso não tem nada a ver com quantas pessoas têm à minha volta, mas com o que se passa aqui — falo, apontando para minha cabeça.

Ela me olha confusa, mas antes que possa perguntar mais alguma coisa, eu pego sua mão e abro a porta de vidro, levando-a lá para fora.

— Deus, Ricco, é lindo mesmo. E olhe só essa lua! Parece uma pintura.
— Sim, minha lua parece uma pintura — falo, encarando-a.

Ela sorri, parecendo sem jeito.

— Eu não me considerava tímida até estar frente a frente com você.
— Eu a deixo com vergonha? Porque nem comecei ainda.

Nossas bocas estão próximas. Minha mão escorrega para a base de sua coluna em uma pegada firme que talvez lhe marque a pele. Com a outra, emaranho os dedos nos fios loiros.

Ela suspira e entreabre os lábios, esperando.

Olho para baixo e os bicos dos seios despontam no tecido fino. As coxas estão muito juntas porque Luna não consegue dissimular seu desejo.

Aperto sua bunda com a mão aberta, abarcando a carne febril, e ela fica na ponta dos pés, roçando contra minha ereção. Empurrando seu corpo em movimentos carentes.

Esfrega os peitos no meu abdômen e eu poderia encurtar sua agonia, lhe dar o que sei que deseja, mas estou fascinado, observando-a perseguir seu prazer.

Morde meu queixo e me abaixo para lhe dar mais acesso. Enquanto nossas línguas dançam juntas, ela tateia os botões da minha camisa.

Mas então, me surpreendendo, se afasta.

— Não posso desperdiçar essa lua. É uma lembrança que vou guardar para o resto da vida.

— Do que está falando, *bella mia*?

Ela aponta para a piscina no terraço, que nunca é usada, mas que é mantida limpa.

— Posso?

— Quer nadar?

— Só um mergulho. Quando eu estiver velhinha, vou contar aos meus netos que mergulhei à luz da lua na Toscana.

Suas palavras, sem que tenha qualquer pista da razão, trancam minha garganta.

Talvez porque ela fale de um futuro em que o que está acontecendo entre nós hoje não existirá, porque haverá um sortudo que a possuirá para sempre.

Dou um passo para perto e ela não se move.

— Por favor. Só um mergulho — pede, como se intuísse que estou por um fio.

Ando até a sacada, pois é quase doloroso não tocá-la.

No mesmo instante, suas mãos vão para as costas e ela desce o zíper do vestido.

Não olha para mim. Sua cabeça está baixa e a cascata de cabelo me impede de ver seu rosto.

Ela parece uma deusa prateada, a pele branca iluminada pelo luar.

A *lingerie* é clara e minúscula, mas ainda assim não me deixa vê-la completamente. Até agora, eu só a senti, mas estou faminto por desvendar cada pedaço de seu corpo.

— Não vou demorar — avisa, já se virando.
— Tire o resto. Fique nua para mim.
— Eu deveria ter vergonha de você, né?
— Deveria?
— Sim, nunca fiquei sem roupa na frente de um homem. Penso que seria normal me sentir acanhada.

Nunca estive com uma garota inexperiente, então opto por responder com outra pergunta:

— Mas não se sente?

Ela sacode a cabeça em negativa e desce a calcinha, me expondo à penugem loira entre as coxas esguias.

Caralho!

As mãos brincam com a alcinha do sutiã e minha temperatura corporal sobe.

Resolvo fazê-la provar um pouco do próprio veneno e abro alguns botões da minha camisa.

— Mergulhe, Luna, porque uma vez que esteja em meus braços, vai demorar muito antes que eu a solte.

Ela destrava o fecho na frente do sutiã, me entregando a visão dos mamilos cor-de-rosa e inchados.

Anda até a beirada da piscina e mergulha. Leva um tempo até que torne à superfície e quando o faz, está me olhando, sorrindo, me enfeitiçado como uma sereia.

— Não vem?

Balanço a cabeça.

— Não gosto de piscinas.

Capítulo 23

Ricco

"Não pense nisso agora, Ricco", ordeno a mim mesmo, afastando as lembranças do meu pesadelo.

— Mas entrarei, se for o que preciso para tê-la comigo.

Ela não sorri mais; sobe as escadas e quando para à minha frente, me abraça sem se importar com o corpo molhado.

— Hoje, eu sou sua para que faça o que quiser. Não temos um futuro, mas podemos fazer esta noite durar para sempre na memória.

Não quero falar sobre prazos ou separação, então a puxo para perto, calando a mente e deixando nosso desejo no comando.

Os seios nus roçam em mim, ao mesmo tempo em que acaba de me livrar da camisa.

Ergo-a pela bunda, tomando cuidado para não arranhar suas coxas no meu jeans.

Toco seu sexo por trás, percorrendo algumas vezes do clitóris à sua abertura e metendo de leve, só a ponta dos dedos.

Ela morde meu peito com força em resposta e em consonância com seu tesão sem medida.

Porra, suas reações me enlouquecem.

Eu a suspendo mais e mamo um e depois outro peito, rolando a língua na ponta dura.

Luna geme alto e começa a montar minha mão.

Volto para o quarto com ela em meus braços, deito-a na cama e acendo o abajur.

— Você é linda.

Tiro o jeans e o sapato, mas mantenho a boxer.

Quando me deito ao seu lado, a entrega e confiança em seus olhos quase me mata.

Separo os lábios de sua boceta e acaricio seu clitóris. Ela segura minha mão, tentando fazendo com que eu a penetre.

— Não. Dessa vez eu quero beber você.

Eu me encaixo entre suas coxas, mas não solto o peso. Beijo pescoço e colo.

Sua respiração é instável, como se ela fizesse força para conseguir oxigênio.

Chupo um peito e ela ergue os quadris da cama, em oferecimento. Esfrego a barba em seu abdômen, revezando entre beijos e lambidas.

— Ricco, por favor...

Seu sexo está a centímetros da minha boca.

— Abra-se para mim.

Quero que ela experimente ter controle sobre o próprio corpo, que não sinta vergonha e aprenda a exigir o que anseia.

Quando ela faz o que mandei, sugo seu ponto de prazer, desesperado por seu gosto, enquanto a invado lentamente com um dedo.

— Oh, meu Deus!

— Você não tem ideia do quanto a desejo.

— Mostre-me.

De joelhos entre suas pernas, trago sua mão para o meu pau. Ela não a move, mas vejo seus olhos se arregalarem.

— Eu quero acariciar você assim como faz comigo, mas não sei como fazer.

— Toque-me. Vou ensiná-la a conhecer meu corpo.

Ela segura nas laterais da boxer e a desce lentamente. Meu pau está duro como aço, pesado e apontando para cima.

Avança a mão e torna a recuar, mas depois, mais corajosa, me envolve entre os dedos. Eu a oriento, ajudando a movê-la no ritmo que gosto, com a pressão certa. Luna parece concentrada no que está fazendo, os dentinhos cravados no lábio, a cabeça baixa.

Como em câmera lenta, vejo-a se inclinar para frente e deslizar meu pau dentro da boca quente. O primeiro contato é experimental e eu não me mexo, deixando que se acostume. Mas quando sinto sua língua provando meu pré-gozo, me perco, os quadris impulsionando para frente como se tivessem vida própria.

— Eu adoro seu gosto — ela diz, me devorando.

— Jesus Cristo, Luna!

A força com que me contenho para não segurar seus cabelos e afundar até sua garganta me faz tremer, mas ela parece ávida por mais.

— Você é tão grande.

Meus quadris empurram, instigando-a a me aceitar. A urgência me deixa tonto.

Sei que preciso parar porque não há maneira de que a primeira vez que eu vá gozar com ela não seja dentro de seu corpo.

Gentilmente, eu a afasto e a ergo. Agora estamos os dois ajoelhados na cama, frente a frente. Meu pau roçando seu abdômen.

Desço os dedos, quase urrando quando sinto-a pingar em mim.

Inclino sua cabeça para trás, obrigando-a a receber minha língua dentro da boca cálida.

— Eu quero você. Quero senti-la à minha volta.

Deito-a na cama e separo suas coxas.

Acaricio-a dos joelhos à parte interna e ela não perde um movimento.

Estremece sob meu toque, vulnerável, aberta.

— Não vou machucá-la.

— Eu sei. Não estou com medo. Quero muito você.

Mas eu percebo que está ansiosa, então me debruço e seguro cada um dos seios, os polegares acariciando os mamilos. Continuando a exploração do seu corpo, as mãos trilham a rota da carne do seu abdômen até alcançarem a boceta.

Testo mais uma vez com a ponta do dedo e quando ela me implora com os olhos, sei que não posso esperar mais.

Vou até onde deixei o jeans e pego um preservativo, vestindo-o com a prática de anos, mesmo que dessa vez eu quisesse muito poder não usá-lo. Mas ela é virgem e a chance de que esteja protegida com pílula é nula.

Abaixo-me e mamo seu peito, enquanto me posiciono entre suas coxas. Ela aperta meus antebraços, nervosa, mas também confiante, e prometo a mim mesmo que não a machucarei além do necessário.

Seu corpo está duro sob o meu e não quero isso, mas que esteja receptiva e pronta para mim.

— Estou louco por você, Luna minha.

Empurro lentamente nela e capturo sua boca, calando seu ofego assustado.

Agarrando uma das coxas e trazendo-a para minha cintura, eu finalmente a tomo inteira.

Uma mistura de suspiro e grito ecoa em minha boca e pela sua rigidez, sei que está sentindo dor. As unhas, cravadas em meu bíceps, me afastam e puxam em uma indecisão apaixonada.

Movimento-me em círculos, ainda mais devagar, esperando que nossos corpos se ajustem.

Saio e entro novamente algumas vezes, determinado a fazê-la gemer de tesão.

Aos poucos vai relaxando, e os braços vêm para o entorno do meu pescoço.

— Mexa-se comigo, gire os quadris. Eu preciso ir mais fundo.

Meu corpo é como uma barra de aço, a força com que me imponho o autocontrole me deixa completamente tenso.

Finalmente, ela embarca comigo em nossa viagem pelo paraíso, o rostinho lindo não mais assustado, mas transmutado em puro prazer.

Nunca me senti assim antes. Preso em cada respiração e suspiro de uma mulher.

— Mais, Ricco. Eu não sei ainda o que preciso, mas quero tudo.

E eu dou o que ela implora, preenchendo-a, empurrando duro, metendo fundo até que não haja qualquer espaço entre nossas carnes.

— Não quero machucá-la. Me avise se for muito.

— Por favor, não pare.

Seu pedido é como gasolina em meu corpo e mente.

Descontrolado de desejo, aperto suas ancas, o cérebro completamente desligado, incapaz de pensar em qualquer coisa a não ser na necessidade primitiva de lhe dar prazer, envolvendo-a em um mundo só nosso feito de descobertas, clamores e luxúria.

— Não dói mais?

— Hummmmm...

— Luna...

Sua resposta é fechar as pernas nas minhas costas.

Meus golpes agora são longos e profundos. Nos perdemos por minutos inteiros nos olhos um do outro. A conexão forjada como um elo inquebrantável de desejo.

Ela pulsa à minha volta, contraindo e soltando, enquanto a fodo cada vez mais selvagem.

Saio quase todo e ela protesta, choramingando.

— Não pare, eu me sinto vazia sem você em mim.

— Sem chance, amor.

Bombeio sem contenção agora, determinado a levá-la ao céu, empurrando mais e mais rápido.

Ela me acompanha o tempo todo e quando sinto os movimentos espasmódicos do seu corpo, desço uma mão entre nós e massageio o nó durinho.

Geme, estremece, e em um último grito, goza em mim.

Tão quente e ensopada que consigo senti-la através do preservativo.

Nós dois estamos tremendo.

— Eu vou gozar tão forte — aviso. — Queria poder jogar essa porra de preservativo fora e enchê-la com meu sêmen. Vê-la transbordando minha semente.

— Ohhhhhh...

O som dos nossos corpos batendo quebra o silêncio da noite, enchendo o aposento com uma sinfonia luxuriosa.

Meto mais algumas vezes, perdido em uma confusão de sensações e cheiros até que sinto minhas bolas endurecerem quando o melhor orgasmo que já tive finalmente me derruba.

É tão intenso que tenho certeza de que se me erguesse agora, as pernas não me sustentariam.

O que acaba de acontecer? Parece que fui atingido por uma locomotiva.

Sempre me orgulhei de ter controle sobre meu corpo, mas estou completamente perdido nela.

Não consigo sair ainda. Não quero abrir mão de seu calor, então prolongo nosso beijo.

Não é mais tesão somente, mas a ânsia de manter a ligação.

Substituo os beijos na boca por seu rosto e pescoço, e ela acaricia meu cabelo.

— Obrigada. Foi melhor do que qualquer coisa que eu poderia ter sonhado. Nunca vou me esquecer disso.

"Eu também não", digo a mim mesmo, porque estou confuso demais para conseguir me expressar através palavras.

Capítulo 24

Luna

Uma semana depois

— *Estou tão feliz por você estar aproveitando.*

Apesar do que ela diz, posso ver a preocupação da minha irmã estampada em seu rosto.

Essa é nossa videochamada semanal, porque no dia a dia, nos falamos por telefonemas ou mensagens. Algumas vezes até mesmo Hudson me escreve. Mas fico ansiosa mesmo é para vê-los, principalmente minha gostosura em formato de mini *cowboy*.

— *Ele é mesmo um cara legal?*

— Ele não é *um cara*, é um homem feito, como Hudson. Antes que crie fantasias em sua cabeça, saiba que nosso relacionamento não é nada igual ao de vocês.

— *Não sei se entendi ou se gostei de ouvir isso.*

— Entrei nessa relação com ele sabendo que haveria um prazo final.

— *Como assim?*

— Nós estabelecemos regras. Quero dizer, ele estabeleceu e eu disse *okay*.

— *Está me dizendo que o cretino...*

— Por favor, não fale assim dele. Eu não fui seduzida ou nada do tipo. Eu quis e ainda quero o que está acontecendo entre nós.

— *Mesmo sabendo que estão caminhando para um nada?*

— Sim. Porque cada segundo ao lado de Ricco vale a pena. Talvez tenha chegado o momento de te fazer uma confissão.

— *Que tipo de confissão?*

Dou um resumo rápido de como o conheci há cinco anos e conforme vou contando, posso ver o espanto no rosto dela. Foi por isso que adiei para revelar tudo. Porque ninguém, além de mim mesma, entenderia.

Quando tudo parece perdido em nossas vidas, a melhor coisa para se alimentar a esperança é ter um objetivo. Nos momentos de maior desespero no período em que estive doente, sonhar com minha viagem para a Itália e revê-lo era como um combustível mental.

— *Se sua intenção era me acalmar, saiba que minha preocupação agora alcança as estrelas.*

— Eu também fiquei nervosa quando você se envolveu com Hudson e nem por isso a aconselhei a recuar. Sou adulta, Antonella. E estou consciente de que há uma chance de que termine o verão com o coração partido, mas quer saber um segredo? Valerá a pena. Eu me sinto feliz como nunca.

Posso ver que minhas palavras a entristeceram, mas apesar de lamentar fazê-la sofrer, não vou permitir que qualquer pessoa guie minha vida.

Além do mais, o que eu disse é a pura verdade. Mesmo que eu não tenha a menor ideia de como ficarei no momento do adeus, hoje eu me sinto plena. Não sei nada sobre relacionamentos, casuais ou não, mas posso dizer que Ricco tem sido perfeito desde o dia em que fizemos amor pela primeira vez.

— *Não queria chateá-la* — fala.

— Não me chateou, mas me dói pensar que me considera tão frágil que seria incapaz de lidar com um coração partido, se for esse o caso. Houve momentos no passado em que eu não sabia se haveria um amanhã, e agora estou tendo a chance de viver como uma garota normal.

— *Você não é uma garota normal e sim, a mais especial de todas. Torço para que seu italiano saiba valorizar o que tem em mãos.*

— Não quero falar sobre o futuro. Prefiro viver o hoje.

— *Eu sinto muito, Luna. Sou a pessoa que mais quer sua felicidade, mas como poderia não me preocupar sabendo que já viajou com sentimentos por ele? Você começou em desvantagem, porque da sua parte há mais do que atração física.*

— Tem razão, eu comecei em desvantagem, mas sabe o que descobri? Não importa onde ocorresse nosso encontro, eu me apaixonaria cada uma das vezes. Não tenho uma explicação lógica para isso e para ser sincera, não acho que precise de uma. A única coisa que posso dizer é que não imagino, ao menos no momento, me entregando a outro homem.

Ela seca uma lágrima e meu coração se contrai. Antonella nunca chora e vê-la triste me arrasa.

— *Eu não quero impedi-la de viver. Estou torcendo pela sua felicidade porque sou sua maior fã, mas se esse italiano não a tratar bem, vai se ver comigo.*

— Nunca tive dúvidas disso, irmã.

No mesmo dia

Chiara me convidou para uma festa em Florença, já que a da boate eu perdi. Ela falou que irá me encontrar na vinícola mais tarde e estou muito nervosa de que me faça perguntas sobre mim e o irmão, embora ache que já desconfia de algo.

Penso na cara que Ricco fez quando disse a ele, na primeira noite em que dormi aqui, que não queria que os funcionários do hotel nos vissem juntos — o que acabou indo por terra já que, pela manhã, sempre volto para a sede de carona em seu carro.

Ontem ele me pegou de surpresa quando falou que eu deveria fechar a conta no hotel e me hospedar em sua casa.

Soou como um sonho, mas não me permiti dizer *sim*, porque além de estarmos há muito pouco tempo juntos, não quero me acostumar a dormir e acordar ao seu lado, mesmo que na maior parte das vezes acabe ficando por aqui, em sua casa mesmo.

Hoje me levantei mais tarde do que o normal e ele já havia saído para o escritório. Depois, me mandou uma mensagem dizendo que virá me pegar para almoçar.

Não na vinícola, mas em um piquenique em uma colina.

Confiro a hora no meu celular e, sem nada para fazer, decido dar uma volta para explorar a casa.

Já estou pronta e Ricco demorará ao menos uma hora antes de vir me encontrar.

Vejo uma sombra passando no corredor e sei que é Thor. Nos tornamos bons amigos, mesmo que em algumas ocasiões ele quase me derrube com seu corpo enorme.

— Thor — chamo e ele coloca a cabeça na porta do quarto. — O que acha de me mostrar a casa do seu dono, *hein*?

Juro que às vezes tenho a sensação de que ele entende o que eu falo, e como para confirmar, se vira novamente para o corredor, como se dissesse: *o que está esperando?*

A casa tem ao menos dez quartos e para um solteiro convicto, é um exagero, mas isso não é da minha conta.

Ando com Thor ao meu lado e vou passando pelos quartos, cujas portas estão abertas, sem ter interesse de entrar em qualquer um deles. Mas quando vejo uma delas fechada, fico curiosa e giro a maçaneta.

A surpresa me faz arregalar os olhos.

É um quarto de criança. De um bebê, na verdade.

Não como um depósito, mas como se estivesse pronto para ser usado. Tudo limpo e com aquele cheirinho típico dos quartos infantis.

Sinto meu estômago contrair, sem conseguir identificar o porquê.

Ricco é pai? Nada do que me disse até hoje fez com que eu tivesse uma pista sobre isso.

Ando até uma cômoda cheia de porta-retratos.

Em todos eles, Ricco está com um garotinho lindo no colo. Não seria necessário um exame de *DNA* para saber que são pai e filho.

Por que ele não me disse nada? Onde está essa criança? Estamos juntos há uma semana e nos encontramos todos os dias. Por nenhuma vez ele me falou que precisaria ir visitá-lo, já que está óbvio para mim que ele e a mãe não estão em um relacionamento.

— Eu achei que a encontraria na casa do meu irmão.

A voz de Chiara me assusta, mas não muito, já que ainda não me recuperei da surpresa da minha descoberta.

Olho para trás e acho que ela pode ver a confusão no meu rosto, porque se aproxima e segura minha mão.

— Esse era nosso Nicolo, o filho do meu irmão. Meu sobrinho amado.

— *Era?*

— Sim.

Seus olhos estão cheios de lágrimas.

— Ele se afogou por negligência da mãe.

— Oh, meu Deus!

Tapo a boca com a mão, uma tristeza imensa se espalhando dentro de mim por Ricco e pela criancinha que não teve a chance de crescer. Um pai e um filho separados por uma fatalidade.

— Meu irmão nunca se recuperou da perda. Não acho que conseguirá um dia. Ele se culpa porque não eram casados e ele não estava por perto para olhar pelo filho.

Olho em volta do quarto.

— Eu não sei o que dizer.

— Se quer um conselho, espere que ele te conte a respeito. Quando meu sobrinho morreu, eu achei que perderíamos meu irmão também. Se ele não te falou nada sobre Nicolo, talvez não esteja pronto ainda.

Capítulo 25

Ricco

Florença — Itália
Dez dias depois

Ela está diferente e eu me pergunto o que há de errado.

Nas últimas duas noites, não quis dormir na minha casa. Aliás, pensando bem, insistiu para que viéssemos para Florença.

Não acho que tenha qualquer coisa a ver com o prazo de ficarmos somente por uma semana, como ela inicialmente me deu. Ele já expirou há muito tempo. Além do mais, a química entre nós não deixa dúvidas de que funcionamos bem juntos.

Luna é linda, apaixonada e curiosa — uma combinação explosiva, e não acho que já tenha encontrado outra mulher tão sexualmente compatível comigo.

Sempre tive uma vida sexual saudável e constante, mas com ela, a fome não passa. Toda noite é como se fosse a primeira, e fica ainda melhor.

Assim, não consigo entender o que poderia estar acontecendo. Não é nada que ela tenha reclamado, mas minha intuição diz que está se resguardando, não se entregando por inteiro.

Então, hoje decidi aceitar um convite para a inauguração de uma galeria de arte e sair em público com ela pela primeira vez.

É algo que tem causado brigas entre nós.

Nunca vivi uma situação em que a mulher com que eu estava quisesse nos esconder, mas essa é a exata sensação que tenho — o que não faz o menor sentido, já que Luna me disse que contou à irmã,

Antonella, que só depois descobri ser a esposa do atual governador do Texas, Hudson Gray, que estamos juntos.

— Por que você parece zangado? — ela pergunta assim que entramos em meu carro.

Está linda em um vestido vermelho curto e com as costas nuas — o qual não me deixou pagar.

É como se ela não quisesse nada que no futuro a fizesse lembrar de mim.

— Não estou.

— Deixe-me corrigir, *signor* Moretti. Calado e mal-humorado.

— Por que não quer que nos vejam juntos? Por que precisei manobrá-la para que saíssemos em público pela primeira vez, mesmo que eu não esteja com a menor vontade de ir a essa inauguração?

— Por que iremos, então?

— Para vê-la assumir que somos um do outro.

— Durante o verão, apenas.

Olho para a frente, as mãos trancadas ao volante da minha Ferrari.

— Que seja, mas nós somos um casal.

— Aqui eu não me importo que nos vejam — ela continua, parecendo indiferente ao quanto estou puto.

— Todo mundo em San Bertaldo já sabe, Luna. Aquilo é o interior da Itália. A vizinhança tem seu próprio conceito de rede social: vigiar a vida alheia.

Ela fica vermelha.

— Tudo? Quero dizer, que dormimos juntos?

Porra, como ela consegue me deixar louco e cinco segundos depois ter vontade de pegá-la no colo e jurar que vou protegê-la da maldade dos outros?

— Qual é o problema em ser minha namorada?

— Eles vão comentar com sua família. Quero dizer, Chiara já sabe que saímos, mas não gostaria que sua mãe descobrisse.

— Acho que ela já sabia antes mesmo de nós começarmos.

— Não entendi.

— Minha mãe me conhece. Intuiu que havia algo entre nós quando nos viu juntos. Acha que foi à toa que pediu que a convidasse para almoçar com a família?

— Sua mãe é ótima — desconversa, fugindo do assunto.

— Ela tem insistido para que vá no próximo almoço.

— Por que misturar a família nisso, Ricco? Não tem sentido. Dentro de pouco mais de dois meses eu vou embora. Se fosse ao contrário e estivéssemos no Texas, eu não o levaria para conhecer Antonella.

— Por que não?

— Minha irmã e eu somos muito protetoras uma com a outra. Ela não ficou satisfeita com o trato que fizemos de passar somente o verão juntos.

— E você?

— *Hein*?

— Você está satisfeita com esse trato?

Ela olha para fora da janela.

— Você me disse que não se vê em uma relação de longo prazo, o que significa que, mesmo que continuássemos após o verão chegar ao fim, uma hora ou outra terminaríamos. Prefiro que seja eu a concordar quanto à definição dessa data. Não gosto de surpresas.

E com isso, ela encerra nossa conversa, parecendo desinteressada em ouvir qualquer argumento.

Mas o que eu diria, se fosse o caso? Luna está me entregando exatamente o que eu queria quando começamos: meses deliciosos com a mulher que me enlouquece. Então, por que já não me parece o suficiente?

Horas mais tarde

Precisei somente de poucas horas dentro da festa para perceber que não sou mais o mesmo homem de antigamente.

As pessoas com seus sorrisos falsos estampados, os homens cobiçando Luna e tentando adivinhar quem é ela e as mulheres se atirando para cima de mim, sem qualquer respeito pela minha namorada, provavelmente acreditando que estou de volta ao mercado.

Aquela merda esgotou minha paciência rapidamente, mas eu poderia relevar tudo isso se não fosse o fato de que Luna parecia completamente deslocada. A única hora em que a vi relaxar foi quando Chiara se aproximou para conversar conosco, mas minha irmã estava com um grupo de amigos e logo foi ficar com eles.

Nos deixamos fotografar e ela se manteve firme ao meu lado quando eu encontrava algum conhecido, sorrindo e respondendo quando lhe perguntavam algo, mas eu já estou aprendendo a lê-la e poderia jurar que preferiria estar no meu colo, na sala da minha casa em San Bertaldo, com Thor a nossos pés.

Luna se adapta fácil, mas apesar da alma inquieta, sua natureza é simples — e tenho descoberto que adoro sua naturalidade.

Agora, na volta para casa, ela me presenteia com o mesmo silêncio com o qual chegamos à inauguração.

Eu deveria deixá-la quieta, mas sou um maníaco por controle e isso se estende a qualquer área da minha vida. Então, assim que tranco a porta da minha casa em Florença, recosto na porta, ainda com as luzes apagadas.

— O que está faltando entre nós dois?

Ela estava se afastando, sem nem ao menos tentar acender as luzes, em direção ao meu quarto, mas ao som da minha voz, se volta. Caminha até um abajur e o acende.

— Nada — responde o que sei, por experiência, que para uma mulher significa *será possível que não consegue ver onde errou, idiota?*.

— Luna.

— O que exatamente está exigindo de mim, Ricco? — Ela finalmente explode, com as mãos na cintura. Eu prefiro mil vezes quando enlouquece do que quando se reveste de uma indiferença educada. — Eu disse a você que não tinha experiência em relacionamentos e estou te entregando o que combinamos. Meu corpo, tempo e atenção. Mas estou apavorada com a ideia de me apaixonar e, no fim, receber um tapinha nas costas com uma plaquinha de "siga adiante". Não venha me cobrar o que não pode me dar. Quer que eu fique no seu pé, como as outras mulheres que teve? Não, obrigada. Eu fui indesejada pela família substituta que tivemos e a sensação é ruim para caramba. Não vou esperar você me mandar embora. *Se,* e grave bem essa palavra, porque não tenho mais certeza se vamos durar até lá, eu ficar até o fim do verão, um dia antes da estação encerrar já estarei com as malas prontas.

Em dois passos estou diante dela.

— Não.

— Não, o quê?

— Acordo desfeito. Foda-se o verão. Eu não quero mais uma data definida.

Capítulo 26

Luna

Essa não é nossa primeira briga e minha intuição diz que também não será a última, mas hoje ele conseguiu me deixar louca.

— E o que você está me oferecendo? — pergunto, dando um passo para frente e quase colando nossos corpos.

Minha respiração está pesada, em uma mistura de raiva e excitação.

Depois da descoberta que fiz em sua casa, sobre a morte do garotinho, Nicolo, eu achei que conforme fôssemos nos tornando mais íntimos, Ricco acabaria falando sobre ele. Mas, a despeito do nosso relacionamento não deixar nada a desejar no quesito paixão, percebi que a vida de Ricco é compartimentada, como se ele fechasse cada setor em um quarto diferente. Eu, no caso, sou o sexo quente, a novidade.

Assim, segui meu plano inicial, nunca me esquecendo do que ele me disse — que o fim é uma certeza —, mesmo que esteja cada vez mais difícil manter meu coração protegido de tudo o que ele me faz sentir.

— Um namoro.

— Isso já temos, ou não? Porque foi justamente o que conversamos a caminho da galeria de artes. Você me disse que agora a Itália inteira sabe que estamos juntos, mesmo que ninguém desconfie que é só sexo.

Estou tremendo para caramba e de repente, como se a cortina de um teatro fosse aberta, mostrando o cenário por trás do espetáculo, percebo que não posso mais fazer isso. Porque, a despeito do nosso adorável trato e de todos os lembretes que tentei dar a mim mesma, eu estou completamente apaixonada por Ricco Moretti.

— Não é só sexo — ele diz, mas já não quero mais ouvir. Abaixo-me, tiro os saltos e saio correndo para a suíte dele.

— Luna.

Posso escutar seus passos atrás de mim.

— Eu quero ir embora.

— Por quê?

— Porque você vai me machucar. Eu pensei que poderia aguentar o verão todo, mas não posso, Ricco. Seu mundo está a anos-luz do meu. Nunca serei...

Eu não termino a frase porque sua mão me puxa pelo cabelo, a boca me devorando.

Precisamos nos tocar por poucos segundos apenas para toda a raiva que estamos sentindo explodir em paixão.

As mãos mapeiam-se mutuamente, em um caminho que construímos a cada dia que nos entregamos nos braços um do outro. Em uma busca desesperada, os dedos se atrapalham com botões e zíperes, mas não precisamos de muito, só o suficiente para a conexão.

Ele me suspende em seus braços e quando finalmente está dentro de mim, o furor se acalma em uma entrega tão íntima que me faz recostar a cabeça em seu ombro por não poder aguentar seu olhar em mim.

— Não acabou — ele repete baixinho a cada vez que me toma.

Subo e desço em seu corpo, precisando me sentir completa, ansiosa pela nossa união, pela sensação de plenitude que só ele é capaz de me dar.

— Eu estou apaixonada por você. Eu não me lembro de como era antes de ter você assim dentro de mim.

Seus movimentos se aceleram quase ao ponto da dor, mas ainda não é suficiente. Como se intuísse o que eu preciso, me leva para a cama, me apoiando em minhas mãos e joelhos, agarrando meus quadris por trás.

Sinto-o inclinando-se para a frente e beijando minhas costas enquanto continua cada vez mais forte, e em pouco tempo eu me desmancho, rendendo-me ao homem que eu sei, sempre será o único para mim.

Ele me segue pouco depois e nunca haverá sensação melhor do que ter meu italiano lindo se entregando também.

"Mas isso é somente sexo", uma voz avisa, estourando minha bolha.

Eu me deixo cair na cama, os olhos fechados, sabendo que tenho que partir enquanto ainda estou inteira, e como se adivinhasse o que estou pensando, ele se deita e me puxa para cima do seu corpo.

— Não acabou.

Não respondo e também não tenho coragem de abrir os olhos depois de ter declarado meu amor em voz alta.

— *Bella*?

— O que você quer de mim?

— Tudo. Sem acordos nem prazos. Só nós dois.

— Não sei se entendi ainda.

— Namorados sem prazos. Vamos nos conhecer.

— Não fez isso até agora. Tudo o que sei sobre você diz respeito à vinícola, que tem uma mãe linda e uma irmã que é a melhor cunhada que alguém poderia desejar. Sei que é um bilionário — o que para mim não faz qualquer diferença — e que ama San Bertaldo. Fora isso, não me contou mais nada, e quer que eu me entregue?

— Vamos tomar um banho e depois conversaremos.

— Não sei como falar sobre mim — ele diz.

— Posso tentar começar?

Ele acena com a cabeça.

Estamos em sua sala, sentados em poltronas relativamente distantes. Eu escolhi a minha de propósito porque preciso pensar com clareza e não consigo fazer isso com Ricco tão perto.

— Eu entrei no quarto do seu filho.

Sua postura muda na mesma hora. O maxilar retesado.

— Não estava bisbilhotando, mas explorando a casa. Por que nunca me falou dele, Ricco? Sei que nosso acordo era para ser só de verão, mas...

— Não falo de Nicolo com ninguém, nem com minha família.

— Não vou fingir que entendo sua dor porque eu não faço ideia do que seja perder um filho, mas Chiara me contou como ele... enfim, como eu disse, não entendo sobre dor, mas sei tudo sobre culpa.

Ele não estava olhando para mim, mas volta a me encarar.

— Como assim?

— Lembra que eu disse que meus pais morreram atropelados porque foram visitar um terreno que queriam comprar? Mamãe dizia que iria construir nossa casa dos sonhos e eu, que sempre fui uma especialista em sonhar, mesmo muito novinha, prometia a ela que um dia encheria o lugar com netos e que teríamos muitos Natais com uma família enorme, porque sempre fomos só nós quatro, já que como eu disse, aquela tia que terminou de nos criar nunca foi próxima a nós.

— Você não pode se culpar por isso. Foi uma fatalidade. Eles queriam o terreno também.

Sinto as lágrimas escorrerem pelas bochechas.

— Foi minha culpa eles terem ido lá naquele dia. Eu insisti com a minha mãe para fechar negócio ou alguém iria comprá-lo antes de nós. Eles queriam ir no fim de semana, mas eu insisti, Ricco. E nunca tive coragem de contar isso para alguém, nem para Antonella. Minha irmã não faz ideia de que ficamos órfãs por culpa minha.

Não estou vendo mais nada na minha frente e nem percebo quando ele me toma em seus braços, mas quando passa as mãos à minha volta, sei que estou em meu lugar favorito no mundo.

— Não foi culpa sua. Sei que não dói menos por causa disso, mas não foi culpa sua.

— Como pode me dizer isso, se sente o mesmo em relação ao seu bebê?

— Seus pais eram adultos, Luna, tomaram uma decisão. Nicolo dependia de mim e da mãe para mantê-lo em segurança.

— O que ela fez? Por que não estava tomando conta do seu garotinho?

— Eu nunca vou saber a história toda. Naomi se matou no mesmo dia em que meu filho se afogou.

Capítulo 27

Luna

San Bertaldo
Uma semana depois

    Nosso relacionamento mudou depois da briga e da conversa que se seguiu a ela.
    Acho que após ambos mostrarmos um pouco do que nos machucava, um elo se formou entre nós.
    Não estou me iludindo, pensando que ele corresponde aos meus sentimentos, mas ao menos admitiu que sou diferente das outras mulheres com quem já esteve — inclusive a mãe de seu filho, que, segundo Chiara me contou, nunca manteve um relacionamento.
    Depois daquela conversa, eu finalmente me rendi e fiz uma pesquisa completa na *internet*.
    Eu precisei sair sozinha para passear depois que acabei de ler.
    Segundo os jornais, o menino, Nicolo, de apenas vinte meses de idade, se afogou ao cair na piscina. A mãe havia dispensado as babás, assim como os seguranças, e ao que parece, dormiu demais e deixou a criança por sua própria conta.
    Não há muitos detalhes da linha do tempo da tragédia, mas o que se especula é que ao acordar e se deparar com o corpo do filho, ela tomou uma overdose de pílulas para dormir, o que resultou em sua morte.
    Eu não posso imaginar a dor que deve ser perder um filho dessa maneira e também o sentimento de culpa, embora eu ache que não faz sentido no caso dele. Mas quem falou que a dor é racional?

Chiara me contou que Ricco tentou o quanto pôde manter um relacionamento civilizado com a mulher, Naomi, mas que no fim, já havia decidido pedir a guarda definitiva.

Ele não teve tempo o suficiente e desconfio de que a dor decorra do fato de achar que demorou demais para tomar uma atitude.

É uma bagagem muito pesada para se carregar sozinho e não sei como se sobrevive a algo assim.

Não conversamos mais a respeito e decidi que não vou mais falar sobre isso, a não ser que a iniciativa parta dele. Acho que pela maneira como levou a própria vida até hoje, o que me propôs foi um grande passo. Compartilhar não é algo fácil. Eu mesma, como todo amor pela minha irmã, nunca havia lhe contado a respeito de Ricco.

Confiro o relógio em cima da mesa.

Por falar em Antonella, está quase na hora da nossa videochamada semanal.

Como estou na casa de Ricco e decidi preparar o jantar, deixei o *notebook* em cima da bancada da cozinha.

Completo a ligação e espero até seu rosto aparecer, mas sou pega de surpresa quando a carinha gorducha do meu sobrinho surge em primeiro plano.

— Meu Deus do céu! Você quer me matar do coração colocando o *cowboy* lindo da titia para conversar?

Ele está sentado no chão, rodeado de brinquedos, e ao ouvir minha voz, começa a procurar. Não sei se entende que tem alguém falando com ele pelo computador, mas exibido como o pai, começa a fazer força no chão, balançando um carrinho na mão direita.

— *Oi, irmã.* — Antonella finalmente aparece. — *Gostou da surpresa?*

Nos falamos por mais ou menos uns dez minutos até que resolvo tocar em um assunto que sei que a preocupará. Até agora eu não contei nada sobre o fato de que ficarei mais tempo na Itália.

— Há algo que você precisa saber. Não vou embora em setembro[51].

— *Como assim? Está pensando em emendar a viagem para outro lugar?*

— Eu e Ricco decidimos tentar para valer. E antes que me pergunte o que isso significa, eu não tenho a menor ideia, mas estou pensando em ficar mais um pouco na Itália.

---

51 O fim do verão no hemisfério norte é em setembro.

Para minha surpresa, ela sorri.

— *Acho que gosto um pouquinho dele agora.*

— Não se empolgue muito. É somente um namoro, não uma promessa de amor eterno.

— *Mas é amor, né?*

— Da minha parte, sim.

— *Então quem sou eu para julgá-la, Luna?*

Não contarei sobre o filho dele. Não é algo que se converse por telefone, além do mais, se bem conheço meu cunhado, ao contrário de mim, que decidi não pesquisá-lo por todos esses anos, Hudson já deve ter virado a vida de Ricco pelo avesso, o que significa que sabe da morte do bebê. Não acredito, no entanto, que tenha dito algo a Antonella. Ele nunca interferiria na nossa relação.

— Ele me disse que vocês seriam bem-vindos, caso desejem nos visitar.

— *Eu adoraria, mas preciso ver se Hudson pode tirar ao menos uns quatro dias. Ir para a Itália por menos tempo que isso nem vale a pena.*

— Se vier, podemos ir juntas ver a casa onde mamãe nasceu. Da outra vez não havia ninguém lá.

— *Juro que vou tentar, mas dependo da disponibilidade de Hudson.*

— Então é melhor falar com Dominika. Ela sabe a agenda dele melhor do que ninguém. Quando falar com ela, mande um beijo. Estou com saudade de todos.

— *Mando, sim, pode deixar. Agora, precisamos conversar sobre algo importante. Hudson antecipou o pagamento de mais um mês aí no hotel para você.*

— Não, estou pensando em alugar uma casa. Minha parte do aluguel do apartamento em Boston dá e sobra para isso.

— *Já que está pensando em ficar na Itália em definitivo, por que não vendemos o apartamento de uma vez? Hudson disse que ele está muito valorizado. Nenhuma de nós tem intenção de voltar para lá algum dia.*

— Acredito que tenha valorizado, sim. Do jeito que Boston é cara! Mas eu não disse que ficaria na Itália em definitivo e sim, que passarei um tempo aqui. Se for mesmo ficar nos arredores de Florença, estou pensando em voltar a estudar e conseguir um emprego também.

— *Qualquer decisão que tomar, eu a apoiarei. Só quero que seja feliz.*

Ela para e sei que quer falar algo, mas se segura.

— Eu conheço você, sabia? O que há de errado?

— Não fique chateada, mas pedi ao seu médico para agendar com um especialista em Florença para que possa fazer um check-up amanhã. Sei que está tudo bem, mas como faz meses que não se consulta, gostaria de ter certeza.

— Só não vou brigar com você porque sei que está sinceramente preocupada. Mas eu juro por Deus que estou bem. Acho até que vou ter que fechar a boca. Tenho comido muito mais do que o normal. Já ganhei dois quilos, acredita?

— Ai, meu Deus! Se formos mesmo para a Itália, vou ter que procurar uma nutricionista antes. Vou entrar de dieta imediatamente, na verdade. Deus sabe que não preciso de mais cem gramas sequer em meus quadris.

— Não seja boba. Você é linda. Agora tenho que ir, senão o jantar vai queimar. Te amo.

Assim que desligo, Ricco entra pela porta com minhas malas nas mãos.

— O que significa isso?

— Você foi despejada, senhorita. O gerente me disse que sua reserva já acabou.

— Mas minha irmã acaba de me falar que Hudson renovou a reserva.

— Sim, ele tentou, mas infelizmente não temos mais quartos disponíveis. Então, parece que terá que ficar hospedada aqui.

Coloco as duas mãos na cintura.

— Isso está me cheirando a manipulação de sua parte.

— De jeito nenhum. Somente tenho uma reputação a zelar. Não quero que se espalhe o boato pela Toscana de que a minha namorada é uma sem-teto. Seria uma vergonha para o clã Moretti.

Sacudo a cabeça me forçando a parecer zangada, mas começo a rir da cara de pau dele.

— Ainda bem que não é um jogador de pôquer, namorado. Mente muito mal. De qualquer modo, estava falando com a minha irmã sobre isso hoje. Vou procurar uma casa para alugar aqui nos arredores ou talvez mais perto de Florença. Se eu for ficar na Itália mesmo, quero voltar a estudar.

— *Se?*

— Se.

Vejo seu rosto fechar, mas não estou a fim de brigar, então, mudo de assunto.

— Sua mãe ligou hoje para o meu celular, nos convidando para almoçar no próximo fim de semana.

Sua carranca piora e sei que é por causa do pai, mas não tenho mais desculpas para dar a Carina. Desde que nos assumimos como um casal, ela insiste para irmos lá.

— Não precisamos demorar — falo —, mas sabe que não posso desviar desse convite para sempre. Se não quer ir, tem que ser você a dizer isso a ela.

Ele já sabe que Chiara me contou tudo sobre a louca situação de seu pai como chefe de duas famílias. Admito que não me empolga a ideia de me sentar à mesa com um homem que brinca não somente com as vidas de suas duas mulheres, mas também com as de seus sete filhos. Ficaria feliz se Ricco dissesse à mãe que não iremos, mas essa decisão tem que partir dele e sei que não quer magoar Carina.

— Tudo bem, pode marcar. Mas agora venha aqui. Eu tinha pensado em levá-la para jantar, mas como preparou a comida para nós dois, decidi que quero minha sobremesa antes — fala, me erguendo e sentando-me no balcão.

Capítulo 28

Luna

Quatro dias depois

Enquanto dirige para a casa dos pais, a tensão de Ricco se espalha por mim.

Passei os últimos dias superfeliz. Fui à consulta com o especialista que Antonella agendou e ele me disse que pelos exames clínicos, eu parecia estar ótima. Claro, tive que fazer os laboratoriais também, e estou esperando os resultados, mas sei no meu coração que vai dar tudo certo.

Olho para o lado e vejo meu namorado agarrando o volante do automóvel tão apertado que os nós dos dedos estão brancos.

Ele nunca entrou em detalhes sobre o tipo de relacionamento que mantém com Dino Moretti, mas não acredito que seja amigável. Entretanto, Ricco adora a mãe.

Quem não adoraria? Carina é a típica matriarca agregadora, muito parecida com o jeito de Mary Grace, a avó de Hudson. A única diferença para mim é que acho que vovó Mary arrancaria a genitália do homem que a traísse.

Por mais que eu me esforce para limpar a mente de qualquer julgamento, não posso negar que, mesmo sem conhecê-lo, não gosto do pai dele.

Traição no meu mundo é um limite rígido. Sei que nunca conseguiria permanecer ao lado de um homem que me enganasse.

— Quero voltar para casa logo.

— Tudo bem — digo, colocando a mão na perna dele. — Posso perguntar uma coisa?

— Pode — responde, mesmo que toda sua postura diga *"de jeito nenhum".*

— Sua irmã me explicou mais ou menos a situação da sua família. Se lhe faz tão mal encontrá-lo quase toda semana, por que não convida sua mãe e Chiara para almoçarem em sua casa?

— Porque minha mãe sofreria. Ela nunca trabalhou. Adora receber convidados e oferecer festas. Eu não a magoaria assim.

— Então, ao invés disso, você se magoa?

— Eu não ligo.

Não falo nada. Não há por que aborrecê-lo, mas é óbvio que cada vez que se força a comparecer a um almoço de família, ele se tortura.

— Tudo bem. Só lembre-se de que estou indo com você. A qualquer momento que quiser partir, basta me dizer.

Ele não fala nada, mas segura minha mão que estava em sua perna e a beija.

Florença

Certo, alguém poderia dizer que já cheguei aqui com má vontade e isso é verdade, porque, conforme falei anteriormente, não lido bem com traição ou traidores, mas não acredito que seja somente isso.

Eu antipatizei instantaneamente com o pai dele.

O homem tem charme — isso é inegável — e é tão bonito quanto seus dois filhos do sexo masculino que conheci, mas me embrulha o estômago a maneira como ele me olha quando Ricco não está prestando atenção.

Em um só ato, ele desrespeita a própria esposa e também cobiça a namorada do filho — o que me diz que, provavelmente, Greta, a mãe de Tommaso, não é a única mulher com quem ele traiu Carina.

— Se estiver aqui até o Natal, podemos sair juntas para compras, Luna — a mãe de Ricco diz, aparentemente sem notar meu desconforto.

— Eu ainda não pensei a respeito, mas ao menos no dia de Ação de Graças[52], devo voltar aos Estados Unidos.

— Não me disse nada sobre isso — Ricco fala, parecendo subitamente tenso, e essa é a primeira vez que ele demonstra qualquer emoção desde que o almoço começou.

— Eu esqueci de falar. É uma data importante para nós e a minha irmã disse que você será bem-vindo à casa dela se quiser passar conosco.

Ele me encara em silêncio.

Entrelaço nossos dedos e beijo o dorso de sua mão.

— Adoraria que viesse. Vou retribuir o favor que me fez ao me levar para o *tour* aqui na Toscana e lhe mostrar um pouco do meu país.

Finalmente parece relaxar.

— Tudo bem. Deixe-me saber quando será e iremos juntos.

— Quem quer sobremesa? — Chiara pergunta.

— Falou a palavra mágica para mim, mas gostaria de ir ao toalete antes — digo.

— Nós estamos reformando o lavabo do primeiro andar. Sinto muito pelo incômodo, querida, mas terá que usar o do segundo piso — Carina avisa.

— Quer que eu a acompanhe? — minha cunhada pergunta.

— Não, só me dê a indicação, tenho certeza de que consigo encontrar.

— Depois que subir a escada, vire à esquerda. É a quarta porta.

— Tudo bem. — Viro-me para Ricco. — Já volto.

Cinco minutos depois, estou saindo do banheiro quando a última pessoa com quem eu gostaria de me encontrar a sós aparece na minha frente.

Em um primeiro momento, acho que é mera coincidência e com um sorriso seco, tento me desviar, já que ele está parado exatamente em meu caminho.

— Então você é a nova garotinha do meu filho?

Eu levanto a cabeça para encará-lo, tentando controlar o desprezo que ele me desperta.

— Se por *garotinha do seu filho* — enfatizo a expressão que usou — estiver perguntando se sou a nova namorada dele, então a resposta é sim.

— Nova namorada? Ricco não namora, *cara*[53]. Ele nem mesmo se casou com a golpista que lhe deu um bebê.

Meu sangue ferve de ódio e nunca senti tanta vontade de bater em alguém na minha vida.

— Essa criança a quem se referiu tinha nome. Era seu neto e não um bebê qualquer. Honre a memória de Nicolo. Agora se me der licença, eu quero passar.

— Por que a pressa?

Não sei se é seu cinismo ou o ciclo da lua[54] que me faz explodir de vez, mas decido que já tive o suficiente.

— Não estou familiarizada o bastante com a cultura local para entender como as mulheres italianas reagem ao seu charme barato, mas eu sou americana e estou pedindo que saia da minha frente. Dê-se ao respeito, senhor. Além de ter idade para ser meu avô, sua mulher está no andar de baixo.

— O que diabos está acontecendo aqui?

Ricco pergunta, a ira transfigurando seu rosto bonito.

— Nada. Eu me perdi na volta e seu pai estava tentando me ajudar a achar o caminho.

Eu não queria mentir e provavelmente se estivéssemos só nós três, teria dito a verdade, o problema é que Chiara e a mãe apareceram logo atrás do meu namorado.

Ele me encara, atento como nunca, e acho que sabe que estou mentindo, mas eu imploro com os olhos que não diga nada.

Dá um passo para frente e me segura pela cintura.

— Nós já vamos indo, mãe. O almoço acabou.

Fico morrendo de pena do rosto desolado de Carina e da vergonha na expressão de Chiara, no entanto, não seria mais capaz de continuar naquela casa depois do que aconteceu.

As duas mulheres Moretti nos acompanham até a porta, e a exemplo de Ricco, não me despeço de Dino. Não sou tão boa atriz assim.

— Obrigada por terem vindo — Carina diz, mas se eu pudesse adivinhar, chutaria que está à beira das lágrimas.

---

53 "Querida", mas aqui ele está usando com deboche.

54 Aqui ela faz uma brincadeira porque costuma-se dizer que o ciclo lunar pode gerar alterações de humor.

— Eu que agradeço pelo almoço delicioso. Espero revê-las em breve.

— Da próxima vez, será na minha casa, *mamma* — Ricco diz, me surpreendendo. — Os almoços aqui acabaram no que diz respeito a mim e a Luna.

A mãe acena com a cabeça em resposta.

— O que ele disse a você, Luna?

— Não importa. Agradeço que tenha saído em minha defesa, mas não sou uma joia frágil. Falei algumas verdades que ele precisava ouvir. Mas devo dizer que detesto seu pai. Não sou do tipo que consegue fingir emoções, Ricco. Quando gosto de alguém, isso se estampa no meu rosto, mas o contrário também é verdadeiro.

— Eu não deveria tê-la levado.

Ele acaba de estacionar em frente à sua casa em Florença.

— Eu gostei de ter ido, a não ser por ele.

— Tinha razão. Eu já deveria ter dado um fim nesses almoços há tempos. Se minha mãe quiser que nos reunamos, não será na presença dele. Talvez todos tenhamos errado até hoje ao fingirmos, para não magoá-la, que não desprezamos nosso pai.

— Chiara também finge?

— Ela principalmente.

— Eu gostaria de ser uma pessoa melhor e poder dizer a você que relevasse, mas antipatizei com seu pai no momento em que entrei na casa deles. Sinto muito.

— Não peça desculpas. Você é minha mulher e nunca mais a exporei a esse tipo de situação. Eu só não parti para cima dele por causa da minha mãe.

Ele sai do carro, dá a volta e abre a porta para mim.

— Vamos dormir em Florença? — pergunto.

— Quer voltar para San Bertaldo?

— Tanto faz. Desde que estejamos juntos.

SAN BERTALDO

Capítulo 29

Ricco

Quatro semanas depois

Ando até minha pista de pouso particular para receber meu amigo e a esposa.

Eles já estão na Itália há cerca de vinte dias e acabam de comprar a vinícola de Nápoles. Como logo terão que retornar aos Estados Unidos por conta dos filhos, vieram ficar conosco em San Bertaldo.

No meio do pensamento, eu congelo.

Vieram ficar conosco?

Desde quando passamos a ser *nós*?

E por que diabos isso me soa tão bem?

Antes que eu consiga chegar a uma conclusão, eles se aproximam, sorrindo.

— Não acredito que finalmente conseguimos tirar férias — ele diz.

— Pensei que era uma viagem a trabalho — brinco. — Sejam bem-vindos.

— Só a parte da compra da vinícola mesmo — sua esposa responde. — Porque no mais, eu vim querendo ser muito mimada.

— Mais do que já é, amor?

— O que posso dizer? Nós mulheres nunca estamos satisfeitas.

Observo a troca entre os dois, pensando que eles são a prova viva de que um casal pode ficar junto por anos e ainda permanecer apaixonado.

— E por falar em mulheres, meu marido me falou que sua namorada sairia conosco — ela diz após me dar um beijo na bochecha.

— Sim, Luna pediu desculpas, mas havia prometido à minha irmã que a ajudaria a escolher um vestido para o aniversário dela, mas já devem estar de volta e ficaríamos honrados se aceitassem jantar na minha casa.

— Aceito. Amo viajar, mas estou louca por comida caseira.

— Vocês estão muito cansados?

— Não, por quê? — meu amigo pergunta.

— Amanhã iremos a uma festa em Livorno[55], no iate de um dos meus melhores amigos. Ele acaba de lançar uma nova marca de uísque. Se estiverem a fim, estão convidados.

— Festa em um iate na Itália? Eu não perderia isso por nada — a esposa diz, animada.

Livorno — Itália
No dia seguinte

— Como estão as coisas? — Rodrick pergunta quando Luna e meus amigos se afastam um pouco para ouvirem a explicação que um dos funcionários contratados para a promoção da nova marca de uísque dá.

— Estou bem.

— Você parece mais do que *bem* simplesmente.

— Sim — falo, de maneira sucinta, porque sei que ele está se referindo a Luna e não há maneira de que eu consiga explicá-la em minha vida.

Como dizer que ela chegou no meu mundo sem que eu estivesse esperando, mudando tudo, virando minhas certezas de cabeça para baixo a ponto de eu começar a desejar coisas que nunca imaginara antes?

— Ela é linda.

— Não, ela é mais do que linda, é perfeita.

— Vocês dois parecem felizes juntos.

Antes que eu possa responder, ouvimos uma risada alta e per-

---
55 Uma cidade da Itália.

D. A Lemoyne

cebo que Rodrick olha para algum ponto por cima do meu ombro. Quando viro para trás, vejo Jazmina[56], a irmã caçula de Kaled, cercada de um grupo de meia dúzia de rapazes, todos parecendo hipnotizados enquanto ela conta alguma história.

Tanto quanto Chiara comigo, a menina acabará deixando o meu amigo *Sheik* de cabelos brancos, principalmente agora, que veio estudar na Europa.

— Não sabia que vocês eram amigos — falo para Rodrick.

— Não somos. Ela é incontrolável e Kaled me pediu para ficar com um olho aberto, já que dos amigos, sou o que mora mais perto da garota.

— Babá?

— Mais ou menos. Ela me chama de torturador, na verdade. Matador de sonhos também. A menina tem a mente bem criativa — ironiza. — Está de castigo hoje, por isso a trouxe.

Balanço a cabeça, mal acreditando no que ouço.

Rodrick é mal-humorado e uma das pessoas mais impacientes que conheço.

Mesmo com a forte amizade entre nós, não consigo entender como aceitou a tarefa de vigiar Jazmina.

— Parabéns, sua festa está linda. — Ouço a voz de Luna atrás de mim, mas ela está falando com Rodrick.

Passo um braço em volta de sua cintura, aspirando seu cheiro. Ela é uma espécie de vício em que a necessidade do aumento na dosagem cresce exponencialmente quanto mais tempo passamos juntos.

— Obrigado, mas não a vi provar a bebida — Rodrick responde, relaxando o rosto instantaneamente.

Minha mulher tem esse efeito nas pessoas. Ela é como um raio de sol, afastando todas as nuvens. Não há como se manter no escuro com sua beleza e luz iluminando tudo à volta.

— Não sou muito resistente ao álcool. Pergunte a Ricco — diz, me dando uma piscadinha. — A primeira vez que nós *ficamos*, eu literalmente quase desmaiei aos pés dele.

— E foi assim que o fisgou? Preciso aprender alguns truques de sedução — a irmã de Kaled fala, se aproximando de nós, e Rodrick volta a ficar sério.

— Não sei, foi? — Luna pergunta, me olhando e sorrindo.

Eu a apresentei a Jazmina antes e as duas se deram bem no momento em que trocaram as primeiras palavras.

---

[56] Essa personagem aparece em A Esposa Contratada do Sheik. Ela é a irmã de Kaled, o protagonista e a melhor amiga de Adeela, a esposa dele.

— Para que quer aprender truques de sedução? — Rodrick fecha a cara de vez.

Será que ele não percebe que está sendo propositadamente provocado?

— Nunca se sabe. Talvez eu esteja querendo me tornar uma conquistadora. A nona silenciosa. Apesar de que — ela diz, olhando de mim para Luna — os soldados estão sendo abatidos rapidamente. Dois já casados. Ricco namorando sério... mas olha só, você ainda está encalhado, Rodrick.

Ouço um bufo de riso de Luna e tenho eu mesmo que me controlar também, pois a menina é divertida.

— Não precisa aprender a seduzir ninguém, princesa[57] — Rodrick devolve, usando o título a que ela faz jus. — Quando tiver que se casar, será com um escolhido pelo seu pai.

Ambos sabemos que não é verdade, então tenho certeza de que ele está dizendo aquilo para irritá-la. Apesar de haver uma grande chance de que Jazmina se case através de uma aliança política, duvido que o *ex-Sheik* Kamran ou meu amigo Kaled obriguem-na a se unir a alguém a quem não ame.

— Não vou me casar nunca — ela diz, desafiando-o.

— Pois eu vou, um dia, e usarei um vestido de noiva tão longo que a cauda alcançará a lua — Luna intervém, acho que tentando acalmar os ânimos, mas acaba por gerar um silêncio no grupo.

Ela não parece notar e estendendo a mão para Jazmina, diz:

— Agora, vamos dançar? Estou muito a fim.

E após me dar um beijo rápido, ela se afasta, me deixando mergulhado em meus pensamentos.

HORAS DEPOIS

— Elas estão bem animadas — meu amigo diz, gesticulando

---

[57] Jazmina é filha do ex-Sheik Kamran, então detém o título de princesa.

com o copo de uísque enquanto observamos nossas duas loiras, Luna e a esposa dele, dançarem perto da amurada do iate.

Jazmina desapareceu e só pode ser porque Rodrick a afogou ou levou embora para evitar que se meta em confusão.

— Sim, parecem — concordo.

Estou completamente hipnotizado pelo movimento dos quadris da minha mulher. Luna é sexy demais e nem se esforça para isso.

Outra coisa que sempre me enlouquece é como ela vibra com cada coisa que experimentamos. Quase como se não pudesse acreditar que está vivendo aquilo.

Ela está usando um vestido curto, branco, sem alças e salto, que faz com que suas pernas pareçam infinitas. Mal posso esperar para tê-las em volta de mim.

— Fico feliz que esteja conseguindo seguir adiante, homem — ele continua, dizendo quase a mesma coisa que Rodrick falou há algumas horas.

Assim que soube da tragédia, ele voou para o enterro de Nicolo. Como pai, acho que pôde ter uma boa ideia do inferno que eu estava atravessando.

— Não sei se seguir adiante é a expressão certa. Talvez, mudar o percurso seja uma definição melhor.

— O que isso significa?

— Eu pensei que nunca poderia me conectar a alguém, mas Luna não me deu muita opção. Ela é única. Eu tentei encaixá-la nos moldes que conhecia, mas ela descartou cada um deles.

— Eu sei bem o que é isso. Vivi algo parecido com minha mulher. Mas o que quer dizer com ter mudado o percurso?

Olho para o local em que nossas mulheres dançavam e elas não estão mais lá.

— Luna me faz desejar coisas que nunca pensei serem possíveis, mas eu jamais vou ter filhos outra vez. Assim, estou aberto a entrar em um relacionamento a longo prazo, mas não em formar uma família. Não sei se isso é suficiente para ela, mas é o que tenho a oferecer. Não quero filhos. Nunca vou querer.

Capítulo 30

Luna

— Eu preciso desesperadamente ir ao banheiro — a esposa do amigo de Ricco diz, me puxando pela mão.
— É, acho que eu também. Você quase não bebeu álcool, né?
— Não gosto muito, e você?
— Além de ser meio fraca para bebidas, meu médico falou que não é bom fazer disso um hábito devido à minha condição.

Ela para no meio da escada que vai dar nas cabines e olha para trás.

— Que condição?
— Eu sofri por anos com uma doença grave. Uma anemia rara. Quase morri. Passei por um tratamento experimental e estou curada, mas não quero abusar. Fiz exames há mais de um mês lá em Florença e o médico confirmou que está tudo bem, sim. Mandou os resultados para minha equipe médica em Boston e eles me deram a melhor notícia do mundo: que a chance de que a doença volte é quase inexistente.
— Nossa, Luna. Deve ser como nascer outra vez, né?
— Você não tem ideia. Eu acordo todo dia feliz por ter uma segunda chance.

Ela sorri e passa a mão pelo meu braço, solidária.

— E que segunda chance, né? Feliz, com um homem que é louco por você e, de brinde, vivendo naquele pedaço de paraíso.
— Você acha que ele é apaixonado por mim? Ricco nunca falou nada de amor.
— Uma coisa que eu aprendi com meu marido é que as pessoas sentem e demonstram amor de maneiras diferentes, Luna. Você ainda é muito nova e na sua idade, eu ficava assim também, insegura de que

alguém como meu homem fosse se interessar por mim. Mas não há explicação lógica do porquê de alguém se apaixonar perdidamente por fulano e não por sicrano. Acredito em destino, mas em Deus também. Quando algo tem que acontecer, a vida pode dar mil voltas e acabará no mesmo resultado.

— Eu estou apaixonada por ele.

— Eu sei. Acho que qualquer um que fique a um quilômetro de distância de vocês percebe o quanto são loucos um pelo outro. Vocês não conseguem ficar sem se tocar por mais de alguns minutos.

Sorrio. Eu nunca havia reparado nisso, mas agora que ela falou, percebo que é verdade. A necessidade de contato entre nós dois é quase incontrolável.

Se estamos juntos em um mesmo ambiente, Ricco me puxa para o seu colo, como se eu fosse uma boneca. Está sempre mexendo no meu cabelo, rosto, e me beijando. E mesmo que o desejo entre nós seja como um fogo queimando eternamente, nem sempre essas carícias têm um contexto sexual.

— Quer um conselho?
— Sim.
— Viva a vida. Um dia de cada vez, exatamente como vem fazendo. Eu era — ela pausa —, não, talvez de uma certa forma ainda seja, a pessoa mais tensa que você jamais conhecerá. Planejar é comigo mesmo, mas aprendi que a vida não é uma receita de bolo, onde basta colocarmos os ingredientes na medida certa que tudo será perfeito. Mesmo que você siga as indicações à risca e se sente na frente do forno, vigiando com atenção, às vezes o resultado pode sair bem diferente do esperado.

— O bolo poderá solar, né?

— Sim, haverá sempre essa possibilidade, mas ele também poderá se transformar em sua comida favorita. Algo que você nem imaginava que desejaria.

Minutos depois

Estamos voltando para o segundo andar do iate, ela à minha frente, e minha cabeça voa, pensando no que me falou.

Ricco apaixonado por mim? Não tenho certeza disso. Eu sei que o que existe entre nós não é pura atração física, mas não há como saber também se é amor.

Sacudo a cabeça, sorrindo.

No momento, nossa relação me satisfaz, então, o que importa se não há um rótulo exato para ela?

— Acho que deveríamos ficar com eles um pouco. Se bem conheço meu marido, já está chegando no limite para uma festa. No passado, ele era frequentador assíduo delas, mas hoje virou um homem de família.

De onde estamos, vejo os dois de costas para nós e sorrio enquanto tento imaginar o marido dela como um galinha.

É difícil de acreditar. O homem parece idolatrar o chão que a esposa pisa.

Mais dois passos e estaremos neles, e então, ouço a voz de Ricco dizer:

— *Eu jamais vou ter filhos outra vez. Assim, estou aberto a entrar em um relacionamento a longo prazo, mas não em formar uma família. Não sei se isso é suficiente para ela, mas é o que tenho a oferecer. Não quero filhos. Nunca vou querer.*

Para ser sincera, com todos os problemas que eu tinha até pouco tempo, ter filhos é a última coisa que pensei, mas não porque não tivesse vontade, e sim porque acho que ainda tenho tempo o suficiente para pensar nisso no futuro.

Mas ouvir o homem que eu amo dizer que apesar de desejar um relacionamento a longo prazo, *nunca* vai querer crianças, tira o chão debaixo dos meus pés.

Paro de andar e minha nova amiga olha para trás. Por sua expressão, tenho certeza de que ouviu.

— *Hum...* acho que preciso ir ao banheiro outra vez.

— Luna...

— Por favor, eu vou ficar bem. Só desejo um instante sozinha.

— Tem certeza disso?

— Tenho, sim.

Desço a escada novamente sem lhe dar chance de argumentar e me tranco no banheiro do qual acabamos de sair.

Tomo respirações profundas enquanto digo a mim mesma que estou exagerando, afinal, não há qualquer garantia de que o *longo prazo* para ele significa um *para sempre*. Pode haver outros fatores no futuro que levem a uma separação, então o melhor a fazer é esquecer o que ele disse e seguir em frente.

Como se existisse uma chamada cósmica do céu que a avisasse que eu preciso ouvir sua voz, meu celular toca e a fotografia da minha irmã aparece na tela.

— *Hey, tenho boas novidades* — ela diz quando atendo.
— Oba. — Finjo entusiasmo.
— *O que há de errado?*
— Nada de errado. Quais são as novidades?
— *Vamos conseguir passar cinco dias aí no fim do ano. Provavelmente entre o Dia de Ação de Graças e o Natal.*
— Não acredito que vou ver vocês! — digo, verdadeiramente emocionada, sentindo meu coração se descomprimir na mesma hora.

Eu desisti de passar o Dia de Ação de Graças nos Estados Unidos porque Ricco não poderia ir. Se estamos nos assumindo como um casal, quero vivenciar as datas especiais ao lado dele.

— *Luna, o que está acontecendo?*
— Não é nada, palavra de honra. Só fiquei emocionada com a notícia.
— *Não, você já estava assim no momento que atendeu.*
—Tudo bem, tem razão, mas não quero falar sobre isso agora, *okay?*

Ela ainda parece hesitar antes de me responder:
— *Certo, mas se precisar conversar vai me ligar?*
— Vou, sim. Tenho que ir. Estou no meio de uma festa.
— *Te amo.*
— Eu também.

Mal guardo o telefone na bolsa e ouço duas batidas na porta do banheiro.

— Luna, está tudo bem? — Ouço a voz de Ricco perguntar.

Vou ter que usar todas as minhas habilidades de atriz agora.

Respiro fundo e seguro a maçaneta, forçando meu sorriso mais brilhante.

— Melhor, impossível.

Capítulo 31

Ricco

Um mês depois

Afasto o cabelo fino para beijar sua nuca.
— Nossa, isso é tão gostoso — ela diz.
— Eu adoro o quanto você é vocal.
— Não sabia que era. Você é meu primeiro tudo.
Ela se volta para mim, montando minhas coxas.
Estamos na banheira da minha casa depois de transarmos por horas. Na teoria, esse seria o momento para relaxar, mas sou um viciado quando se trata dela.

— Ainda nos encontramos em uma fase experimental, *signor* Moretti. Se eu não falar, como vamos descobrir o que me agrada?
— Temos todo tempo do mundo para testar.
Ela não fala nada, mas sua expressão muda.

Tem sido assim ultimamente. Eu fico sempre com a sensação de que ela está aqui, mas não cem por cento comigo, mesmo que tenhamos concordado em um relacionamento sem prazo.

Há três dias, alugou uma casa mais perto de Florença do que de San Bertaldo. Fez questão de ter seu próprio lugar, mesmo que passe a maior parte do tempo aqui.

São esses detalhes que me dizem que ela está pronta para partir a qualquer momento.

É como se ainda existisse um contador de tempo pendurado entre nós. Um espião silencioso atento para nos avisar sobre o fim.

O pensamento me traz uma sensação de privação antecipada que é desagradável para cacete e me pego propondo:

— Vamos viajar.

Ela se solta de mim e vai para o outro lado da banheira. Sorrindo, tenta brincar, mas quase posso ver sua mente trabalhando.

— Se não percebeu ainda, já estou viajando, Ricco.

— Não, você está morando na Itália por tempo indeterminado. Mas não estou falando de ficarmos aqui, e sim de férias verdadeiras, só nós dois, para onde quiser. Paris, Japão, Austrália. Diga um lugar e iremos.

— Pode largar tudo assim, de uma hora para outra?

— Sou o dono do meu mundo. Posso fazer o que eu quiser.

Ela vira a cabeça de lado e sorri.

— Você é muito arrogante.

— Totalmente. Um verdadeiro bastardo. Mas seu bastardo, *bella*.

Sem que eu peça, ela vem espontaneamente para o meu colo.

— Tem que ser um lugar só? Por quanto tempo ficaremos fora?

— Diga-me onde quer ir e eu peço para minha secretária providenciar um roteiro.

— E que graça teria isso? Eu quero fazer tudo pessoalmente.

— Não confia em mim para organizar seus sonhos?

— Como você pode saber quais são eles se nem eu mesma sei?

Ela me deixa louco com esse lado desapegado e meio *hippie*. Luna fica mais feliz quando lhe preparo um banho de banheira do que quando lhe dou uma joia.

Não me entrega qualquer pista do que faz seu coração disparar.

— Eu não preciso de muita coisa. Nós vamos viajar juntos. Isso, por si só, já pode facilmente se tornar um dos meus sonhos.

— Eu não sou um sonho. Estou na sua vida todo dia.

Ela me olha de um jeito enigmático, como se guardasse um segredo. Não é a primeira vez que faz isso.

— E o que mais você quer, Luna?

— Não entendi.

— Todo mundo tem desejos.

— Se está falando de bens materiais, eles não me interessam.

— Mesmo assim, gostaria de mimá-la.

— A única coisa que eu quero é que pelo tempo que durarmos, você seja meu.

Chego um pouco para frente para que ela possa trancar as pernas às minhas costas. Minhas mãos a seguram pela bunda para alinhá-la para mim. Sem deixar de me encarar, ela desce lentamente. Não importa que já tenhamos feito isso infinitas vezes, porque é sempre a mesma sensação. A ânsia por estar nela não diminui.

Ver seus olhos límpidos enquanto entro em seu corpo e ver sua entrega e paixão me tiram de órbita.

— Eu sou seu.

Ela encosta a testa na minha.

— Não quero mais conversar. Beije-me, meu italiano *sexy*.

Quatro semanas depois

Apesar da nossa conversa sobre a viagem, ela não consegue se decidir para onde iremos, então, fui pedir uma dica para alguém que já está mais acostumado do que eu a mimar sua senhora.

Kaled, meu amigo muito bem casado.

— *Por que não vão para o nosso castelo?*

— Não sei. Luna não dá muita importância ao luxo.

— *Isso não tem a ver com luxo, mas com sonhos. Toda mulher sonha em estar em um castelo com seu príncipe encantado.*

— Jesus, consegue ver o que nos tornamos? — pergunto.

— *É, eu sei. Se apenas uma pequena parcela das mulheres com quem já saímos soubessem que finalmente encontramos nossa eleita...*

Suas palavras atuam como um raio no meu cérebro.

— O que você falou?

— *Ouviu perfeitamente. Não acredito que eu precisei dizer para você que está apaixonado por sua menina americana para que tenha se dado conta disso.*

— Eu sou louco por ela, mas não sei se sou capaz de amar.

— *Todo mundo tem capacidade de amar, Ricco. E depois de tudo o que aconteceu, você, mais do que ninguém, merece reconstruir a vida.*

— Eu ainda me pergunto se errei. Às vezes penso que deveria ter me casado com Naomi. Foi minha culpa ela ter deixado... — Não consigo terminar de falar, estou sufocando.

— *Não foi. Você lhe deu tudo o que era capaz. Nem se conheciam, nunca tiveram um relacionamento além de uma semana de sexo. Se tivessem se casado, a vida de ambos seria um inferno e a do filho de vocês também. Não pode se culpar pela irresponsabilidade e, em seguida, instabilidade mental dela.* Eu entendo o que sente em relação a Nicolo. *Qual pai não sonha em proteger os filhos de todo o mal do mundo? Mas você não pode controlar tudo, Ricco. Ninguém pode.*

Decido mudar de assunto porque lembrar do meu filho me dá a sensação de uma faca sendo retorcida no peito.

— Eu acho que ela sonha com casamento e talvez eu pudesse lhe dar isso, mas não a vida completa. Eu nunca mais quero me responsabilizar pela existência de alguém. Eu já falhei uma vez.

— *Sinto muito em te dizer que, se decidir se casar com Luna, com filhos ou não, sua vida e a dela estarão entrelaçadas para sempre. O que significa que, conhecendo-o como eu o conheço, se sentirá responsável por um suspiro de desalento que ela der. Não há como escapar. Amar alguém faz com que tenhamos que oferecer o pacote completo. Não destrua uma chance de futuro com ela por conta do seu passado.*

Desligo o telefone e fico olhando para o lado de fora da vinícola, pensando na conversa que acabei de ter.

Talvez ela nem queira ter filhos, então por que me preocupar?

Por outro lado, sei que devo tomar uma atitude. Ela pode continuar achando que é somente um caso em minha vida e acabar me deixando.

Mesmo depois de dizer que me amava, Luna não se entrega completamente e isso só pode significar que não nos considera tão a longo prazo quanto eu.

E se quando Antonella vier nos visitar, ela decidir voltar aos Estados Unidos?

Não, isso não vai acontecer.

Vamos viajar e então colocarei as cartas na mesa.

É isso. Vou pedi-la em casamento, mas revelando que não desejo filhos. Tenho certeza de que poderemos ser felizes. Há vários casais pelo mundo que nunca serão pais e ainda assim, ficam juntos por toda a vida.

Satisfeito por conseguir colocar ordem no meu caos mental, mando uma mensagem para Kaled.

Ele tem razão. Mulheres gostam de romance, e que cenário melhor para um pedido de casamento do que em um castelo?

Capítulo 32

Luna

No mesmo dia

Olho para minha cunhada, tendo a certeza de que ela está procurando confusão.

— Não posso fazer isso, Chiara. Sinto muito.

— Luna, por favor. Tem ideia do que é ser irmã de dois machos-alfa?

— Calculo mais ou menos como possa ser. Sou cunhada de um, mas essa conversa não tem nada a ver com Ricco e Tommaso serem machos-alfa, mas porque você só tem dezenove anos e quer viajar com pessoas às quais não conhece direito.

— Bem, talvez eu não tenha sido cem por cento honesta. Eu... o conheço e ele me garantiu que as duas irmãs estarão junto conosco, ou eu nunca aceitaria o convite.

Olho para ela, bem chateada.

— Você mentiu para mim. Disse que o viu pela primeira vez na semana passada. Não somos amigas há muito tempo, Chiara, mas vou deixar um aviso: não tente me manipular. Não use o carinho que sinto por você contra mim.

— Eu não estou usando. Te adoro de verdade.

Suspiro, meio irritada e meio com pena.

Claro que eu entendo como deve ser difícil convencer os irmãos a deixá-la respirar sem que haja seguranças vinte e quatro horas por dia no pé dela, mas o que está me pedindo não vai acontecer. Ela quer que eu minta para Ricco, dizendo que dormirá na minha casa, quando na verdade vai viajar com pessoas às quais sua família não faz ideia de quem são.

— Olha, você disse que gosta de mim. A amizade é reciproca, mas eu nunca vou usar minha influência sobre Ricco para ajudá-la a aprontar escondido. Se quer que a respeitem, haja como uma adulta e fale a verdade. Além do que você está me pedindo ser desonesto com ele, eu jamais me perdoaria se algo lhe acontecesse.

Penso em como, apesar da pouca diferença de idade entre nós, há um abismo no que diz respeito à maturidade. Por tudo o que passamos desde muito cedo, eu e minha irmã fomos obrigadas a crescer bem depressa. Tirando a gravidez de Antonella, que nos deu um susto danado, nós duas nunca fomos de viver aventuras. Eu, por razões óbvias, e minha irmã, porque sempre preferiu estudar mesmo.

— Você disse que já conhecia esse rapaz. De onde?

Seu rosto fica vermelho.

— Talvez seja a hora de eu dizer que ele não é um rapaz, mas um homem feito.

— Isso não é um problema, e sim, o fato de ele ter pedido a você para que não contasse à sua família sobre essa viagem, Chiara. Não vou fingir que sou super experiente porque seu irmão é meu primeiro namorado a sério, então, eu não sei muito sobre relacionamento a dois. Por outro lado, eu e Antonella precisamos nos proteger quando fomos morar sozinhas mesmo tão novas, assim, eu aprendi uma coisa ou duas sobre a natureza humana. E quer saber a principal delas?

Ela sacode a cabeça, dizendo que não, e vejo que realmente não sabe. Na ânsia de superprotegê-la do mundo, seus parentes talvez tenham falhado, ignorando o básico.

Não adianta falar do bicho-papão apenas. É preciso contar as maldades que ele é capaz de fazer, mostrar dados e estatísticas.

— Que uma pessoa que impõe como condição para sair com você, que minta para sua família e amigos, não é uma boa pessoa. Quem não tem nada a esconder, não precisa levar uma garota para sair pelas costas da família dela, Chiara.

Ela entrelaça os dedos no colo.

— Eu nem estou interessada nele, para falar a verdade. Nós conversamos um pouco na boate na semana passada e não senti frio na barriga igual minhas amigas dizem, mas eu queria fazer algo diferente, Luna.

— Você é uma garota moderna — começo com cuidado e quase sorrio quando ela fica com as costas retas, parecendo muito orgulhosa de si mesma. — Então deve entender como os homens podem mentir para conseguir o que querem. Infelizmente, não temos como saber sobre o coração das pessoas até que a conheçamos direito. Ao que nos consta, esse homem, por estar querendo que você minta para sua família, pode até mesmo ser casado.

— Não foi por isso que ele pediu segredo.

— Por que, então?

— Ele já trabalhou como segurança para Ricco e o irmão dele ainda trabalha na vinícola de Tommaso. Se alguém nos visse juntos, meus dois irmãos iriam acabar descobrindo, o que significaria o apocalipse na minha vida.

— Eu acredito na minha intuição, Chiara, e digo a você que essa história não está me cheirando bem. Não vou compactuar para enganar seus irmãos, mas nós duas sabemos que se você quiser ir, dará um jeito de fazê-lo. Se quer minha opinião como amiga verdadeira, esqueça esse cara. Ele não vale a pena. Por que magoar as pessoas a quem ama por alguém que sequer faz seu coração disparar?

— Como meu irmão faz com o seu?

Sorrio.

— Exatamente. Seu irmão faz meu coração disparar a ponto de às vezes eu me perguntar se não sou cardíaca.

— Falou que acredita em intuição. Quer dizer que quando veio para cá, soube logo que Ricco era uma boa pessoa? Porque vocês ficaram juntos praticamente desde o instante em que pisou na Toscana.

Olho para ela e decido que chegou a hora de deixar a verdade vir à tona.

— Eu vim por causa dele.

— Não entendi.

— Quando eu tinha dezesseis anos, seu irmão foi ao restaurante em que eu trabalhava e me encantei por ele. Depois disso, fiquei muito doente. Muito mesmo, a ponto de eu e minha irmã acharmos que não conseguiria sobreviver. Mas eu tinha um objetivo. Eu me lembrava de Ricco, de como ele era lindo e o quanto foi gentil comigo. Meu príncipe encantado particular. Sem saber, ele me apoiava, porque eu mentalizava todos os dias que quando ficasse curada, viria à Toscana e viveria minha história de amor.

Ela abre a boca e não sei se um dia conseguirá fechar.

— Oh, meu Deus! Isso é como um conto de fadas. Vocês se reencontrarem depois de tantos anos, quero dizer.

— Calma, nem tanto. Se foi um conto de fadas, foi um meio doido em que a princesa persegue o príncipe. Além do mais, ele não se lembra de mim até hoje.

— O que importa, se no fim das contas vocês estão apaixonados e vivendo sua história de amor?

— Não acha que é meio esquisito eu ter atravessado o mundo para vir atrás dele?

— Não. Acho lindo para caramba e espero que meu irmão saiba valorizar esse amor precioso que durou tantos anos. Pretende contar a ele um dia?

— Sim, tenho pensado nisso. Contar como o conheci, mas não a parte da doença, pois tenho medo de que ele me veja de uma maneira diferente.

— Meu irmão adora você, Luna. Eu não estava brincando quando disse que achávamos que ele não iria sobreviver à morte de Nicolo. Ele agora ri e sorri. Você trouxe luz à vida de Ricco.

Capítulo 33

Luna

Duas semanas depois

Estou tremendo tanto que mal consigo ficar de pé.

Deveria ser um momento feliz, já que Ricco me disse que um de seus melhores amigos, Kaled, que é *Sheik*, disponibilizará seu castelo no *Vale do Loire*[58], na França, para que possamos passar uns dias de férias.

Para uma sonhadora como eu, ficar em um castelo é como a realização das minhas maiores fantasias de menina.

Mas não há uma gota de felicidade em meu corpo enquanto estou no táxi, a caminho de Florença.

Há dias venho me sentindo meio esquisita, mas como fiz exames há alguns meses, fiquei tranquila. Então, essa manhã, depois que Ricco saiu, tive uma tonteira tão forte que quase caí no chão do banheiro.

Eu já tinha intenção de vir ao médico hoje, por isso, dormi em minha casa — o que acabou gerando uma briga com ele.

Se há uma coisa a ser dita sobre nós dois, é que somos esquentados. As discussões são verdadeiras performances, mas acabam irremediavelmente com um nos braços do outro, ou, como aconteceu ontem, com meu namorado de mais de um metro e noventa de altura dormindo em minha cama minúscula.

Eu não poderia ter ficado em San Bertaldo ontem, porque se dissesse a ele que precisava vir a Florença, mandaria os seguranças me trazerem, e não tenho dúvida de que lhe reportariam que fui ao médico.

Sei que mais cedo ou mais tarde terei que lhe falar da minha doença, mas não estou pronta ainda. Agora, no entanto, sozinha a caminho do consultório, queria muito que ele estivesse aqui comigo. Seu corpo grande me abrigando e garantindo que vai ficar tudo bem.

Decidi não ligar para Antonella até ouvir o que o doutor me dirá. Dizer como estou me sentindo só a deixaria preocupada, e ela não poderia fazer nada para me ajudar estando em outro continente.

Aperto a alça da bolsa com força, rezando em silêncio para que a doença não tenha voltado.

Não agora. Não ainda. Eu preciso de mais tempo, Deus.

Mais de tudo. De nós dois juntos.

Fecho os olhos para evitar chorar, mas meu coração está afundando dentro do peito.

Florença
No consultório

— Como eu lhe disse há alguns meses, não há nada de errado com seu sangue e não vejo necessidade de repetir os exames, mas se fizer questão, posso pedi-los novamente. Entretanto, se não estiver com pressa, acredito que poderei lhe dar o diagnóstico desses seus sintomas dentro de no máximo duas horas. A senhorita está em jejum?

— Sim, porque imaginei que o senhor teria que fazer exames no meu sangue.

— Tudo bem, vamos colher um pouquinho, então. Se quiser, depois pode ir à cafeteria da clínica até o resultado sair. Não acho que deva ficar sem comer.

Ele me olha de um jeito esquisito, mas não explica o porquê de ter dito aquilo.

Quando vim aqui da outra vez, disse a ele que meu apetite estava normal, então não entendo a razão de parecer preocupado.

Uma enfermeira entra e vem até onde estou.

— Me acompanhe, senhorita Cox. Em um instante, terei terminado.

Quase três horas depois

O médico me olha e meu coração parece que vai perfurar o peito, tamanha a violência com que bate.
— Por favor, diga-me de uma vez.
— A senhorita não está doente e sim, grávida.
Por um instante, acho que não ouvi direito e repito as palavras para mim mesma, tentando acreditar.
Antonella, Ricco, nossas famílias, tudo passa pela minha mente, mas eu me prendo mesmo é no milagre que acaba de se realizar.
Grávida.
De uma garota até pouco tempo desenganada, eu agora tenho uma vida crescendo dentro de mim.
Para meu constrangimento, começo a chorar, tanto que o médico se levanta e vem para o meu lado.
— Senhorita Cox, não direi que após a cura tão recente, uma gravidez agora seria o ideal, mas também não implica em risco para sua vida. Tomaremos o maior cuidado e acompanharemos toda a gestação. Fique tranquila, eu já tive uma paciente com uma condição muito parecida com a sua e que deu à luz a uma criança saudável. Vou lhe indicar, inclusive, o mesmo obstetra que acompanhou a gestação dela.
— Não estou chorando por medo, mas de felicidade. Ainda não posso acreditar.
Escondo o rosto em minhas mãos porque não gosto de chorar na frente dos outros, mas tampouco consigo parar.
— Meus parabéns. Tenho certeza de que dará tudo certo. Vou entrar em contato com seu médico em Boston, se me permitir, para que possamos conversar sobre como se dará o acompanhamento de sua gestação.
— Mas acredita que há riscos?
— Nenhuma gravidez é livre de riscos e a sua inspira cuidados por sua condição de saúde anterior, embora, como afirmei há pouco, na minha opinião, a senhorita esteja cem por cento curada.

— Tudo bem, doutor. Estou dando autorização para que fale com meu médico de Boston. Não tem ideia de como me sinto feliz. Serei a melhor paciente do mundo. Farei tudo o que o senhor mandar para ter a certeza de que meu bebê nascerá saudável.

Minutos depois, estou saindo do consultório médico com o coração ainda flutuando pela notícia da minha gravidez. Deixarei para sentir medo depois, porque sei que não será uma conversa fácil a que terei com Ricco.

Estou indecisa sobre pegar um táxi imediatamente ou comer algo antes. A cafeteria da clínica não tinha nada que despertasse meu apetite.

Mas antes que eu me decida, vejo do outro lado da rua meu cunhado.

Nossa, é estranho chamar Tommaso assim, pois mesmo que seja meio-irmão de Ricco, até onde eu sei, se odeiam. Entretanto, eu não tenho nada a ver com essa briga, então não vou bancar a mal-educada. Aceno com a mão.

Sei que ele está me vendo, mas não se move, e por alguns segundos, acho que me ignorará. Depois, como se tivesse perdido uma luta interna, ele dá os passos necessários para me alcançar.

— Tommaso.

— *Bella*, como vai?

— Sem charme italiano hoje, *okay*? Sabe perfeitamente que sou namorada do seu irmão e não vou servir como uma peça, seja qual for seu jogo.

Para minha surpresa, ele sorri.

— Eu gosto de você, Luna Cox, mesmo que eu tenha dúvidas de que esteja em posse de suas faculdades mentais.

— Por quê?

— Seria a única explicação para aguentar o bastardo do meu irmão.

A despeito do que ele diz, não me passa despercebido que Tommaso usou *irmão* e não *meio-irmão*, como Ricco faz. Isso me dá a esperança de que qualquer que seja a diferença entre os dois, um dia possam se acertar.

— O que está fazendo em Florença?

— Como sabe que não moro aqui? — Devolvo a pergunta.

Ele revira os olhos.

— Eu sei de tudo.

— Nunca li um estudo sobre a arrogância ser genética. Você e Ricco são muito mais parecidos do que supõem.

A expressão dele muda.

— E por falar em genética, eu soube o que aconteceu no almoço na casa de Carina. Peço desculpas em nome daquele miserável.

— Quem lhe contou?

— Chiara.

— Sabe de uma coisa? Estou morrendo de fome. Se quer se desculpar, sente-se comigo naquela cafeteria. Há algo que desejo te perguntar.

Capítulo 34

O mal oculto

FLORENÇA
NO MESMO INSTANTE

Não acredito que a vadia escapou. Eu estava tão perto!

Chega a ser engraçado como o todo poderoso Ricco Moretti, tão meticuloso e paranoico com segurança, deixe a namorada completamente vulnerável, à mercê de alguém como eu.

Foi somente o fator sorte o que a salvou das minhas mãos hoje.

Tenho esperado pacientemente por uma oportunidade, porque a mulher não facilita. Ela não tem carro e ao que parece, não dirige também, então sempre que vai a algum lugar, está com o maldito ou com algum motorista designado e um bando de guarda-costas atrás.

E hoje, quando finalmente eu teria a chance, o desgraçado do filho bastardo tinha que aparecer.

Observo-os do lado de fora da cafeteria em que estão e fico tentado a tirar uma foto e enviar para Moretti. Mas fazer com que ele termine com a loira colocaria todos os meus planos a perder.

Não. Para o que tenho em mente, seu sofrimento deverá ser lento. Quero que ele saiba que a tirei dele. Ela será minha para sempre.

Se conheço bem sua consciência culpada, Ricco irá procurá-la pelo resto da vida e nunca permitirei que a encontre.

Retribuição.

Eu acredito nisso.

Uma vida pela outra. Mas no caso de Luna Cox, ela continuará respirando, mas será o meu ar. Aquele que eu permitir.

Caminho para minha moto, tentando conter meu ódio por ter meus planos adiados mais uma vez.

Não importa. Eu me sentei e esperei durante anos pelo momento da retaliação e agora, a hora da minha vingança está chegando.

Ele acha que já perdeu tudo, mas não faz ideia do quanto de dor ainda irá experimentar.

Capítulo 35

Luna

No mesmo dia

— Por que vocês se odeiam, Tommaso?
— Não é óbvio?
— Para mim, não. O fato de terem um pai traidor não é razão o suficiente para dois irmãos se detestarem.

Seu rosto se fecha em uma carranca tão parecida com a de Ricco que chega a doer meu coração.

Não sou geralmente de me meter no relacionamento alheio, mas ele vai ser o tio do meu filho e não gosto da ideia do meu bebê ser privado de uma parte da família por conta do rancor.

— O que aconteceu na casa de Carina naquele dia? — ele me pergunta.
— Pensei que você soubesse. Disse que Chiara te contou.
— Minha irmã estava morrendo de vergonha e me falou que achava que Dino foi desrespeitoso com você, mas ela não chegou a ver o que aconteceu.
— Ele foi desrespeitoso em diversos níveis. Sinto muito dizer isso, mas seu pai é uma das criaturas mais repugnantes que já conheci.
— Eu sei. O que ele te fez, Luna?
— O que acha? Ele ignorou o fato de que eu estava dentro da casa dele, com a esposa por perto, e também se esqueceu do pequeno detalhe de que eu era a namorada de seu filho. — Tomo uma respiração porque lembrar daquilo me irrita novamente. — Mas eu teria passado por cima disso sem qualquer problema se ele não tivesse envolvido o nome de Nicolo.

— O quê?

— Seu pai desrespeitou a memória do neto. Eu não conheci o bebê, mas vejo o quanto Ricco ainda sofre pela morte dele, e quando ele se referiu ao garotinho de forma desrespeitosa, eu meio que enlouqueci.

— Aprenda uma coisa, Luna: não há nada de sagrado para Dino Moretti.

— É por isso que você não fala mais com ele?

— Não. Porque eu o odeio. Desde que entendi o que nós éramos na vida dele — a vergonha, a segunda família, o segredo sujo —, eu o odiei. E mais ainda com o passar dos anos, por ter transformado minha mãe em uma mulher amargurada.

— Não gosto de julgar, mas não sei como ela e Carina se submetem a algo assim.

— Ninguém entende, é como se estivessem presas em algum tipo de feitiço.

— Ricco também o odeia, e é justamente por essa razão que eu não compreendo porque vocês também têm raiva um do outro. Quero dizer, nenhum dos sete filhos tem culpa das escolhas dos pais.

— Meu problema com Ricco não tem só a ver com Dino, mas com Naomi também.

— O quê? Está falando da mãe do filho dele?

— Sim. Uns dias antes de começar a sair com Ricco, ela esteve comigo.

— Meu Deus do céu! E ela sabia que vocês eram irmãos?

— A Europa inteira sabe que somos irmãos, Luna. — Ele mexe na xícara à sua frente, parecendo perdido em lembranças. — Eu agora tenho certeza de que ela estava tentando engravidar de alguém com dinheiro, provavelmente visando um casamento. Para tornar curta uma história longa, quando apareceu grávida, eu a procurei para saber se era meu. No começo, ela me disse que poderia ser, fazendo uma espécie de jogo doentio, talvez por achar que Ricco poderia não querer assumir a criança.

— E o que aconteceu?

— Quando o menino nasceu, eu pedi um teste de *DNA*. E ele, claro, conseguiu mais um motivo para me odiar, mas não me arrependo. Eu precisava saber.

— Eu não sei o que dizer.

— O que há para ser dito? Nós nunca nos suportamos mesmo antes disso.

— Quero que saiba que eu entendo a razão de você ter pedido o teste. No seu lugar, teria feito o mesmo. Mas não consigo aceitar essa animosidade entre vocês.

— Você é uma dama, Luna. Não é animosidade. É ódio.

Não o contrario, embora discorde.

Ricco e Tommaso são muito orgulhosos e talvez a situação entre os dois não tenha conserto, mas não acho que se odeiem. Talvez tenham anos de mágoas, fruto da ação de seus pais, guardados dentro da cabeça e coração, mas eu apostaria alto que não se trata de ódio.

FATTORIA MORETTI
UMA HORA DEPOIS

— Uma surpresa? — ele pergunta quando abro a porta do seu escritório da vinícola. — Ou talvez tenha vindo se explicar.

Durante todo o caminho, eu pensei em como lhe daria a notícia da gravidez, mas por nenhum momento imaginei aquele tipo de recepção.

— Cheguei em uma má hora?

Ele se levanta e eu posso quase tocar a tensão em seu corpo.

— Não sei. Você me diz. Acabou o que tinha que fazer em Florença?

Dou um passo para trás, meus batimentos cardíacos no ouvido.

— Um dos meus guarda-costas a viu no centro da cidade.

— Você mandou alguém me seguir?

— Deveria?

Em um instante, passo de chocada pela recepção fria para verdadeiramente irada.

— Não jogue comigo, Ricco Moretti. Você mandou alguém me seguir?

— Não. Ele a viu por acaso. O que estava fazendo com *ele* em uma cafeteria?

Agora estou muito chateada, porque não tenho dúvidas de que o "ele" a quem se refere é Tommaso.

— Sua pergunta já traz uma resposta — digo.

— Você me pediu para não jogar, então me respeite fazendo o mesmo.

— Eu o encontrei e fomos tomar um café. O que há de errado nisso?

— Você é minha namorada e ele, o inimigo.

— Eu sou sua namorada e ele, seu irmão. Quer saber? Não vou ficar aqui ouvindo insinuar absurdos a meu respeito.— Viro as costas, desistindo de tentar dialogar. Ele está zangado e eu também. Nada de bom resultará disso. — Eu atravessei um oceano por você. Por que então, agora que estou com o homem dos meus sonhos, eu o trairia com outro? E não um outro qualquer, mas o próprio irmão?

— O que você disse?

Estou com tanta raiva que não dou a mínima para o orgulho.

— Meu coração tolo de adolescente se apaixonou aos dezesseis anos quando você visitou Boston, Ricco. Na minha cabeça estúpida, o enxergava como meu príncipe encantado, mas em nenhum dos meus sonhos você, meu príncipe, meu primeiro em tudo, me dizia que sou uma trapaceira.

Saio da sala antes que me exponha mais do que já fiz e quando passo pelo corredor, vejo Chiara vindo na minha direção, mas faço sinal de *não* com a cabeça, pedindo que me deixe passar.

Sei que as pessoas provavelmente ouviram nossa briga, mas não estou preocupada. Nesse momento, pouco me importa se aquele cretino está passando vergonha na frente da vinícola inteira.

— Luna. — Ouço-o me chamar.

— Acredite em mim quando eu digo que não deve falar comigo agora, Ricco de Luca Moretti.

— Por quê? O que você vai fazer, *bella mia*? — ele fala, segurando meu braço.

— Não ouse me chamar assim, seu italiano destruidor de corações.

— Por que eu destruiria um coração do qual sou dono absoluto?

— Você é um maldito convencido, *signor* Moretti.

Escuto algumas risadas — o que só serve para fazer meu sangue ferver ainda mais.

— Deixe-me ir.

— Não. Eu fui um idiota. Fiquei cego de ciúmes e não tenho motivo para isso, já que acaba de dizer que sempre foi minha.

— Ainda quero jogar alguma coisa em cima de você. Eu não deveria ter que confessar que te amo desde a adolescência para você acreditar que eu nunca o trairia. Você é tudo o que eu quero.

É isso aí, se é para passar vergonha, vamos fazer direito. Agora não há uma só alma na região que não tomará conhecimento do meu amor por ele.

— Não, não deveria — ele diz com a arrogância que já nem tenho mais certeza se considero defeito ou qualidade. — Mas eu adorei saber disso.

Capítulo 36

Luna

Paris — França
Dois dias depois

Após a briga espetacular na frente da vinícola inteira, que tenho certeza ficará entre os assuntos mais comentados na região por um bom tempo, eu decidi só contar a ele sobre a gravidez durante a viagem.

Não quero que o dia que saiba que vai ser pai novamente seja marcado por turbulências.

Certo, agora que já discorri a desculpa que venho dando a mim mesma desde que descobri que estou grávida, vamos à verdadeira razão pela qual tenho adiado revelar sobre o bebê.

Estou com medo.

Não pelo fato de que serei mãe. Meus pensamentos sobre isso não mudaram. Continuo achando que foi um milagre de Deus e estou muito feliz. Minha dúvida é sobre qual será a reação dele.

Oscilo em me considerar uma boba por pensar assim, já que, cada vez mais, acredito no que a esposa do amigo dele disse: que o amor entre nós é recíproco.

Por outro lado, não sou tão otimista a ponto de me esquecer da conversa que ouvi entre ele e o americano. Então, é desse jeito, louca para dar a notícia, mas também temendo sua reação, que acabei por decidir que farei isso quando chegarmos ao castelo, daqui a cinco dias.

Também não disse a Antonella porque acho que seria errado compartilhar com qualquer outra pessoa antes de Ricco.

— Você está muito calada para quem está de férias, minha menina lua.

— Estou com fome — digo, e é parcialmente verdade. — Mas também estou pensando se não podemos desistir dessa sua ideia de compras.

Para que comprar roupas se dentro de pouco tempo, elas não me servirão?

— Eu quero que tenha tudo o que sempre sonhou.

Eu tenho quase tudo com que sempre sonhei. Agora só falta você amar nosso bebê tanto quanto eu já o amo.

— Já disse que bens materiais não me empolgam.

— Será? Nada a deixaria feliz?

— O que está escondendo, Ricco Moretti? Porque já o conheço o suficiente para saber que quando faz essa expressão de *eu sou o dono do mundo*...

Antes que eu acabe de falar, ele me traz para seu colo e me beija até me deixar sem fôlego.

Quando nos afastamos, a intensidade com que me olha me faz ter certeza de que ele me adora, sim.

Então, por que não consigo lhe falar sobre nosso filho?

No fundo, eu sei a resposta. Tenho medo de que ele nunca consiga amá-lo como fazia com Nicolo.

Afasto o pensamento deprimente.

— Eu tenho um presente — ele diz, me entregando um envelope.

— Um contrato de relacionamento? Tipo aqueles dos livros, em que os bilionários estipulam regras para a namorada e lhe enchem de presentes em troca?

— Fale-me mais a respeito, talvez eu esteja interessado.

Mordo seu dedo em resposta e ele ri.

— Sou louco por você, sabe disso?

Ricco não é muito de colocar os sentimentos em palavras, mas cada vez que o faz, meu coração erra as batidas.

Ele me pediu para contar sobre a história de quando o vi pela primeira vez no restaurante, mas nem assim se lembrou de mim — o que deveria ser um senhor chute no meu ego —, contudo, aceitei que faz parte da vida.

O que é uma lembrança perto de tê-lo comigo há meses?

Não revelei nada do tempo em que fiquei doente e também não quis dar muita ênfase na minha paixão adolescente. Como eu, ele também parece se prender mais no *hoje*.

— Eu desconfiava que sentia uma *atraçãozinha* por mim — finalmente respondo, disfarçando o quanto mexe comigo quando me entrega declarações assim. — Agora, deixe-me abrir meu presente.

É uma folha, parecendo um contrato mesmo, mas quando começo a ler, meu queixo cai.

— Você não fez isso.

— Não é nada perto do que eu faria para vê-la sorrindo assim, *bella mia*.

Leio o documento com mais calma.

— Estava à venda?

— Não, mas tudo tem um preço.

Não sei se consigo entender aquilo muito bem, mas não importa, porque nas minhas mãos, eu seguro a escritura da casa em que minha mãe nasceu.

— Foi a coisa mais linda que eu já ganhei, mas não posso aceitar. É muito e não tenho nada para lhe dar em troca.

— Não fiz esperando retribuição. Além do mais, eu tenho uma condição.

— Condição para quê?

— Essa casa é somente para quando Antonella vier, para que fique mais confortável do que em um hotel. Mas você não vai morar lá.

Dou de ombros.

— Eu já tenho minha própria casa, esqueceu? Embora não veja sentido em continuar pagando aluguel, se sou a proprietária de uma agora — falo, brincando.

— Exatamente, não faz qualquer sentido pagar aluguel, por isso acho que deve entregá-la e vir morar comigo.

— O que exatamente está me propondo?

— Nada... ainda — diz, de maneira enigmática. — Agora, deixe-me alimentá-la. Então, vamos fazer todas as coisas bobas que os turistas fazem em Paris e que sei que está doida para experimentar.

D. A Lemoyne
Vale do Loire — França
Dias depois

— Esse castelo é muito lindo, mas não consigo imaginar quantos funcionários seriam necessários para manter algo deste tamanho.

— Muitos, não tenho dúvida — ele responde, mas parece estar alheio à conversa.

Nosso passeio em Paris foi maravilhoso, mas a parte turística de que ele me falou foi feita nos padrões dos bilionários.

Não ficamos perto de nenhuma atração ou museus porque os seguranças andando atrás de nós estavam chamando atenção das pessoas, então, decidi que vou deixar para aproveitar com calma em uma próxima vez.

Quem precisa de atração turística com um homem delicioso desse do lado e, ainda por cima, podendo chamá-lo de meu?

Fomos a restaurantes incríveis, no entanto, e também caminhamos às margens do rio Sena, porque o apartamento de Ricco na cidade fica na *Ile de Saint Louis*[59].

— Você está parecendo disperso — acuso.

Na verdade, ele está alheio desde que chegamos ao castelo e algumas vezes parece que vai me falar algo e volta atrás.

Estamos caminhando até as estrebarias, pois o *Sheik* Kaled cria cavalos, e depois de conhecer os dos Gray, passei a amar esses animais.

— Eu iria esperar até estarmos no último dia de viagem, mas decidi que não quero mais adiar.

— Adiar o quê?

— Esse tempo que passamos juntos foi o melhor dos últimos anos. Talvez da vida — ele começa e me sinto um pouco tonta.

— Vai terminar comigo? — pergunto, sem qualquer elegância ou proteção para o meu coração imaturo.

— O quê? Não. Deixe-me acabar de falar, *bella*. Tenho ensaiado isso há dias — ele diz, me puxando pela cintura, nos mantendo colados.

Ergue meu queixo e não vejo qualquer indicação em seu olhar de que pretende me dar um fora.

Suspiro de alívio, apesar de não estar entendendo nada.

— Como eu estava dizendo, esses meses que passamos juntos são os melhores de que me lembro a vida inteira, assim, por que não o prolongarmos... para sempre?

---

[59] É um endereço muito exclusivo em Paris, onde só moram bilionários.

Repito as palavras em minha mente sobrecarregada.

Ele está dizendo... está me pedindo...

Espera, tem alguma coisa de errada.

Solto-me de seus braços e dou um passo para trás.

Ricco é cem por centro um homem apaixonado comigo. Intenso até a raiz dos cabelos, mas nesse instante ele parece mais estar me propondo uma aliança comercial do que qualquer outra coisa.

— Suas palavras não combinam com o que acho que quer falar. Por quê?

— O que acha que eu quero falar?

— Não tenho coragem de dizer em voz alta para não correr o risco de fazer papel de boba.

— Acredito que esteja certa sobre o que vou lhe pedir, mas temos que conversar sobre alguns termos antes.

— *Termos*?

— Sim. Quero que se case comigo, seja minha mulher e companheira, mas vou ser honesto. Nós nunca teremos filhos.

Abraço meu próprio corpo, tentando impedir que ele note o quanto estou tremendo.

— Por quê? Por causa de Nicolo?

— Porque eu não quero ser pai outra vez e minha decisão sobre esse assunto nunca vai mudar.

Capítulo 37

Ricco

Eu pensei várias vezes no que dizer porque na minha cabeça, não haveria outra resposta possível além do *sim*.

Ela contou que sempre foi apaixonada por mim, desde nosso encontro fortuito quando ainda era uma adolescente, o que me fez ter certeza de que estávamos destinados.

Não haveria outro caminho possível para nós dois e, embora eu ache que não a mereça, sou egoísta demais para recuar.

Entretanto, quando observo-a empalidecer, uma espécie de bola de ferro se desenrola no meu estômago.

Ela não precisa falar nada. Está claro que o que lhe ofereci não interessa. Luna quer filhos.

— Sei que é uma decisão difícil porque você abriria mão...

Ela faz um gesto para me impedir de continuar.

— Eu gostaria de ficar um pouco sozinha.

— Não foi a resposta que imaginei — confesso.

— Mas é a única que posso te dar.

Preferiria que ela jogasse o que está sentindo em cima de mim em mais de uma de nossas brigas épicas, porque seu silêncio e aparente frieza são assustadores para caralho.

Por outro lado, sei que não tenho o direito de forçá-la a tomar uma decisão. Achei que o que sentimos um pelo outro seria suficiente para nos manter unidos, mas talvez tenha sido muito arrogante em minhas suposições.

A caixa com o anel de noivado pesa como chumbo em meu bolso, como uma lembrança do que provavelmente não acontecerá: nossa união.

Ainda que nunca tenha chegado perto de propor isso a uma mulher, sei, através de amigos e familiares, que elas geralmente reagem com sorrisos, lágrimas, mas tudo o que vejo em Luna é o desejo de se afastar de mim.

Achei que não era mais capaz de sentir dor, mas imaginar um futuro sem ela é como receber uma facada.

Não, pior. Com um ferimento desses, ou você se cura ou morre. Mas sei que não há a menor chance de que eu vá conseguir esquecê-la um dia.

Vou vagar pelo resto da vista sem que seja possível encontrar alguém que me complete como ela.

Eu não quero encontrar outro alguém.

Não consigo me imaginar tocando ou desejando outra mulher.

Eu já tenho a minha.

Reunindo toda a coragem, me preparo para lhe dar uma saída.

— Podemos voltar para a Itália, se quiser — falo, sabendo que isso talvez nos afaste ainda mais.

Aqui no castelo, ao menos, ela não tem muito como fugir de mim.

Sua resposta me dá a certeza de que é exatamente isso o que ela pretende.

— Eu gostaria, sim.

— Diga ao menos sim ou não.

Ela encara o chão.

— Não. — Levanta o olhar para mim. — Nunca vou abrir mão disso.

Concordo com a cabeça, mesmo que por dentro me sinta gelado.

Sei o que suas palavras significam.

Ela não está recusando a se casar comigo somente, mas dizendo, sem precisar colocar em palavras, que nossos caminhos seguirão separados a partir desse momento.

— Vou providenciar nossa partida.

Naquela noite

— Talvez devêssemos conversar — proponho, parado em frente à casa pequena que ela alugou.

Luna não falou mais comigo desde a nossa conversa na estrebaria, e o silêncio é como um veneno.

— Não há o que ser dito, Ricco. Sabe o que sinto e eu sei os seus *termos*, como você mesmo colocou. Meu amor por você não vai diminuir ou passar, então, ficarmos juntos sabendo que não haverá um futuro não faz sentido.

— Poderia haver um futuro.

— Não teria como. Eu nunca vou abrir mão de ter um filho, porque ele será meu milagre.

— O que quer dizer?

— Nada. Não importa. Eu preciso ir.

— Sei que não adianta muita coisa, mas se eu tivesse que escolher uma mulher para ter um bebê novamente, seria você.

— Então por que não me escolhe?

— Porque não sou capaz. Eu falhei uma vez. Não quero passar por isso de novo.

— Está me dizendo que está escolhendo não ser pai? Por favor, pense antes de me responder.

— Não preciso pensar. É exatamente isso. Eu não quero ser pai novamente.

Ela gira no banco para sair e seguro seu braço na intenção de dizer para esperar que eu lhe abra a porta, mas me para.

— Não precisa. Vamos tentar fazer isso ficar mais fácil. Adeus, Ricco.

Vejo-a se afastar sem conseguir acreditar que a perdi.

Fecho os olhos, tentando imaginar um futuro diferente do qual eu me programei, uma criança sorridente, fruto de nós dois, mas tudo o que me vem é o rosto sem vida do meu Nicolo e a dor que eu senti quando finalmente me deixaram vê-lo.

Eu quis dar minha vida pela dele e ofereci a Deus tudo e qualquer coisa para que meu menino voltasse a respirar, mas não houve acordo.

Eu não o protegi quando ele precisou de mim e por isso, devo pagar pelo resto da vida.

Arranco com o carro, mas ao invés de ir para casa, desvio para a colina onde fui com ela de moto na primeira vez em que saímos.

Observo as luzes da cidade lá embaixo.

Já é tarde e uma a uma, as casas vão escurecendo, como uma analogia do que acontece dentro de mim. A diferença é que para elas, a luz retornará ao amanhecer.

Na minha vida, só haverá noite daqui por diante.

A minha lua se foi.

No dia seguinte

Eu sei que não deveria ter vindo, mas fodam-se os pensamentos racionais.

Preciso vê-la outra vez, então desço da moto, determinado a fazê-la me ouvir.

Talvez eu não tenha me explicado direito. Será que ela entendeu como sou a pior escolha possível para pai? Que meu Nicolo morreu por minha culpa?

Subo os degraus e bato na porta, mas nada acontece.

Abaixo-me para pegar a chave que ela costuma deixar embaixo do tapete, mas dessa vez, junto com ela, há um bilhete para o proprietário.

Ela entregou a casa e foi embora.

A que horas? São apenas dez da manhã, o que significa que deve ter saído muito cedo ou talvez ontem à noite mesmo.

Porra!

Pego o celular e ligo para ela, mas o telefone cai direto na caixa postal. Em seguida, completo uma chamada para a mulher com quem, apesar de já ter falado em telefonemas curtos duas vezes, não tenho qualquer intimidade.

— Antonella? Ricco Moretti.

— *Eu sei que é você. Tenho seu número gravado. O que deseja?*

A frieza em sua voz me diz que ela sabe que eu e a irmã brigamos.

— Luna foi embora.

— *Sim, ela está voltando para casa.*

— Por que sem se despedir?
— *Pelo que ela me contou, se despediram ontem.*
— Não. Não acabamos ainda. Foi uma briga. Os casais brigam.
— *Foi mais do que uma briga e nós dois sabemos disso. Eu não o conheço direito, Ricco, mas conheço minha irmã. Ela é a pessoa mais forte e corajosa do mundo, e também loucamente apaixonada por você. Ela mudou a própria vida e foi sozinha, depois de tudo, por acreditar em um sonho. Se decidiu voltar para casa, é porque esgotou todas as possibilidades.*
— O que quer dizer com depois de tudo?
— *Nunca vou revelar os segredos da minha irmã, mas acredite quando eu digo que se a quer, terá que repensar sua proposta. Ela não vai voltar atrás.*

Capítulo 38

Luna

Dallas — Texas
Naquele mesmo dia, à noite

Incrivelmente, eu não derramei uma lágrima desde o momento em que ele foi embora ontem até minha chegada em Dallas.

Diferente do dia em que parti em busca dos meus sonhos, dessa vez, eu me sinto completamente esgotada.

Quando ele me pediu em casamento de uma maneira que mais parecia uma transação comercial e que não representava em nada o tipo de relacionamento que sempre tivemos, no início eu fiquei com muita raiva.

Talvez um pouco além do início.

Até ele me levar em casa, na verdade.

Depois, quando ele se foi, eu pensei em toda a nossa história e, em seguida, nos fatos que envolvem a morte de Nicolo.

Eu sofri sua dor porque, mais do que ninguém, sei como é ter que lidar com a culpa por anos a fio. Mas nada se compara à sensação de ter falhado com um filho, eu acho.

Esse bebê, que eu ainda nem vi em uma ultrassonografia, já é tão importante para mim que eu morreria mil vezes somente para ter certeza de que ficaria em segurança. Desse modo, me coloquei no lugar dele e imaginei como seria a dor de perder um filho por negligência.

E mesmo que essa negligência não tenha sido da parte dele, Ricco é do tipo que suporta todo o peso do mundo nas costas. Para piorar, a mulher, Naomi, ainda se suicidou em seguida, aumentando todo o horror da tragédia.

Então, boa parcela da dor que estou sentindo é por *ele*, é a *dele*.

Claro, tem um lado por nós dois também, mas sempre serei uma otimista e torço para que quando ele descobrir sobre o bebê, não o rejeite.

Não vim embora porque pretendo esconder o fato de que estou grávida, mas para me fortalecer junto à minha família até me sentir segura o bastante para contar tudo.

Acho que as coisas entre nós aconteceram rápido e com uma intensidade alucinante, então, talvez ambos estejamos precisando respirar em separado. Pensar sem que a paixão que sentimos possa confundir o que queremos para o futuro.

Na verdade, o que *ele* quer, porque eu sei o que quero: ele. O amor adolescente se transformou em um sentimento incapaz de ser revivido com outro.

Sempre será ele.

Passei a viagem planejando, tudo para não me entregar à tristeza. Desde que descobri que estou grávida, comecei a pesquisar sobre a relação intrauterina com o bebê e parece que eles sentem tudo o que vivenciamos.

Não quero que meu filho pense por um segundo sequer que sua chegada me trouxe nada menos que felicidade, mesmo que as coisas com Ricco estejam indefinidas.

Decidi que vou ao médico para ver como está minha gestação e na semana que vem, se Deus quiser, terei coragem de lhe contar que vai ser pai.

Não pretendo voltar à Itália, no entanto.

Já fiz a minha parte para realizar os meus sonhos e viver nossa história de amor. Agora, não depende mais de mim. Por mais solidária que eu seja com seu sofrimento, a próxima jogada deverá ser dele.

O que eu podia ter feito por nós dois, fiz, e foi por ter essa certeza que nem quis esperar o dia amanhecer para vir embora para casa. Assim que ele saiu, arrumei as malas.

Tento manter minha expressão neutra enquanto caminho para encontrar minha irmã — cercada de seguranças — no aeroporto, mas acho que sou a pior atriz do mundo porque assim que ela me abraça, nós duas começamos a chorar.

Horas depois

— Eu não sei o que dizer. Quando ele me telefonou, eu estava com muita raiva porque achei que a havia magoado. Você não me explicou nada quando disse que estava voltando a não ser sobre a exigência dele de não terem filhos, então, obviamente o culpei. Mas eu não consigo odiá-lo depois do que você me revelou, Luna — ela diz quando termino de contar a razão de Ricco ter excluído filhos dos planos dele quando me pediu em casamento.

Somente após minha chegada, contei a ela que estou grávida e que esse foi o principal motivo de ter vindo embora da Itália.

Mesmo ainda preocupada com a minha saúde, Antonella ficou muito feliz por mim.

— Sei disso. Também não estou com raiva, mas muito triste. Tanto que nem consigo pôr em palavras, mas eu não o odeio. É mais como uma dor constante, martelando meu peito, sabe?

— Não, mas imagino. O que vai fazer? Ele tem o direito de saber, Luna.

— Pensei em contar na semana que vem, depois que voltar do médico.

— Já ligou o celular? Viu se ele mandou alguma mensagem?

— Não tive coragem.

— Essa não é você. Se o que tiveram foi bonito como me falou, não feche todas as portas de uma vez. Ouça o que ele tem a dizer.

— E se for o mesmo de antes? Tem ideia de como foi difícil criar coragem para vir embora? Há algo que eu tenho certeza, Antonella. Eu vou proteger meu filho de ser magoado por qualquer um, até mesmo pelo pai. Se Ricco não o quiser...

Ela segura minha mão e a beija.

— Se ele não quiser vocês, nós queremos. Não somos apenas duas agora. Temos uma família enorme e tenho certeza de que o que não vai faltar para meu sobrinho é amor.

Meia hora depois, Hudson chega e repete, daquele jeito brusco, tudo o que Antonella disse.

Ele não sabe do que aconteceu em detalhes, mas mesmo assim, prometeu que tudo ficará bem.

Quando eles se vão, seguro o celular e finalmente tenho coragem de religá-lo.

Há várias chamadas perdidas de Ricco, assim como mensagens.

Nenhuma delas fala sobre algo ter mudado em sua decisão.

Digito uma mensagem e torno a desligá-lo, ou ficarei ansiosa esperando uma resposta.

Não é só com a minha saúde que tenho que me preocupar agora, mas com o bem-estar do meu filho também.

Capítulo 39

Ricco

NA MANHÃ SEGUINTE — FUSO HORÁRIO DA EUROPA[60]

Luna: *"Sinto muito ter partido sem me despedir, mas fiquei com medo de não ter coragem de vir embora se o visse novamente. Te amo."*

Leio a mensagem duas vezes, sem acreditar que ela finalmente me respondeu, e aperto a discagem rápida para completar a ligação, mas cai direto na caixa postal.

Aperto o celular com tanta força que ele estala em minha mão.

Ela ter desligado o telefone é um sinal de que não me receberá quando eu desembarcar em Dallas, daqui a algumas horas?

Antes mesmo de receber sua mensagem, eu já havia decidido ir atrás da minha mulher.

O piloto está me esperando com meu avião particular na pista e eu já deveria ter partido, mas resolvi passar uma última vez no quarto do meu filho.

Estou sentado no chão, cercado pelos porta-retratos de Nicolo, e finalmente me permito sentir o luto até a alma.

A dor ainda é a mesma daquele primeiro dia, mas a ideia de viver um futuro sem ela também é insuportável.

Passei a noite em claro, aqui, pensando e repensando em nossa história. Eu fui um fodido egoísta. Como posso ter lhe proposto, em nome do nosso amor, que ela abrisse mão do direito de se tornar mãe um dia? De roubar seus sonhos?

Justo ela, minha fada sonhadora.

— Ricco? — Ouço minha mãe chamar da porta, mas ainda não

me mexo. — Meu filho, o que você está fazendo aí?

Ela se ajoelha ao meu lado.

— Conversando com ele. — Mostro o porta-retrato. — Eu nunca havia pedido perdão ao meu menino por não ter podido protegê-lo, pois achava que não havia absolvição para isso, mas eu preciso me decidir entre o futuro e o passado, mãe.

— Não é só uma decisão, meu querido, mas deixá-lo descansar também. Nicolo sempre será uma parte nossa e sei que até o dia da sua morte, se lembrará dele, mas Luna é seu futuro e você vai acabar perdendo-a se não seguir em frente.

— Não há o que decidir, nunca houve. No momento em que pus meus olhos nela, sabia que era um caminho sem volta. Mas não tenho certeza se Luna poderá me perdoar.

— Perdoar por amar demais? Porque foi o que você fez. Pelo que me contou, a separação de vocês não teve nada a ver com falta de amor, mas com sua incapacidade de entender que reconstruir sua vida não fará com que se esqueça de Nicolo.

— Os sonhos têm diminuído.

— Sonhos?

— Pesadelos. Eu sonhava que conseguia chegar a tempo e que o salvava. Mas sempre acordava desesperado porque ele nunca estava aqui. Há alguns meses, eu só sonho com o sorriso dele e como gostava de abraços, mas aquela noite não se repete mais. Tenho medo de esquecê-lo.

— Não há maneira de um pai esquecer um filho, não importa se ele partiu com dois ou setenta anos.

Concordo com a cabeça.

— Eu acho que ela foi embora pelo que lhe impus sobre nunca termos um bebê.

— Talvez. Só ela poderá lhe responder isso, mas se quer um conselho em relação a qualquer coisa na vida a dois, não se submeta ou tente submeter o outro. Essas regras que quis determinar podem funcionar muito bem em suas empresas, nunca em um casamento. Uma hora, um dos dois irá se ressentir por passar anos sendo subjugado.

— Do que está falando? — pergunto, porque algo me diz que não estamos mais tratando somente de mim e de Luna.

— Estou deixando seu pai. Finalmente dei um basta. Fiz as malas dele ontem e já liguei para o advogado assim que ele saiu de casa. Quero o divórcio o mais rápido possível.

— *Mamma...*

— Eu sei que demorei para tomar uma atitude, Ricco, mas por

fim, abri os olhos.

Eu a encaro, sem saber o que dizer. Tenho trinta e seis anos e Tommaso, trinta e quatro, o que significa que há mais de três décadas ela vem aguentando todo aquele desrespeito perante os filhos, parentes e a sociedade. E de repente, resolve dar uma guinada de cento e oitenta graus?

— Quer saber por que agora, não é?

— Sim.

— Eu passei anos engolindo as safadezas do seu pai porque fui criada em uma família em que o casamento deveria ser para sempre. Meu pai traía minha mãe e meu avô traía vovó. Todos completaram bodas de ouro porque o que importa na alta sociedade é que as fortunas não sejam divididas.

— Então por que, depois de quase quarenta anos, decidiu pelo divórcio?

— Porque até agora, ele só havia ferido a mim com seu desrespeito. Mesmo sabendo que todos comentavam pelas minhas costas e me olhavam com pena, eu relevei porque pensava que seria o melhor para você e Chiara. Mas eu nunca senti tanta vergonha quanto naquele dia em que ele assediou sua namorada debaixo do nosso teto. Em qualquer lugar já seria inadmissível, mas no momento em que mexeu com ela, não era mais contra mim que estava fazendo, mas contra meu menino precioso. Finalmente, aquele canalha atingiu meu limite. Se Greta quiser, pode ficar com ele. Não me importo mais.

— Duvido muito, mãe. Não são somente vocês duas. Há outras, muitas outras.

— Isso não me causa surpresa.

— Estou indo para os Estados Unidos atrás de Luna. Você vai ficar bem?

— Vou, sim. Sua irmã está comigo e também dei ordem aos seguranças para não deixar Dino entrar se ele se atrever a ir me procurar. Agora, chega de falar de mim. Vá atrás da mulher que ama. Já houve sofrimento demais nessa família, Ricco. Está na hora de todos nós começarmos do zero.

Eu me ergo e a ajudo a se levantar. Depois, ajeito os porta-retratos do meu filho em cima da cômoda.

— Eu vou trazê-la de volta.

— Sim, mas tenha em mente a responsabilidade que engloba isso. Não a tire de sua família se não estiver disposto a se doar por inteiro.

Capítulo 40

Ricco

Dallas — Texas
No mesmo dia

Não liguei avisando que vinha porque não quis lhe dar a chance de fugir.

Sei que parece loucura vir da Itália para os Estados Unidos sem ter a menor ideia se ela quer falar comigo. Seu telefone permaneceu desligado desde que me enviou aquela mensagem, mas estou me esforçando para ser positivo.

O avião acaba de pousar e decido fazer uma última tentativa. Se ela não me atender, vou ligar para Antonella e se for necessário, usarei da minha influência para conseguir falar com o cunhado de Luna, Hudson. Mas não há maneira de que eu vá embora sem minha mulher.

Para minha surpresa, o telefone chama apenas duas vezes antes que ela me atenda.

— *Ricco?*

— Estou em Dallas. Preciso vê-la. Se disser que não, vou me mudar para a cidade até que você ceda, mas não vai se livrar de mim.

— *Você é doido* — ela diz e eu relaxo um pouco, pois não parece zangada.

— Completamente louco por você, *bella mia*.

— Não me chame assim, porque me desperta lembranças dolorosas.

— Por que não, se é verdade? Você é a minha linda.

Ouço seu suspiro e acho que talvez tenha pegado muito pesado, mas então ela diz:

— Estou no meu apartamento, quero dizer, no que Hudson me

emprestava quando eu morava aqui. Venha, precisamos mesmo conversar. Vou mandar o endereço.

Meia hora depois

Aguardo o motorista que contratei estacionar em frente ao prédio dela. Pensei em deixar o carro na garagem, mas não pretendo sair daqui tão cedo. Temos muito o que conversar e se tudo der certo como espero, ficarei para passar a noite.

Nem preciso tocar o interfone para que o porteiro abra a porta para mim. Eu mandei uma mensagem dizendo que estava chegando, e ela deve tê-lo avisado.

O elevador sobe em uma velocidade enervante, ou talvez seja eu que estou ansioso para caralho e achando o mundo inteiro lento.

Quando finalmente estou em frente à porta dela e Luna aparece, toda a porra do discurso que preparei pelo caminho se desintegra em minha cabeça.

Eu não conseguiria juntar três palavras, mesmo que isso fosse necessário para salvar minha vida.

Foram poucos dias separados, mas a sensação é de que fui privado de ar.

Talvez eu devesse ser um cavalheiro e esperar que ela me cumprimentasse como manda a etiqueta. Talvez devesse ser suave dada a incerteza dela se ainda estamos juntos ou não, mas eu não consigo me conter.

Jogando etiqueta, educação e anos de estudo em um colégio suíço para o inferno, eu avanço, a mão indo direto para sua nuca, emaranhando nos fios sedosos e reclinando sua boca para trás.

— Eu te amo, *bella*.

Nós nunca fomos uma baía calma, mas hoje, no momento em que os lábios se encostam, explodimos, como em uma tormenta.

Fecho a porta com o pé.

— Eu te amo — repito, enquanto jogo todos os planos por

terra, ao pegá-la no colo e caminhar como um louco, procurando um quarto.

Somos um intrincado jogo de pernas, braços, mãos, dedos e bocas, se buscando, tocando, em uma ânsia apaixonada.

Botões voam da minha camisa, que, em segundos, está no chão junto ao casaco.

O vestido que ela usa é dividido em duas partes desiguais pela pressa e necessidade de senti-la em mim.

E somente quando enfim estou abrigado no calor escorregadio de seu corpo, com suas mãos me acariciando e a boca que eu adoro murmurando o quanto sentiu saudade, a dor que vinha roubando meu ar estanca.

Horas depois

A sensação é de como se o sangue recomeçasse a correr em minhas veias, mas agora que as respirações voltaram a normalizar, fico um pouco envergonhado.

Não sou um adolescente. Deveria ter me controlado porque nosso problema nunca foi quanto à compatibilidade sexual, mas sobre questões que envolvem meu passado.

— Não foi desse jeito que imaginei nosso reencontro.

— Eu também não e precisamos ter uma conversa séria — ela diz, deitada em meu peito, a mão desenhando círculos imaginários em minha pele.

Tenso de que o que ela tenha para falar seja uma confirmação do fim, atropelo o cavalheirismo.

— Eu, primeiro. Acho justo, já que fui eu quem estragou tudo da última vez.

— Prefiro me vestir se vamos ter uma conversa séria agora.

— Tudo bem.

Observo enquanto ela se levanta e caminha até a lingerie no chão. Luna é magra e de curvas suaves, mas deliciosa. Seus peitos parecem maiores, o que me excita outra vez, então me obrigo a desviar o olhar e vestir a boxer.

Ela volta para a cama, embora seus passos pareçam incertos, como se agora que se recuperou dos orgasmos, estivesse arrependida.

Limpo a garganta para tentar não falar algo que a afaste de vez, mas de novo, eu, o cara que fecha negócios ao redor do mundo, meto os pés pelas mãos, resumindo:

— Eu quero tudo com você. Família, cachorro, gatos. Estou aberto a negociação.

Ela senta na minha frente.

— Não estou entendendo. O que mudou da sua proposta no castelo para cá?

— Eu. Quero dizer, não mudei, mas entendi que não há chance de um futuro feliz sem você nele. Antes que aparecesse em minha vida, tanto fazia, porque todos os dias eram iguais e eu não me importava. Mas eu não quero mais que seja assim. Estou pedindo uma segunda chance e dessa vez não vou estragar tudo. Não tinha o direito de exigir que abrisse mão de filhos.

— Eu entendo que estava sofrendo por Nicolo ainda.

— Sim, estava. E para ser honesto, essa ferida nunca vai cicatrizar, mas isso não significa que eu não seja capaz de amar um filho nosso. Eu vou fazer tudo certo dessa vez. Vou protegê-lo e a você também.

Ela começa a chorar e fico completamente perdido. Não era a reação que eu esperava, mas que me perdoasse por ter sido um cretino.

— Não faça isso consigo mesmo, Ricco. Parte meu coração vê-lo se culpar desse jeito. Tenho certeza de que você foi o melhor pai que pôde ser, dadas as circunstâncias.

— Quando tivermos nossos filhos, será diferente. Eu estarei do seu lado, criando-os, e nada vai acontecer, eu prometo.

— Você tem certeza do que está falando?

— Tenho, amor. Atropelei tudo. Comprei um anel com um diamante enorme para você e me desfiz do outro porque sou supersticioso, e achei que deu azar. Esse é muito maior e está no bolso do casaco. Eu ia fazer uma declaração de joelhos como Kaled aconselhou, mas inverti tudo porque, para começo de conversa, era para o sexo ter acontecido depois.

— Aparentemente, nós somos especialistas em fazer tudo ao contrário.

— Não entendi.

— Eu me apaixonei por você e o persegui na Toscana quando, em um conto de fadas regular, deveria ficar quietinha, como uma princesa comportada esperando que um dia me encontrasse. Mas não é da minha natureza ficar de braços cruzados. Depois, eu cedi muito fácil e caí de amor por você quando, de acordo com os conselhos das mulheres mais velhas, deveria fazê-lo correr atrás de mim. E, por fim, antes que me pedisse em casamento de uma maneira decente, porque aquele contrato que me propôs na França não conta, eu fiquei grávida do seu bebê.

— Eu acho que não ouvi direito a última parte.

— Estou grávida, Ricco. Foi por isso que fui embora da Itália. Eu estava esperando me sentir mais emocionalmente forte para te revelar. Nós vamos ser pais de um bebezinho dentro de alguns meses.

Capítulo 41

Luna

— Por favor, diga alguma coisa. Estou nervosa para caramba.
— Você estava grávida quando foi embora.

Não é uma pergunta, então eu espero que ele conclua o pensamento. Mesmo com todas as declarações que fez, talvez estivesse se referindo a filhos como um plano para o futuro. Mas e agora, que descobriu que temos uma criancinha a caminho?

— Eu não fazia ideia, Luna. Eu nunca teria dito aquilo se soubesse que já estava grávida.

Volto a me sentar na cama, olhando para minhas mãos.

— Vai parecer louco o que vou dizer, mas eu preferi assim. De outro modo, eu nunca teria certeza se veio atrás de mim porque me ama ou se era porque sentia que deveria fazer a coisa certa e se casar comigo por estar grávida.

— Como pode preferir que praticamente tenha a mandado embora da minha vida?

— Você não me mandou, Ricco. Foi uma escolha minha. Eu não quis ficar onde meu filho não seria bem-vindo. Eu sou apaixonada por você, mas eu prometi a ele que sempre o protegerei.

Ele vem para onde estou e se ajoelha à minha frente, entre as minhas pernas, tocando meu ventre.

— Eu nunca rejeitaria um filho. Não tinha qualquer ligação emocional com Naomi e ainda assim, sempre amei meu Nicolo. Como eu poderia virar as costas a um fruto do *nosso* amor?

— Está falando sério?

— Totalmente, Luna. Não sou a melhor pessoa do mundo, mas nunca duvide que quero você. Eu mentiria se não dissesse que temo fazer tudo errado e que talvez vá ser superprotetor em relação a vocês dois, mas eu quero nossa família.

Ele deita a cabeça no meu colo e, neste instante, sinto como se nossas idades fossem invertidas. É ele quem precisa de garantias.

— Estou com medo também, Ricco, mas quer saber algo que minha mãe dizia? Pai e mãe não precisam ser perfeitos, mas amar seus filhos. E é isso que eu quero que me prometa: que mesmo com o pesadelo que viveu no passado, será capaz de dedicar ao nosso garotinho ou garotinha todo amor que ele ou ela merece.

— Meu problema nunca foi falta de amor por você... ou receio de não poder amar a família que formaremos, mas de sufocá-los. Eu sempre fui controlador, mas agora que sei que está grávida... não vou relaxar pelos próximos cinquenta anos.

— Acho que consigo lidar com isso e não será um problema se, quando você ultrapassar meu limite, tenhamos uma briga ou outra. Meio que gosto da maneira que as pazes são feitas depois.

Seguro o rosto dele em minhas mãos e ficamos nos encarando em silêncio. Há coisas que simplesmente não podem ser ditas através de palavras, e sei que não há nada que possa explicar o quanto sou louca por ele.

— Há algo que precisamos conversar e quero que me prometa que vai me ouvir com atenção antes de enlouquecer, *okay*?

Na mesma hora, vejo seus ombros enrijecerem.

— O bebê está bem?

— Vamos saber daqui a alguns dias. Eu tenho uma consulta agendada e será a primeira ultrassonografia. Mas o que eu quero falar tem a ver comigo. Antes, eu gostaria de tomar um banho e comer, porque estou morrendo de fome, pode ser?

Ele se levanta, estica a mão para mim e consigo ver as engrenagens de seu cérebro funcionando, mas não diz nada — o que internamente agradeço.

Sei que quando lhe contar da minha doença, ele vai ficar muito preocupado, e ainda tenho medo de que me veja de uma maneira diferente, então, preciso revelar tudo no meu próprio tempo.

Uma hora depois

— Precisamos encontrar o maior especialista na área para que possa nos dar garantias.

— Você ouviu o que eu falei? Já estou me tratando com o maior especialista na área, e ele me garantiu que estou curada.

Ele anda de um lado para o outro na minha sala.

— Temos que nos mudar. Morarmos em uma cidade maior ou, quem sabe, virmos para perto do seu médico.

— Ricco...

— Você prefere aqui mesmo em Dallas ou Boston?

— Eu prefiro nossa casa, na Toscana. Com Thor brincando com nosso bebê e aquela vista linda. Meu filho ou filha sendo criada perto da avó, mas claro, podemos visitar minha irmã sempre que quisermos.

— Não temos um especialista lá.

— Talvez não com toda a experiência do meu daqui de Boston, mas há, sim, um médico em Florença que foi recomendado pela equipe que tratou de mim desde o começo. Vem cá.

Ele aceita a mão que eu ofereço e se deita no sofá, com a cabeça no meu colo.

— Nós três vamos ficar bem. Eu esperei por você. Eu quis ficar curada por amor a você. Deus não permitiria que chegássemos tão perto para depois perder tudo.

— Eu não suportaria uma vida sem você, Luna.

— Não vai me perder, eu prometo. Você nunca encontrará alguém com mais sede de viver do que eu. Eu não vou abrir mão da nossa história de amor, as memórias que construiremos juntos, nossos filhos e netos. Vai dar tudo certo, Ricco.

Dias depois
No consultório médico

— Estou nervosa para caramba.

— Disse que o hematologista não viu nada anormal em seus exames.

— Não viu, mas eu quero muito que esteja tudo bem com nosso filho. Eu quero muito esse bebê, Ricco.

Eu sou um fiasco. Deveria manter a calma, já que para ele deve ser uma situação de estresse comparecer à consulta do obstetra. O problema é que sou marinheira de primeira viagem e ele, não. Então preciso muito de seu apoio.

— Prontos? — o mesmo obstetra que cuidou de Antonella e fez o parto de Dante pergunta.

— Sim, mas muito nervosa também.

— Calma, mamãe. É normal essa agitação no primeiro ultrassom. Queria fazer uma pergunta antes, no entanto: se for possível, querem saber o sexo do bebê?

Ricco olha para mim e eu não tenho dúvida.

— Quero, sim. Se tiver que esperar até o fim da gestação, não vou aguentar de ansiedade.

Meu namorado pega minha mão — sim, *namorado*, porque disse a ele que exijo uma proposta de casamento decente — e a beija, mas está sério, atento a tudo.

É como se esperasse que a qualquer momento tivesse que me defender do médico ou da enfermeira.

Finalmente a preparação para o exame é concluída e o médico começa.

Estou hipnotizada pela imagem na máquina, embora não consiga identificar nada ainda.

— Pelo que me falou, Luna — o médico diz —, calculo que sua gestação esteja entre treze e quatorze semanas, mas vamos poder conferir quando encontrarmos nosso bebezinho e... opa, aqui está.

E então, o milagre acontece, porque começamos a ouvir o som da vida pulsando dentro de mim.

Eu não sei quanto tempo se passa, mas estou ciente de que Ricco está fazendo perguntas ao médico. Não consigo prestar atenção, focada apenas ao som do meu milagre. Outra vida crescendo no meu corpo.

— É o coração do nosso bebê — falo, chorando.

A mão de Ricco aperta a minha e sua expressão é tão maravilhada que chega a me doer.

— Parabéns, papai e mamãe, vocês têm uma garotinha a caminho.

— Uma menina? — pergunto, sem acreditar. — Outra Cox.

— Cox-Moretti — ele me corrige, e depois de beijar minha mão novamente, se aproxima da tela e toca o local exato onde a imagem do nosso bebê aparece.

Em seguida, se volta e põe a mão na minha barriga, acariciando o montinho elevado.

Como esse homem pôde achar que não cuidou o suficiente do filho? Ricco já transborda amor por uma criança que ainda nem pode tocar.

Talvez percebendo que precisamos de espaço, o médico avisa:

— Eu vou deixá-los a sós por um instante. Nos veremos em alguns minutos.

A enfermeira me limpa e o segue.

— Obrigado — ele diz. — Por me perdoar e me aceitar de volta. Por ter atravessado meio mundo por mim. Por me amar.

Ele se debruça sobre a minha barriga e cola a boca.

— Eu vou cuidar de vocês. Vou amar e proteger vocês duas.

— Não preciso de promessas, mas que fique ao meu lado. Com vocês dois, não tenho medo de nada.

O que nós não sabíamos naquele momento é que o mal já nos rondava, disposto a destruir o mundo que queríamos construir, antes mesmo de termos uma chance de vivermos como uma família.

Capítulo 42

Luna

Dallas — Texas
Três dias depois

— Finalmente nos encontramos — minha irmã diz ao ser apresentada para Ricco.

É ótimo que eu e Antonella falemos pelos cotovelos porque meu namorado e Hudson se encaram como dois adversários.

Internamente, estou revirando os olhos. Se quiser saber uma boa definição de guerra de testosterona, observe esses dois.

Enquanto eu e minha irmã falamos sem parar sobre a novidade de termos mais um bebê na família, Hudson, tenho certeza, está sondando Ricco. Falta pouco para ele perguntar "quais são suas intenções com a minha cunhada?".

— Vamos nos casar em San Bertaldo — digo a Antonella.

— Por que não na fazenda?

— Porque a família de Ricco é enorme e não seria justo. Mas todos os Gray serão bem-vindos. E Dominika, claro.

— Vocês serão bem-vindos na *Fattoria* Moretti ou em nossa casa, mas minha mãe também já providenciou para que uma arquiteta conserte o que se fizer necessário na casa que foi da minha sogra — ele diz, se referindo à nossa mãe, e juro por Deus que meus hormônios batem palma pela fofura —, de modo que ela estará pronta para recebê-los também.

— Luna me disse que deu a casa de presente para ela. Muito obrigada. Foi um gesto lindo. Não temos quase lembranças de nossos pais e se conseguirem organizar tudo, eu gostaria, sim, de ficar na casa que foi de mamãe.

— Está certo, então, vou pedir à *mamma* para deixar tudo pronto até o casamento.

Minha irmã está sorrindo de orelha a orelha e quando olho para Hudson, percebo que Ricco acabou de conquistá-lo. Quer ganhar um amigo? Faça Antonella feliz.

— De uma próxima vez, vocês precisam visitar Grayland, minha avó iria gostar de ter um italiano como convidado — Hudson diz, porque como eu intuía, já está com a guarda mais baixa com relação a Ricco.

Dou risada porque, na verdade, Mary Grace não se importa com a nacionalidade do convidado, desde que a casa esteja cheia.

— Vocês nos dão licença um instante? Queria mostrar algo a Luna. Não vamos demorar — Antonella os interrompe e ambos acenam com a cabeça.

Sei que ela quer ficar uns minutos sozinha comigo, já que hoje é o nosso último dia antes de eu voltar para a Itália. Depois disso, só nos veremos outra vez daqui a um mês, em nosso casamento.

Pareço autoconfiante, né? Afinal, ele nem refez o pedido ainda. Mas não tenho dúvidas de que Ricco tem planos para corrigir isso rapidamente, já que mandou a mãe começar a programar nossas bodas.

Carina falou comigo ao telefone ontem e tanto ela quanto Chiara estão empolgadíssimas com a organização da festa e a minha gravidez. Disseram que mal podem esperar para conhecer nossa Paola.

Decidimos que a chamaremos assim. Eu adoro esse nome e também mantemos a tradição das mulheres Cox com nomes italianos.

— O que há de errado? — pergunto quando entramos em uma saleta, pois conheço minha irmã melhor do que a mim mesma.

— Nada de errado. Só queria ter certeza de que você está feliz e que está indo realmente disposta a enfrentar uma vida a dois.

— A três, não se esqueça da sua sobrinha — digo, passando a mão no meu abdômen. — Eu estou certa, sim, mais do que disposta. E tão feliz que chego a sentir medo de que algo dê errado.

— Pare com isso. O que poderia acontecer? Eu nunca a aconselharia a ir se não tivesse certeza de que esse homem é completamente apaixonado por você. O jeito que ele a olha...

— É do mesmo jeito que Hudson olha para você?

Nós duas rimos porque é mais fácil analisar a relação da outra do que a nossa própria.

— Mas o que eu estava dizendo era sobre você, seus sentimentos. Sei que falou que se apaixonou por ele na adolescência. Mas as pessoas mudam e o que sentem, também.

— Eu não consigo chegar a uma conclusão. Às vezes acho que esse amor louco que sinto por ele foi minha paixonite adolescente que evoluiu. Outras, que eu sempre o amei exatamente com a mesma intensidade. Mas quer saber de uma coisa? Isso não faz diferença, o que importa é o que tenho dentro de mim hoje.

— E o que é?

— Ricco definiu o que sentia por mim outro dia e vou pegar emprestado: ele é o ar dos meus pulmões. Como poderia viver sem isso?

Ela concorda com a cabeça.

— Lembra de uma conversa que tivemos no passado, em que te perguntei se você achava que o amor era para os tolos?

— Lembro, sim, e também da minha resposta. Eu te disse: "Não acho. Essa é uma citação amarga. Na verdade, acredito que o amor é para os fortes. Precisa de muita coragem para se expor e se tornar tão vulnerável a outro ser humano.". Eu ainda creio nisso, irmã.

Estamos quase indo embora quando peço à minha irmã:

— Se importa se eu der mais um beijinho em Dante? Já estou com saudade.

— Não, pode ir. De qualquer forma, ele deve estar acordado. Seu sobrinho tem andado rebelde, cheio de vontades, talvez querendo o título de *Dono do Texas* — ela fala, provocando Hudson, que faz uma carranca, pois odeia esse apelido.

Viro-me para Ricco.

— Quer vir comigo?

Assim que pergunto, me arrependo por minha insensibilidade. Ele provavelmente não está pronto ainda.

— Eu não demoro — aviso, apertando sua mão, mas ele me segura.

— Vou junto.

Subimos as escadas em silêncio e como Antonella havia previsto, Dante está no tapetinho de borracha, cercado de brinquedos, enquanto a babá o olha como se estivesse vendo Deus encarnado.

Esses homens Gray!

— Quem é o lindão da titia?

Ele não precisa de mais nenhum incentivo e se levanta, meio trôpego, parecendo irritado quando se desequilibra, mas finalmente vem até onde estamos.

Para minha surpresa, no entanto, ele se agarra às pernas de Ricco, não às minhas.

Eu quase não respiro, sem saber o que ele fará, mas me emociono quando o vejo se abaixar para falar com meu sobrinho.

Dante é muito argumentativo e balança as mãozinhas em uma metralhadora verbal, da qual só conseguimos entender duas palavras a cada dez ditas.

— *Hey*, Dante. Esse é seu tio, Ricco.

Como Antonella ensinou, ele oferece a mão em cumprimento e meu namorado sorri.

— Muito prazer, Dante!

Pronto, era o que faltava para o exibido começar com seu *show*.

Depois de alguns minutos em que brinquei com ele enquanto Ricco nos observava, finalmente me despeço do meu menininho.

O beijoqueiro dá um beijo babado e um abraço em cada um de nós. Percebo que Ricco o segura um pouco mais de tempo e somente após alguns instantes, finalmente vamos embora.

No corredor, toco sua mão.

— Sinto muito se foi demais. Quando o chamei para subir, me esqueci completamente.

— Não, eu gostei. Obrigado. Eu estava precisando daquele abraço e nem sabia disso.

San Bertaldo
No dia seguinte

— Ele me ama — falo, toda orgulhosa, quando Thor me faz uma recepção de *lambeijos,* que no caso dele quase equivale a um banho, digno da rainha da Inglaterra.

— Ele tem bom gosto, assim como o pai — meu italiano diz e dá uma piscadinha com aquele charme que deixa minhas pernas na consistência de algodão.

Depois, olha no relógio.

— Cansada?

— Adivinha? — devolvo.

— Com fome.

— Isso.

— Posso providenciar algo para comer, mas primeiro pode dar um pulinho comigo no nosso quarto?

Ele pega minha mão e me deixo guiar, enquanto Thor nos olha como se estivesse se decidindo se vem conosco ou não, mas acaba desistindo e indo para sua poltrona favorita.

— Está bem friozinho hoje — falo quando ele abre a porta do terraço.

— Eu sei, não vamos demorar. Olhe para a frente, menina lua.

É fim de tarde. O céu está com um tom rosado e o dia, bonito, apesar da baixa temperatura.

Um balão voa bem próximo da propriedade.

— Nossa, que lindo. Sou louca para voar em um. Você o autorizou a passar por aqui?

Então, quando observo o envelope[61] do balão e vejo o que está escrito, tapo a minha boca.

"Case-se comigo, **bella mia**."

Quando volto a olhar para Ricco, ele está de joelhos.

— Eu fiz tudo errado da primeira vez, mas o que me falta em prática para gestos românticos sobra em vontade de aprender. Luna ter invertido o conto de fadas e vindo caçar seu príncipe foi a melhor coisa que poderia ter me acontecido. Eu vivia na escuridão sem você em minha vida e agora, ganhei minha lua particular e nossa garotinha. Case-se comigo e faça-me o italiano mais feliz do mundo.

— Eu te amo, Ricco Moretti. O *sim* sempre esteve pronto e te pertenceu.

---

61 O envelope é a parte principal do balão, com a função de reter o ar quente que proporciona a sua flutuação; também é costumeiro usar a palavra balão para designar o envelope.

Capítulo 43

Ricco

SAN BERTALDO
DUAS SEMANAS DEPOIS

— *Eu não estou acreditando que você vai se casar. Outro soldado abatido* — Vicenzzo[62] brinca do outro lado da linha.

— Jazmina disse algo mais ou menos parecido. — Sorrio, lembrando da festa no barco. — E claro, aproveitou a oportunidade para chamar Rodrick de encalhado.

Ele gargalha.

— *Eu não queria essa tarefa que Kaled pediu a ele por nada. A garota é a pior escolha para alguém se tornar tutor* — diz.

— Ele não é formalmente o tutor dela. Algo mais como um irmão mais velho. Ou não. Eu vi os dois interagindo e se quer saber minha opinião, eles meio que gostam dessa coisa de gato e rato. Acho que há alguma coisa acontecendo ali.

— *Não pode haver. Mesmo que Rodrick detenha um título de Duque, a cultura deles é completamente diferente. Além disso, o ex-Sheik Kamran já tem sondado uma união para a filha, e que também será uma aliança política.*

— Duvido que Jazmina vá aceitar um casamento de conveniência. E por falar em casamento de conveniência, como andam as coisas?

— *Eu terei que encontrar uma noiva em breve.*

Há alguns anos, Vicenzzo se tornou o governante do principado em que nasceu, assumindo o lugar do pai. Após um noivado que

---

62 Um dos 8 Silenciosos.

não deu certo, está sendo pressionado pelos súditos a encontrar uma esposa.

— Já tem alguém em vista?

— *Não, e nem estou animado em procurar. Mas fale-me de você.*

— Luna está grávida.

Ele é o primeiro dos meus sete amigos a quem revelo isso. Não sei por que, mesmo na chamada de vídeo que fizemos ontem e na qual contei e os convidei oficialmente para o casamento, eu deixei essa informação de fora. Talvez pelo fato de que Vicenzzo, nesse momento, não me empurraria para falar mais a respeito do que consigo.

— *E como está se sentindo com isso?*

— Estou feliz. — Respiro antes de continuar, porque não é fácil colocar em palavras o que ver minha filha pela primeira vez fez comigo. — Eu nunca pensei que isso poderia acontecer. Depois de Nicolo, eu acreditei que não queria outros filhos, mas quando ouvi o coraçãozinho da nossa menina... foi como apagar todos os meus pecados e começar do zero.

— *Todos nós temos pecados, Ricco, mas os seus não englobam Nicolo, irmão. Qualquer um podia ver que aquele anjinho era seu universo.*

— Sim, ele era e sempre vai ser, de algum modo.

— *Fico feliz que Luna tenha aparecido. Minha vida está corrida, mas eu não perderia o casamento de vocês por nada. Estou ansioso para conhecer a mulher que roubou o coração do solteiro mais convicto do grupo.*

Lembro das conversas no passado. Havia até apostas sobre qual de nós se casaria primeiro.

— Só poderia ser ela, amigo. Luna se tornou o meu mundo.

TRÊS DIAS DEPOIS

Encerro o expediente antes do horário normal. Essa semana precisei ir a Milão, já que a sede dos meus escritórios fica lá. Há muito tempo eu vinha deixando tudo nas mãos da diretoria, e como me ausentarei para a lua de mel, tive que comparecer em uma dúzia de reuniões. Adquiri uma vinícola na Austrália e precisávamos escolher um *CEO* para assumir os negócios por lá.

Acabo de sair da *Fattoria* Moretti, louco para chegar em casa e ver minha mulher, quando acho que estou tendo alucinações.

O carro de Tommaso está atravessado na estrada, impedindo minha passagem.

Para o bem dele, é bom que tenha dado algum defeito, porque não quero esse cretino nas minhas terras.

Saio do automóvel vendo tudo vermelho. Sem saber o que me espera, mas disposto a qualquer coisa.

É sempre assim entre nós.

Desde que, ainda crianças, descobrimos que éramos irmãos, começamos a nos odiar. Estranho é que os outros quatro para mim são indiferentes, mas guardo um rancor especial pelo segundo filho mais velho de Dino[63].

— Perdeu alguma coisa em minha propriedade?
— Não vim para brigar.
— Isso seria uma novidade.
— Ah, sim. Porque você é um fodido de um santo!
— O que diabos está fazendo aqui?
— Eu te trouxe uma informação.
— Não há nada que venha de você que possa me interessar.
— É sobre Nicolo.

Meu controle, que já estava por um fio, se rompe de vez.

— Não fale o nome do meu filho! Ele não te diz respeito!
— Acredite, se ele fosse somente seu filho, eu não me intrometeria. Mas Nicolo tinha meu sangue correndo nas veias. Era meu sobrinho e irei até o inferno se for preciso para lhe fazer justiça.

O choque do que ele acaba de me dizer me faz dar dois passos para trás.

— Do que você está falando?
— Podemos conversar sem tentar matar um ao outro?
— É sobre Nicolo? — confirmo.
— Sim.
— Tudo bem.

Ele me seguiu de carro até a colina onde estive com Luna no primeiro dia em que saímos porque, a despeito da trégua, não confio em mim mesmo com Tommaso em um ambiente fechado.

São anos de rancor — e na adolescência, confrontos físicos — para que possamos simplesmente deixar para lá.

Para piorar, a mãe dele, Greta, já protagonizou cenas em Florença para envergonhar minha mãe na frente de todos. Eles poderiam ser vistos somente como escândalos organizados por uma mulher enciumada, se não fosse a prova viva, através de mais cinco herdeiros, da traição do nosso pai.

Claro que cada um tomou partido da própria mãe, embora eu saiba, através de Chiara, que ele, assim como eu, não fala com Dino há anos.

Na verdade, por amor à minha mãe, eu ainda o cumprimentava, mas desde que ela decidiu dar entrada no divórcio, me vi desobrigado a manter qualquer contato com ele.

Tommaso, no entanto, talvez por ser filho da amante, sempre o desconheceu. Sei que quando entrou na adolescência, se mudou para a casa dos avós, que também vêm de uma família tão rica quanto a nossa.

— Eu não tenho muito tempo, então me diga o que significaram suas palavras há alguns minutos.

— Eu achei a morte de Nicolo estranha desde o princípio.

Passo a mão pelo cabelo, uma dor de cabeça me atacando instantaneamente.

— A morte de uma criança sempre vai ser algo anormal.

— Não é disso que estou falando. O conjunto da obra não bate.

— Onde quer chegar?

— Eu tenho investigado por anos, mas não queria falar nada até encontrar algum fundamento. Agora eu consegui. Naomi estava tendo um caso com um dos seguranças. O irmão dele trabalha para mim. Só descobri há poucos dias. Era essa a razão de ela dispensar as babás e, algumas vezes, deixar apenas um dos seguranças no turno, seu amante.

— Como sabia da rotina na casa do meu filho?

— Porque assim como você, sou um controlador. Não importa que nos odiemos, Nicolo era meu sobrinho e eu conhecia o quão louca era a mãe dele.

— Continue. Qual deles era o amante de Naomi?

— Carlo Abato.

— Não sei quem é. Todos os que estavam lá naquela noite foram demitidos. Não há mais ninguém trabalhando para mim da época em que meu filho... enfim, eles falharam.

— Sim, falharam, mas talvez você precise saber da razão. O irmão dele me confessou tudo.

— Não estou entendendo.

— Não é só você quem vigia a família com atenção. Eu também. Chiara vinha conversando com um homem vinte anos mais velho, às escondidas. Eu a pressionei e ela me deu o nome. Depois de uma investigação rápida, descobri que ele era irmão de um dos meus funcionários. Como Carlo desapareceu, fui atrás do meu empregado.

— Espera, está me dizendo que além de ter sido amante de Naomi, ele estava atrás de Chiara?

Concorda com a cabeça.

— Mas ela não chegou a sair com ele. Aparentemente, aconselhada por sua noiva. Eu tenho um relatório completo sobre o homem agora — diz, apontando para o carro. — De qualquer modo, o irmão me confessou o que aconteceu. Carlo estava apaixonado por Naomi. Queria que se casassem, mas ela não estava interessada em se unir a alguém sem dinheiro. O irmão tentou aconselhá-lo a se afastar, mas ele ficou obcecado com a ideia de que Nicolo era o empecilho.

Sinto meu estômago revirar, porque consigo entender o caminho que ele está seguindo.

— Não há uma maneira fácil de dizer isso, Ricco.

— Só me conte o que aconteceu — peço, olhando ao longe. — Eu sei o que vou ouvir, mas preciso da confirmação.

— Naquela noite, depois que Naomi adormeceu, ele abriu a porta do quarto de Nicolo e o levou para fora. Em seguida, só precisou deixar o portão da piscina aberto.

Eu achei que já havia sofrido tudo o que podia na vida, entretanto, ouvir que não foi um acidente, mas que meu filho foi morto intencionalmente, rouba mais um pedaço da minha alma.

— Conte-me o resto.

— Ela acordou e viu o que tinha acontecido. Nunca saberemos a razão de ter se suicidado. Se por remorso verdadeiro ou porque perderia o estilo de vida. Talvez um pouco de cada. De qualquer modo, ela seria responsabilizada.

— Onde ele está, Tommaso?

Neste momento, não me importo com os anos de mágoa. Eu seria capaz de fechar uma aliança com o próprio diabo se isso significasse trazer justiça para o meu filho.

— Não sabemos, mas estou propondo uma trégua. Quero ajudá-lo a encontrar Carlo.

— Por quê? Posso resolver isso sozinho.

— Eu ainda não contei tudo. Pelo que o irmão dele me disse, Carlo foi atrás de Chiara com um propósito: se vingar de você. Na cabeça doentia dele, tudo o que aconteceu foi culpa sua. Ele ter perdido Naomi, quero dizer. Mas, aparentemente, desistiu de nossa irmã e sua atenção se desviou para Luna. Acha que você lhe deve isso. Ele quer colocar Luna no lugar de Naomi. Está atrás de sua mulher, Ricco.

Capítulo 44

Ricco

— E seu empregado, onde se encontra?

— Detido. Eu o obriguei a prestar depoimento na polícia e não o deixaram mais ir embora. Ele sabia que um crime havia ocorrido e ocultou informações.

— Tenho que me reunir com meus seguranças. Pensar no que fazer para manter Luna e Paola protegidas. Depois, vou atrás do desgraçado nem que tenha que buscá-lo no inferno. Ele vai pagar pelo que fez.

— Paola?

— Minha mulher está gravida de uma menina.

Ele parece que vai dizer algo, mas se interrompe.

— Eu… *hum*… obrigado por ter vindo me contar — falo, a voz saindo quase que arranhando minha garganta, pois é difícil imaginar Tommaso fazendo qualquer coisa para me ajudar.

Ele não responde, ao invés disso, diz:

— Ele está fugindo, Ricco. O homem é um ex-mercenário, soldado, e sabe se esconder como ninguém. Não será fácil localizá-lo e quando o fizermos, talvez possa ser tarde demais.

— Ele não pode se esconder para sempre. Vou encontrá-lo.

— Mas enquanto ele não for preso, sua mulher e filha não estarão seguras. Posso ajudar a caçá-lo.

Eu normalmente o mandaria para o inferno, mas não posso fazer isso. Não depois da informação que ele me trouxe. Eu tenho uma dívida com Tommaso agora, porque seja pela razão que for, ele descobriu o que aconteceu naquela noite com Nicolo.

Eu passei todos esses anos tentando encontrar respostas. Claro que meu filho ter partido porque alguém orquestrou sua morte não o trará de volta. Mas agora, por amor e honra ao meu menino, vou atrás daquele monstro, nem que eu precise andar sobre cacos de vidro para encontrá-lo.

— O que tem em mente?

— Só há um homem que poderá localizá-lo: Odin Lykaios[64]. Ele é...

— Eu sei quem ele é. Kaled teve alguns problemas com esse homem no passado.

— Muitas pessoas têm problemas com Lykaios, e não acho que ele se preocupe com isso.

— Por que acha que iria me ajudar?

— Porque é meu amigo e também pai. Talvez não possa ser considerado um bom material para amizade por muitos, mas eu garanto que é uma péssima ideia tê-lo como inimigo.

— Tudo bem. Estou lhe dando carta-branca.

— Gostaria que soubesse que não estou fazendo isso por você. Nada mudou. Só quero trazer justiça para o meu sobrinho.

— Nada mudou — confirmo. — Essa é apenas uma trégua por Nicolo.

Estranho o silêncio quando chego em casa.

Luna tem andado agitada, empolgada entre os preparativos para o casamento e a gestação.

No dia seguinte ao que voltamos dos Estados Unidos, pensei muito na conversa que tive com minha *mamma* e pedi que me ajudasse a desmontar o quarto do meu filho.

Dona Carina estava certa. Chegou a hora de seguir em frente. Deixar Nicolo descansar. Ele sempre será um anjo em meu coração, mas não seria justo trazer nossa Paola ao mundo com a sombra do sofrimento pelo irmão que nunca irá conhecer.

Não preciso de um quarto para amá-lo. Seu rostinho estará gravado dentro de mim até meu último dia na Terra.

Depois que Tommaso se foi, passei muito tempo parado na colina, pensando no que fazer.

Não é fácil aceitar a ajuda dele, mas eu farei qualquer coisa para proteger minhas duas meninas.

Eu não consigo explicar o que estou sentindo. Até hoje, eu me considerava o tipo de pessoa que acreditava na justiça dos homens. Nunca me vi como alguém que pudesse matar um semelhante, mas eu não sei o que acontecerá no dia em que estiver frente a frente com Carlo.

— Você demorou. — Ouço a voz de Luna no escuro.

Ainda estou parado no hall de entrada.

Tento decidir se devo compartilhar o que descobri ou somente protegê-la do sofrimento e de sentir medo, ocultando-lhe as informações.

Não, essa não é a melhor maneira de começar um casamento. Minha mulher é forte. Ela atravessou o inferno e sobreviveu.

Andando os passos que faltam para alcançá-la, eu a puxo para um abraço.

— Precisamos conversar.

Meia hora depois

— Eu gostaria de dizer para você que está tudo bem, mas estou apavorada, Ricco. Esse homem, como ele teve coragem... Oh, meu Deus!

Ela esconde o rosto nas mãos e chora toda a dor que eu não consigo externalizar.

— Não vou deixar que ele a machuque, Luna.

— Não estou com medo por mim, mas pela nossa filha. Alguém capaz de fazer o que ele fez não tem mais alma, Ricco.

— Não sei se ele tem alma, mas se lhe restou alguma, vou garantir que siga em linha reta para o inferno.

— Do que está falando? Não pode ir ao encontro desse homem. Isso é um trabalho para a polícia. Ele é um criminoso.

— Não vou ficar de braços cruzados. Eu e Tommaso temos um plano.

— Você e Tommaso? Quero dizer, sei que foi ele quem o alertou, mas eu nunca pensei...

— Eu também não, mas não estou em condição de esnobar ajuda. Farei qualquer coisa para que aquele maldito pague o mal que causou.

— Só me prometa que não se colocará em riscos. Disse uma vez que não pode me perder. Eu também não posso. Já passei por muita coisa, mas eu não suportaria se algo lhe acontecesse. Demorei anos até conseguir vir encontrá-lo. Não aceito perdê-lo para um doente. Eu e Paola precisamos de você.

— Não há maneira de que ele vá destruir nossa família, Luna. Não foi uma fatalidade que tirou meu filho de mim, mas alguém. Ele não terá a chance de fazer isso novamente. Dessa vez, quando vier, vou estar preparado.

Mais tarde, naquela noite

Tommaso acaba de me ligar.
As engrenagens já estão girando.
Odin Lykaios se comprometeu a nos ajudar a localizar Carlo. Agora, é uma questão de tempo até que o peguemos.
Não há lugar onde ele possa se esconder. Fazê-lo pagar pela morte do meu filho será uma das minhas missões de vida. A outra, proteger Luna e Paola a qualquer custo.

Capítulo 45

Luna

Florença
Uma semana antes do casamento

— Está tudo pronto para a chegada da sua irmã depois de amanhã. Fico feliz que a avó postiça de vocês, Mary Grace, tenha podido vir — minha sogra diz.

Sorrio, com a intuição de que elas duas se tornarão almas gêmeas.

— Eu não sei o que teria feito sem você, Carina — falo, com sinceridade.

— E sem mim? — minha cunhada pergunta, chegando e me dando um beijo na bochecha.

Reviro os olhos para a ciumenta.

— Sem vocês duas.

— Dentro de pouco tempo, você será minha filha e mãe da minha netinha. Não há nada que eu não faria pela minha família.

Já ouvi várias mulheres em filmes e livros falando mal das sogras, mas eu posso dizer que tirei a sorte grande.

Ela e Chiara têm sido incansáveis na ajuda.

Faltando pouco tempo para nosso casamento, posso dizer que já temos tudo sob controle.

Com toda correria entre a minha saída abrupta da Itália e, depois um retorno já tendo que organizar a chegada da nossa Paola e a recepção das nossas bodas, somente há três dias eu e minha sogra paramos para conversar sobre a sua separação do pai de Ricco.

Eu ouvi tudo calada, claro. Acho que ela precisava de uma amiga para desabafar. Alguém que a escutasse, somente.

Passamos uma tarde inteira juntas, em que ela relembrou do momento em que conheceu Dino Moretti, aos quinze anos, somente até quando disse *sim* na frente do padre. Em seguida, discorreu sobre todos os anos de traição que suportou, simplesmente porque cresceu ouvindo que na família dela não deveria haver divórcios.

Confesso que antes de saber da história toda, eu a julguei. Dino Moretti é um dos seres humanos mais nojentos que já conheci e eu não conseguia entender como alguém como Carina, tão linda e bondosa, poderia se submeter a algo assim.

Ela me falou que, como eu, se apaixonou pelo pai de Ricco à primeira vista, mas diferentemente do meu caso, cujo eleito é um homem honesto, Dino nunca conseguiu ser fiel.

Uma vez meu noivo me disse que não se casara antes por nunca ter encontrado alguém com quem ele desejasse oferecer e pedir exclusividade. Ele tinha um exemplo vivo em casa de como o desrespeito pode destruir a autoestima e a vida de alguém.

Pensei muito no que ela me contou e também na situação da outra mulher, Greta.

Carina me disse que elas eram amigas e as duas se apaixonaram por Dino praticamente ao mesmo tempo, mas ela não sabia disso.

Quando seu então namorado a pediu em casamento, minha sogra aceitou porque o amava, mas também porque seus pais achavam que uma união entre as duas fortunas seria vantajosa.

Descobriu, tarde demais, no entanto, que era traída ainda na época do namoro.

É uma situação triste e sinto pena das duas mulheres, para ser sincera.

Ambas desperdiçaram suas vidas por conta de um homem que não as merecia.

Greta, segundo ela me disse, era um espírito livre, rebelde e alegre. Hoje em dia, se tornou alguém amarga e doente.

Sim, doente. A mãe de Tommaso desenvolveu um câncer e acredito que possa ser pela dor de tantos anos esperando algo que nunca se realizaria, porque não tenho dúvidas de que se não o tivesse expulsado de casa, Dino jamais terminaria seu casamento.

Era de se esperar que agora que ficou livre, finalmente fosse atrás daquela que não só foi sua amante por tantos anos, mas que também lhe deu cinco filhos.

Não. O mau-caráter está namorando uma garota da minha idade e desfila com ela por toda a Europa.

— Bom, já que temos todos os preparativos para o casamento sob controle, que tal irmos às compras para nossa Paola? — minha cunhada propõe.

Antes que eu possa responder, um dos guarda-costas da casa pede licença e entra na cozinha.

— Dona Carina, a senhora esqueceu de ligar o alarme outra vez.

— E por que eu deveria ligá-lo em plena luz do dia?

— São ordens do *signor* Moretti.

— Meu filho se preocupa demais.

Olho para ela, sem saber o que dizer.

Ainda não lhe contamos sobre as verdadeiras circunstâncias da morte de Nicolo, para não acrescentar mais sofrimento, já que, mais cedo ou mais tarde, Carlo será apanhado e se Deus quiser, responderá por seus crimes diante da justiça.

Então, ela descobrirá o que aconteceu. Mas para que apressar sua dor?

Entretanto, não é a primeira vez que percebo que descuida desses detalhes, e isso me preocupa. Tenho seguido à risca todas as orientações de Ricco, pois levei muito a sério o que ele me contou sobre aquele monstro.

— Ele deve ter alguma razão para pedir que se atente à segurança, minha sogra.

— Eu não faço de propósito. Me esqueço porque não sou da época em que tudo eram alarmes e botões, mas prometo tomar mais cuidado.

Chegada dos Gray à Toscana
Véspera do casamento

Vejo minha irmã e sua família — Hudson, Mary Grace e Dante — descerem do avião particular do meu cunhado. Meu coração dispara de emoção.

Peço licença à minha sogra e saio correndo para encontrá-los no meio do caminho.

— Finalmente chegaram! O tempo não passava rápido o suficiente.

— Minha filha! — vovó Mary diz. — Não acredito que vai se casar e que dentro de alguns meses, serei bisavó outra vez.

Aceito com o coração aquecido os beijos e abraços da minha família, mas depois me lembro de que minha sogra e Chiara estão sozinhas, então eu as chamo para perto de nós.

Só faltava meu marido aqui, assim meu mundo estaria completo.

Olho para o corpo nu e suado do homem que eu amo, enquanto ele acaricia meu abdômen.

— Acho que deveria ter ido dormir na casa que era da minha mãe. Deixá-lo sem sexo para reforçar a magia da nossa noite de núpcias.

— Não consigo manter minhas mãos longe de você, *bella*. Considere ter ficado comigo essa noite como meu presente de casamento.

— Não foi exatamente um sacrifício — brinco, me aconchegando em seu peito. — Alguma notícia?

Ele não precisa que eu diga um nome para saber do que estou falando: Carlo, o homem que vem me assombrando desde que descobri o que ele fez ao pequeno Nicolo.

— Não, mas Odin continua em seu rastro. O fato de o miserável ter sido um soldado é um trunfo. Ele sabe se esconder. Mas não acho que vá conseguir se manter assim para sempre. Conversei com Kaled. Há alguns anos, Odin lhe entregou a localização de seu sogro Arif Ghazal[65]. Se o todo-poderoso ex-conselheiro de Rheadur[66] não conseguiu se manter nas sombras eternamente, tenho certeza de que Carlo será apanhado.

— Você parece mais calmo sobre isso.

— Não. Penso todos os dias no momento do nosso acerto de contas, mas não quero deixar que o desgraçado contamine nossa vida.

Quando estou com você e nossa filha, sou cem por cento focado em fazê-las feliz.

Capítulo 46

Luna

SAN BERTALDO
DIA DO CASAMENTO

E finalmente chegou o meu dia.

Aquele em que eu, a garota que por muito tempo não sabia se teria um futuro, passarei de uma fada sonhadora à esposa e mãe.

Com todos os desvios que a minha curta vida tomou para chegar até aqui, olhando para trás, vejo que tudo fez parte de um aprendizado.

Tirando a morte dos meus pais. Essa lição, eu dispensaria.

Sempre vou lamentar que eles não tenham podido acompanhar suas garotinhas crescerem.

Tenho certeza de que mamãe ficaria radiante em ver Dante, todo senhor de si, jogando charme e conseguindo atenção por onde passa. E também vibraria ao saber que minha Paola está a caminho.

Minha menininha corajosa tem se comportado bem, esperando direitinho o momento de vir ao mundo.

Olho para minha imagem no espelho, a gravidez suavemente aparente, e não posso me controlar. Dou uma volta de trezentos e sessenta graus, sorridente e agradecida.

Quem disse que os sonhos são grandes demais para se tornarem realidade?

Vou até a janela e observo os jardins da *Fattoria* Moretti, no local onde foi montado o altar para o casamento. Os convidados já estão sentados, me aguardando.

É, eu quis me casar ao ar livre.

Claro que eu sei que não é a melhor estação do ano para fazer isso. Está frio e Ricco teve que contratar uma empresa para providenciar aquecedores para debaixo das tendas, caso contrário, os convidados congelariam. Mas esse é um dos meus sonhos desde que pus meus pés em San Bertaldo pela primeira vez.

O que é um pouquinho de frio comparado a uma lembrança para a vida inteira?

Quero seguir as tradições. O passo a passo de um conto de fadas, embora já tenha me conformado que o meu foi invertido.

Só vai faltar meu pai para estar ao meu lado, mas me recuso a ficar triste sobre isso. Onde quer que ele esteja no céu, tenho certeza de que está acompanhando tudo ao lado da mamãe.

Decidi que entrarei com Dante, meu pequeno texano, que também tem sangue italiano correndo nas veias.

Ele está a coisa mais linda do mundo de terninho, mas como ainda dá passos incertos, vou levá-lo no colo. Quem precisa carregar um buquê quando se tem um *cowboy* delícia nos braços?

— Você está tão linda. Esse vestido é perfeito — minha irmã diz ao entrar no quarto.

— Não é? E a estilista foi uma fofa de aceitar fazê-lo tão depressa.

— Fofa que lhes cobrou quase seis dígitos em um vestido de noiva, né?

— Você é tão realista, irmã — falo, rindo, porque isso é típico dela: observar o quadro mais preocupada com as formas geométricas do que com a beleza das cores. — De qualquer modo, seja pelo motivo que for, ela o fez exatamente como eu queria, em tempo recorde.

— Não falei para chateá-la. Esqueceu quem somos? A fada e a melhor amiga da fada. Vivo com um pé em cada mundo, embora tenha que confessar que depois que conheci Hudson, tenho me permitido sonhar.

— Todo mundo deve sonhar. Eles não precisam ser perfeitos, mas têm que existir.

Ela me dá um beijo na bochecha e seca uma lágrima que escapou de seus olhos.

— Está tudo pronto. Não faça aquele italiano esperar mais ou ele virá pegá-la à força — ela diz, meio sorrindo, meio falando sério.
— Ainda bem que você optou por fazer a festa dentro do hotel e não nos jardins também. Prepare-se para sentir frio.

— O que é o frio no corpo comparado ao que estou sentindo na barriga, Antonella? Vai acontecer. Vou me casar com o meu amor e pai da minha filha.

Ela me abraça.

— Fiquei tão preocupada quando veio sozinha para a Itália, Luna. Quero dizer, em termos práticos, você ainda era mais inexperiente do que eu.

— Para falar a verdade, não pesei muito as consequências e nem tinha certeza de que ele olharia para mim se me visse.

— Impossível, você é linda. Mas acho que ele só prestou atenção nisso em um primeiro momento, porque tem muito mais a oferecer do que sua beleza, irmã. Espero que ele saiba como é sortudo em ter uma mulher como você ao lado.

— Ele não é perfeito, Antonella, mas ninguém é. Quando cheguei aqui, Ricco estava muito ferido ainda. Provavelmente ainda esteja, porque a dor de sua perda não é fácil de cicatrizar. Mas acima de tudo, ele é meu amor. Com qualidades e defeitos, ele é o meu amor.

— Vamos lá dar o nosso *show*? Nada de desmanchar o cabelo da titia, certo? Preciso ficar bem nas fotos. Daqui a cinquenta anos, seus netos desejarão vê-las.

Dante sorri e um pouco de baba de um dentinho que está nascendo cai bem em cima do meu decote.

— Deixe-me limpá-la — minha sogra diz, pegando uma fralda e me secando.

Passo por parte da minha família — Antonella e Mary —, e também por minha sogra e Chiara. Consigo ver em seus rostos o quanto estão felizes por mim.

Eu também estou. Por mim e por ele.

Pelo direito ao recomeço com que fomos presenteados por Deus, pois tudo em nosso relacionamento é sobre segundas chances.

E quando, cerca de uma hora depois, chega o momento de fazer meus votos diante do padre e dos nossos amigos, eu repito o que lhe disse quando Ricco me pediu em casamento.

— Não há como colocar em palavras o inexplicável. O amor que eu sinto por você não cabe em uma definição. Ele nunca foi simples ou respeitou a lógica que segue um relacionamento dito normal. Eu te amo, Ricco Moretti. O *sim* sempre esteve pronto e lhe pertenceu.

— Esta noite poderia não acabar nunca — falo, sorrindo, enquanto ele me gira em seus braços no meio da pista de dança.

— Não. Esta noite é só mais um passo em nossa história. Temos uma estrada inteira para percorrermos juntos ainda, minha menina lua.

— Você é um romântico, *signor* Moretti.

— Sou italiano. Saber dizer as palavras certas está no meu *DNA*.

— Convencido.

— *Realista*. Além do que, ser romântico com você é tão fácil, minha esposa. Você é uma princesa encarnada.

Sacudo a cabeça e o puxo para um beijo.

Sorte que meu italiano de fala macia, do mesmo tipo contra o qual Chiara me alertou, é apaixonado por mim. Mas não duvido que ele deve ter partido muitos corações ao longo da vida.

Quando nos afastamos para tomar fôlego, Kaled passa, dançando com sua linda esposa, Adeela.

— Ela é tão exótica. E um doce de pessoa também — digo.

— Eles se adoram. Kaled entrou em um casamento de conveniência e acabou encontrando sua outra metade.

— Acredita nisso?

— Em quê?

— Outra metade.

— Sim, mas em um conceito fluido.

— O que isso significa?

— Que não acho que, por mais que um casal se ame, a vida inteira será um jardim florido. Há momentos em que você aceitará de bom grado um buquê que eu te der, mas não tenho dúvidas de que, em tantos outros, quererá quebrar o vaso de planta na minha cabeça.

Eu rio de sua analogia, mas reconhecendo haver muito de verdade nela.

Estamos bem no meio do salão agora e consigo ter uma boa visão dos convidados.

Hudson está do nosso lado direito com uma Antonella muito sorridente — e talvez um pouco alegrinha, por conta do vinho que tomou.

— Sua irmã está se divertindo — Ricco diz, como se lesse meus pensamentos.

— Sim, acho que todos estão. E finalmente consegui ver vocês oito juntos — falo, me referindo aos amigos dele. — Engraçado que quando me dizia como eram unidos, eu não conseguia entender o quanto, porque é difícil imaginar oito homens sendo melhores amigos. Mas agora, com todos aqui, percebo que parecem mais irmãos do que qualquer outra coisa.

— Eles são como irmãos. Muito mais do que meus próprios parentes.

Fico calada, mas acho que ele adivinha o que estou pensando.

— Sei que você convidou Tommaso — diz.

— Sim, eu convidei. Não era um segredo. De qualquer modo, ele agradeceu, mas falou que não viria, mesmo que eu tenha lhe dado a minha palavra de que Dino não estaria aqui.

— É complicado, Luna. Não acho que nossa situação se resolverá de uma hora para outra.

Concordo com a cabeça e depois recosto em seu peito.

Ao menos ele já aceitou que tem algo para ser consertado entre os dois. É muito mais do que diria há um ano.

— Hoje não é dia de falar de mágoas ou tristezas. Vamos celebrar.

— Segure esse pensamento, esposa — ele sussurra em meu ouvido. — Porque tenho planos para uma noite em claro.

— Por quanto tempo mais precisamos ficar? — pergunto e ele me aperta em seus braços.

— Não precisamos. Vamos sair daqui.

Capítulo 47

Ricco

NOITE DE NÚPCIAS

— Eu nunca sei o que esperar de você — digo enquanto entramos no quarto do meu avião particular, a caminho da lua de mel. — Achei que gostaria de passar a noite de núpcias em um hotel luxuoso, um chalé, mas nunca em pleno ar.

— Isso é bom ou ruim? Que eu o surpreenda, quero dizer — ela pergunta, tomando distância de mim.

— Não tenho certeza, mas não há mais escolha, *belleza mia. Sei la mia anima gemella*[67].

— Nem para mim algum dia houve escolha, Ricco. Desde os meus dezesseis anos sonho com um príncipe italiano e agora, ele é o meu marido.

— Não tenho um título de nobreza.

— Quem precisa deles?

Avanço um passo e vejo seu peito subir e descer.

— Vire de costas, esposa. Deixe-me livrá-la desse vestido.

Meus dedos erram as casas porque é difícil manter a boca longe daquela nuca tentadora, mas, finalmente, ela fica só de lingerie branca na minha frente.

Gira e dá dois passos para trás.

O ventre cheio, com a nossa filha, me enlouquece.

— Não entendo como, depois de já termos feito amor tantas vezes, ainda fico com as pernas trêmulas quando você me olha desse jeito, Ricco.

Tiro o terno e a gravata.

Abro o punho e também alguns botões da camisa.

— De que jeito, linda?

— Como se eu fosse sua refeição favorita, mas também o seu céu.

— Mas você é a refeição mais deliciosa e meu paraíso. Desde a primeira vez, nunca consegui separar o desejo do amor. Eu já estava enfeitiçado. Só não sabia disso ainda.

Passo o dedo na pele de seda de seu rosto e ela estremece.

Repito a ação com a boca e suas mãos me apertam os ombros.

— Eu nunca consegui resistir a você. Tenho certeza de que jamais conseguirei.

— Porque sempre esteve destinada a ser minha.

Envolvo sua cintura com um abraço e com a outra mão, a ergo pela bunda.

As bocas se consomem mutuamente em um frenesi impossível de ser mantido sob controle. As línguas dançando e convidando, provocando e se rendendo.

— Quero tirar sua roupa hoje — ela pede quando começo a andar até a cama.

Eu a desço e aguardo, mesmo queimando de desejo.

— Primeiro, me deixe vê-la. Eu não vou tocar em você, mas quero que me dispa já nua. Eu quero olhá-la, porque depois que acabar de me livrar da minha roupa, vou chupar e lamber cada pedacinho seu.

— Mudei de ideia. Achei que podia esperar para fazermos doce e lento hoje, mas eu quero do jeito que me pega sempre, Ricco. Eu adoro o modo como você me toca, assim como ver minha pele marcada com seus dedos e mãos no dia seguinte.

Jesus!

Acho que nunca fiquei nu tão rápido em minha vida. É como se ela soubesse o que dizer para ferver meu sangue, mesmo que eu tenha certeza de que toda sua experiência consiste no que já fizemos juntos.

Ela olha meu pau e lambe os lábios doces.

— Tem certeza de que não quer suave? Última chance.

— Tome-me do jeito que eu adoro. Me faça gritar seu nome.

Ajoelho-me para tirar sua calcinha e quando ela está no chão, toco sua boceta molhada. Essa se agarra ao meu cabelo e sei que está tão ansiosa pela minha boca quanto estou de devorá-la.

— Afaste as pernas — comando.

Separando seus lábios, sugo o clitóris até sentir seus joelhos dobrarem. Os gemidos me incentivam, as mãos no meu cabelo me mantêm na prisão que quero estar.

Ela choraminga quando resvalo um dedo em sua abertura, sem parar de sugá-la.

Sua respiração fica pesada e já conheço seu corpo tão bem que sei que o gozo não vai demorar.

— Encha minha boca, gostosa.

Levanto uma de suas pernas e sem que eu mande, ela rebola, lambuzando meu rosto, enquanto, como prometeu, grita meu nome em um orgasmo longo.

Planejei pegar leve porque sei que as mulheres valorizam a noite de núpcias, mas se minha esposa quer uma foda dura, permeada de palavras sujas, não serei eu a lhe negar.

Eu a sento na beira da cama e tiro o sutiã, segurando os dois peitos juntos, revezando mordidas nos mamilos.

Levanto e coloco meu pau entre eles, me masturbando e me torturando ao mesmo tempo. Quando ela baixa a cabeça e começa a me chupar, eu chego ao limite.

— Não.

— Eu quero.

— Quer o quê?

— Beber você também.

Estou pronto para resistir e dizer que vou gozar dentro dela, até que Luna começa uma tormenta sincronizada.

Abrindo a boca, toma tanto quanto aguenta do meu pau, uma das mãos em minhas bolas e a outra me masturbando como se estivesse em uma missão.

Eu me deixo aproveitar, mesmo com um resto de juízo, que ainda me manda interrompê-la, mas quando ela me faz deslizar quase até a garganta, eu agarro seu cabelo, metendo fundo.

— Eu vou gozar. Beba tudo.

Minhas palavras parecem descontrolá-la, porque passa a me sugar ainda mais gostoso. Mantenho sua cabeça parada e fodo mais três vezes, até que um rosnado me escapa enquanto eu a alimento com a minha semente.

Eu desfruto a sensação deliciosa de me perder nela, mas meu desejo não está nem perto de acabar.

Meu pau continua tão duro quanto antes de gozar.

Empurrando-a de costas na cama, mas mantendo suas pernas na

beirada, testo uma última vez se ela está pronta para mim e quando vejo o brilho de sua excitação em meus dedos, percorro todo o caminho dentro de seu corpo apertado.

Ela treme e tenta se levantar, mas não permito. Coloco suas pernas em meus ombros.

Entro e saio de seu corpo, o ritmo acelerando a cada gemido que ela me entrega.

É um sexo quase brutal, mas seu rosto me diz que ela quer assim.

— Mais forte — pede.

— Tenho medo de machucá-la.

— Eu quero mais. Você nunca me machucou.

Giro os quadris, fodendo duro e profundo, e ela grita, geme, se contorce.

Massageio seu clitóris, adorando vê-la aberta para mim, o sexo avermelhado da intensidade da nossa paixão.

Estamos ambos vulneráveis, expostos, nus de qualquer máscara ou proteção, totalmente entregues à fúria do nosso ato de amor.

Ela murmura palavras incoerentes, em um idioma inventado no calor do desejo.

O som dos corpos é erótico, safado, lascivo. Como uma melodia criada para nós dois.

Muito tempo transcorre e nenhum de nós quer parar. Os olhos transmitindo em sincronia a adoração mútua, junto com o tesão que faz nossas peles incendiar.

— Meu Deus, você está tão molhada. Me deixa louco vê-la transbordando para mim.

Ela toca os próprios seios, beliscando os mamilos inchados.

— Eu vou gozar — avisa-me.

Começo a fodê-la mais lentamente, mas muito fundo, porque quero saborear esse segundo orgasmo.

Acho que para me provocar, afasta minha mão e massageia o clitóris, tentando me arrastar para sua loucura.

E esse, finalmente, é o meu gatilho.

Luna me desperta amor e luxúria em um equilíbrio perfeito. Me enlouquece com sua inocência e entrega.

Juntos, perdemos o domínio sobre a razão. Tudo é sentimento e sensações.

Volto a imprimir um ritmo duro. Ela aceita e pede mais.

Eu me sinto engrossar dentro de seu corpo e sei que estou a um passo de gozar de novo.

— Venha comigo. Eu te amo, minha mulher.

Os gemidos são substituídos por juras e um ofegar desesperado e então, ela se entrega mais uma vez para mim.

E só assim, ao vê-la arrebatada e saciada, me permito derramar todo meu amor dentro dela.

Amasitano[68]
Lua de Mel
Dois dias depois

— Foi muito doce da parte de Vicenzzo oferecer seu chalé privado, no alto das montanhas de seu principado, para passarmos nossa lua de mel — ela diz enquanto caminhamos ao longo do rio que margeia Amasitano.

— A última coisa que se pode falar a respeito de Vicenzzo é que ele é doce. As mulheres costumam dizer que tem uma pedra de gelo no lugar do coração.

— Como você também tinha. Até a hora em que ele encontrar aquela que o fará derreter — diz, parando e ficando na ponta do pé para me beijar. Ainda assim, preciso me abaixar bastante.

— Tão convencida.

— Realista, *signor* Moretti. Tenho um contrato de casamento para comprovar isso.

— Mais do que isso. Tem minha filha, o fruto do nosso amor, crescendo em seu corpo.

Eu a seguro apertado em meus braços e queria que ficássemos assim para sempre, tendo a certeza de que nenhum mal poderá atingi-la.

— *Hey*, nada de ficar ensimesmado hoje.

— Ensimesmado, é?

— Sim, você tem andado muito pensativo e eu sei a razão, mas me recuso a deixar que aquele ser maligno preencha sua mente. Ao invés disso, me imagine nua em nosso chalé lindo, com essa paisagem

---

68 Principado fictício do qual Vicenzzo, um dos 8 Silenciosos, é governante.

de sonhos abaixo de nós.

Duas crianças passam sorrindo, acenam com a mão, e Luna as cumprimenta de volta.

— As pessoas aqui são tão simpáticas. A felicidade é quase que obrigatória.

— Foi por isso que quis vir para Amasitano? Por ser um lugar digno de um conto de fadas? Sei que Vicenzzo ofereceu o chalé, mas poderia ter escolhido qualquer canto do mundo.

— Podemos ir para qualquer lugar em outra ocasião, mas essa é *nossa* lua de mel. Queria algo especial. Que maneira melhor para eu me sentir uma princesa do que em um principado? Eu li em uns folhetos que o turismo aqui é controlado. Não pode entrar qualquer um.

— É, sim. Acho que principalmente por causa das joias. Elas chamam muito a atenção de ladrões especializados em furtos de peças raras — falo, escondendo um sorriso e me encaminhando, sem que ela perceba, para a principal joalheria da cidade.

— Meu anel de noivado e nossas alianças foram feitas pela empresa daqui, não é?

— Sim, mas eu ainda não te dei o suficiente.

— Não entendi. Você me encheu de presentes desde que nos conhecemos, Ricco. Fico até sem jeito. Tenho bolsas, sapatos e vestidos o bastante para usar um em cada dia do ano se quisesse.

— Mas não te dei uma coleção de joias ainda — falo, abrindo a porta da loja, e só então ela parece entender. — Encomendei com o principal ourives de Amasitano um pequeno tesouro, mas você poderá escolher quantas peças mais quiser.

— É muito — ela diz, com o rosto corado. — Eu não preciso de nada disso. Já o tenho, meu amor.

— Não é nada, minha Luna. Apenas algo para acentuar ainda mais sua beleza, mesmo que nenhuma delas vá conseguir lhe fazer jus.

Capítulo 48

O mal oculto

Um mês depois

A paciência é uma qualidade que pouquíssimos seres humanos são capazes de manter a longo prazo.

Diria que boa parte das pessoas sofre de ansiedade, agindo quando deveriam esperar.

Antes de qualquer coisa, eu sempre serei um soldado.

Sei analisar o melhor momento de atacar.

Quando a loira foi embora de Florença, achei que havia perdido a chance de conseguir realizar meu plano, mas ainda assim, não me descontrolei.

Se não pudesse fazê-lo pagar roubando Luna dele, eu o mataria e de qualquer modo, sairia vencedor.

Nem tudo aconteceu como planejei.

O filho da puta do Tommaso — e acho que, no caso dele, podemos dizer que o apelido é literal — , tal qual um cão farejador, seguiu minha trilha, e graças ao traidor do meu irmão descobriu sobre o que aconteceu naquela noite.

Maldita hora em que contei a ele sobre minha relação com Naomi.

Maldita hora em que pensei em me vingar indo atrás de Chiara.

Foram decisões erradas, admito.

Deixei me levar pela raiva. Queria atingir Ricco de qualquer maneira e quase pus tudo a perder.

E agora, estou escondido como um rato.

Mas a ânsia passou. Esperarei o melhor momento. Quando eles

estiverem relaxados, se sentindo seguros, eu vou voltar. Só mudei de ideia sobre a conclusão do meu plano.

Vou levar Luna comigo e deixar que Moretti a procure por algum tempo. Depois, quando achar que já sofreu o suficiente, será sua vez de ser mandado para o inferno.

Quanto a mim e Luna? Nós seremos felizes, como eu deveria ter sido com Naomi.

Ao contrário da vadia morta, vou ensiná-la a ser obediente.

Eu tenho tudo programado para uma vida perfeita.

Capítulo 49

Ricco

Dois meses depois

Da janela do meu escritório, observo enquanto minha esposa, com quase oito meses de gravidez, conversa com a minha mãe e irmã na piscina da *Fattoria* Moretti.

A cena já se tornou comum, embora a presença de Chiara seja eventual, ultimamente. Ela já está cursando o primeiro semestre da faculdade de Direito em Milão, e só volta para Florença em finais de semanas alternados. Eu me surpreendi com sua escolha de curso, mas acho que Chiara sempre será imprevisível.

Para que sua mudança fosse possível, se fez necessária a organização de praticamente um exército para protegê-la, já que, até hoje, não conseguimos localizar Carlo. Chiara sabe da verdade sobre o que aconteceu a Nicolo.

Seria a única maneira de conseguir que ela criasse juízo e não se rebelasse. Minha mãe, no entanto, continua no escuro. Descobrir tudo agora só a faria sofrer por antecipação e de qualquer modo, sempre fui obsessivo com a proteção dela. E isso piorou depois que se separou de Dino.

Carlo está sendo procurado pela polícia italiana e também pela Interpol, mas sem qualquer resultado.

Odin me disse que seu concunhado é ex-combatente das forças especiais do exército também e lhe contou que, se for preciso, eles podem sobreviver meses dentro de uma caverna com o básico.

Ele acha que seria a única explicação para que o desgraçado ainda não tenha aparecido em qualquer parte do mundo, embora minha intuição diga que ainda que esteja em um buraco, esse buraco é na própria Itália.

Sei que Odin não parará até encontrá-lo. O homem está tão obcecado com a ideia de apanhar Carlo quanto eu mesmo.

Já contratei detetives e usei de toda minha influência, e até agora, estamos tão perto de apanhá-lo quanto no dia em que Tommaso me procurou para contar tudo.

Eu só quero que esse pesadelo acabe. Ter a certeza de que quando minha filha nascer, não haverá alguém nas sombras a ameaçando.

Deus, eu não posso pensar nisso ou vou enlouquecer.

Tenho que conseguir pegá-lo.

Acompanho com o olhar minha mulher acariciar a barriga com as duas mãos.

Acho que ela nem percebe que faz isso, mas é como se estivesse prometendo à nossa Paola que não importa o que aconteça, sempre a protegerá.

É a mesma promessa que faço em silêncio todas as noites, quando, depois de transarmos, fico ouvindo sua respiração, uma mão pousada no ventre redondo.

Eu darei minha vida se for preciso, mas minha filha vai crescer e ser feliz, com a mãe do lado.

Temos feito um acompanhamento rigoroso da gravidez e fora as vitaminas normais que as futuras mamães precisam tomar, Luna não tem qualquer sintoma relacionado à sua anemia. A gestação se desenvolve saudável e nossa menina está bem.

Só há uma ponta solta em nossas vidas e eu a corrigirei, custe o que custar.

Naquela noite

— Sua mãe me pediu para visitá-la amanhã.

— Tem certeza? Não acho que deva ficar indo para Florença a essa altura do campeonato. Há motoristas loucos espalhados pelos quatro cantos da Itália.

Estamos no sofá da sala, enquanto Thor me observa, de sua poltrona favorita, massagear os pés da minha mulher.

Depois do que falo, um silêncio anormal se instala e juro por Deus que, quando ergo o rosto, tanto ele quanto Luna estão revirando os olhos.

— E o que pretende, *signor* Moretti? Me trancar em casa pelo próximo mês e meio?

— Há como negociarmos isso? — pergunto, esperançoso.

— Não. Ainda faltam algumas peças para o enxoval de Paola. Depois da loja, irei direto para a casa da sua mãe. Prometo.

— E me esperará como uma boa menina.

— Sim, *signor* Moretti... — A debochada ri. — Mas só se você me levar para tomar sorvete na *Gelateria dei Neri*. Preciso muito de um *gelato di fragola*.

— Sorvete de morango? Achei que a fase dos desejos já havia passado.

— Não há fim para os meus desejos, marido. Sou uma grávida insaciável.

— Em mais de um sentido — falo, já sem qualquer pensamento em sorvete.

— Como você consegue fazer um desejo alimentar se transformar em um desejo sexual?

— De onde vejo, os dois são alimentares.

Ela senta de lado no meu colo.

— Agora fiquei com vontade dos dois. *Gelato* e você.

— Tem que ser ao mesmo tempo? Porque estou disposto a dar uma provinha de mim mesmo nesse instante, senhora Moretti.

— Deus, eu adoro ouvir você me chamar assim. Todas as vezes prometo a mim mesma que não vou dar um sorriso idiota, mas é impossível.

No dia seguinte

Olho para o telefone que aparece na tela do meu celular e quase tenho vontade de rir. Se alguém me dissesse há um ano que eu falaria diariamente com meu meio-irmão, ainda que em nome do meu filho, e a conversa não acabaria com ofensas mútuas, eu mandaria que se internasse.

— Alguma novidade? — pergunto ao atender.
— *Talvez.*
— O quê?
— *Odin me disse para ficarmos atentos porque acha que pode tê-lo localizado.*

Sinto a adrenalina tomar conta do meu corpo.
— E agora?
— *Temos que esperar que ele nos dê as instruções.*
— Tudo bem.

Desligo o telefone e imediatamente torno a completar uma chamada, dessa vez, para minha esposa.

— *Boa tarde, signor Moretti.* — Ela atende no segundo toque, me permitindo voltar a respirar.
— Onde você está?
— *Na casa da sua mãe e acabo de desistir da ideia do gelato. Meus pés estão me matando.*
— Tudo bem, posso comprar para você e comeremos em casa. Estarei aí às três horas. Não saia mais à rua. Precisamos conversar.
— *O que aconteceu?*
— Acho que nós o localizamos.
— *Tem certeza?*
— Não. Tommaso disse que há uma possibilidade, por isso gostaria que me obedecesse.
— *Hey, não vou sair. Dou minha palavra. Eu estou bem. Nós estamos bem.*
— Desculpe. Não deveria ter falado desse jeito.
— *Não deveria mesmo, mas pode me compensar com massagem, sorvete e... sexo* — ela diz essa última palavra baixinho, e acho que é porque minha mãe deve estar por perto. — *Agora tenho que ir porque acabei de encomendar na minha padaria favorita aquela focaccia que eu adoro.*
— Luna? — chamo antes que ela desligue.
— *Sim?*
— Eu te amo. Sempre vou amar você.
— *Não fale isso. Estou muito chorona ultimamente. Não. Mudei de ideia. Fale, sim. Sou um saco sem fundo. Me encha de amor.*

Ela desliga e me levanto, inquieto.

Quarenta minutos depois, ainda estou andando como um leão enjaulado.

Tento me convencer de que preciso esperar as orientações de Odin, mas não consigo ficar parado.

— Tommaso? — falo depois de apertar o botão de chamada rápida. — Estou indo encontrar Luna em Florença. Ela está na casa da minha mãe e tenho um mau pressentimento.

— *Acabei de aterrissar com meu helicóptero na Fattoria Moretti. Precisamos ser rápidos. Podemos chegar lá em doze minutos se você sair agora.*

— O que aconteceu?

— *Odin descobriu a localização de Carlo. Ele finalmente se expôs.*

— E onde ele está?

— *Perto da casa de sua mãe.*

Capítulo 50

Luna

Quinze minutos depois

— Não quer se deitar um pouquinho? — minha sogra pergunta.
— Não consigo, estou com fome.
— Posso preparar algo.
— Tenho certeza disso, minha sogra, mas prefiro esperar a *focaccia*. Estou com água na boca só de pensar no pão quentinho.
— De onde você pediu?
— Na *Forno*[69]. Fiquei muito orgulhosa de mim mesma porque a mulher não fez com que eu repetisse o pedido ao telefone.

Ela sorri.

— E tem certeza de que encomendou *focaccia* mesmo?
— Espero que sim.
— Estou brincando, filha. Seu italiano está excelente. Em alguns meses, acredito que nem terá mais sotaque americano.
— Minha mãe ficaria orgulhosa de mim. E por falar nela, ainda não agradeci o suficiente por ter conseguido que a arquiteta preservasse a estrutura original da casa em que ela nasceu. Ficou tão linda. Eu e minha irmã amamos. Antonella se emocionou por poder se hospedar lá.

A campainha toca e um dos rapazes que está de guarda hoje entra com um embrulho de pão. Por recomendação de Ricco, nenhum estranho pode fazer entrega, nem aqui e nem em nossa casa em San Bertaldo.

— Obrigada — digo, pegando o pacote de suas mãos, mas o homem não sorri de volta.

Já reparei que deve ser algum tipo de código de etiqueta o fato de os seguranças não sorrirem, então não levo para o lado pessoal.

— E então? — Carina indaga enquanto me observa abrir o pacote.

— Ah, eu não acredito. Eles trocaram o pedido! Não veio minha *focaccia*, mas dois pães de cebola. Estava com tanta vontade! — choramingo quando abro o embrulho que a padaria acabou de entregar.

Minha sogra se aproxima e corta um pedaço do pão com a mão, dando uma mordida generosa nele.

— Não tem problema. Eu adoro pão de cebola. Vou ligar para eles e refazer o pedido, mas ficarei com esses aqui também.

— Eu mesma posso fazer isso, Carina — falo, já andando em direção ao corredor para pegar meu celular na bolsa. — Por que não chama os dois guarda-costas para lanchar? Eu morro de pena por ficarem tanto tempo sem comer. Sei que têm aquelas caras de durões e tudo o mais, mas dado o tamanho de ambos, devem ficar morrendo de fome.

Vejo-a pegar uma faca para cortar metade do segundo pão para cada um dos rapazes, e não duvido nem por um instante de que eles darão conta de tudo rapidinho.

Alcanço minha bolsa e tiro o aparelho.

— Alô? — falo quando uma mulher atende do outro lado com um tom monótono. — Aqui é Luna Moretti, da rua *Santa Trinita*[70], número 3. Fiz uma encomenda de *focaccia* há cerca de uma hora e quando chegou, eram pães de cebola. Estou com tanta fome que até os comeria, mas odeio cebolas.

— *Senhora, estou conferindo seu pedido e tenho certeza de que lhe enviamos meia dúzia de focaccias* — ela diz e sinto minhas bochechas esquentarem.

Nossa, nem me lembrava que havia pedido tantas!

— Sim, é isso mesmo, pedi meia dúzia porque estou muito grávida e além disso, temos dois guarda-costas gigantes lá fora que...

Ouço o barulho de algo caindo, mas não paro para verificar, pois provavelmente foi Carina derrubando uma faca.

— Como eu ia dizendo...

— *Senhora, a encomenda lhe foi entregue. Gostaria de pedir novamente?*

— Vocês vão demorar mais uma hora para entregar? Porque estou morrendo de fome.

Outro barulho, dessa vez bem mais forte do que o anterior, me

---

70 Rua fictícia criada para o livro.

faz estremecer. Sem saber a razão, ando na direção oposta à da cozinha.

— *Senhora?* — a atendente pergunta do outro lado.

— Sim, me desculpe. Eu vou querer que refaça a entrega. Mas pode ser rápido dessa vez?

— *O prazo é de meia hora a quarenta e cinco minutos e...*

— Tudo bem, esqueça. Tenha uma boa tarde.

Desligo antes que ela possa ter a chance de replicar e deixando o medo irracional de lado, começo a voltar pelo longo corredor quando meu telefone toca novamente.

— Ricco?

— *Luna? Onde você está?*

— Voltando para a cozinha, mas acabei de ouvir um barulho e...

— *Eu preciso que me ouça. Entre em um dos quartos e se esconda.*

— O que está acontecendo?

— *Já estou a caminho com Tommaso.*

— Que barulho é esse?

— *Estamos de moto, mas não é hora de me questionar. Em breve chegarei aí, agora, corra. Odin localizou Carlo.*

— Oh, meu Deus! Sua mãe. Eu preciso encontrá-la.

— *Não. Eu cuido dela. Agora faça o que estou mandando. Entre no quarto da minha mãe e se esconda.*

Começo a suar frio.

— Mas ela está na cozinha.

— *Droga, Luna, eu não queria assustá-la, mas me ouça, pelo amor de Deus! Carlo está aí.*

Foi como se ele tivesse me ligado na tomada.

No momento em que terminou de falar, comecei a correr.

— *Luna?*

— Entrei no primeiro quarto que vi.

— *Não consegue chegar no da minha mãe? Lá tem uma arma.*

Começo a chorar.

— Eu não sei atirar.

— *Calma, amor. Em menos de dois minutos estarei aí. Trancou a porta?*

— Sim.

Bummm!

Um barulho de algo se chocando contra a estrutura de madeira se faz ouvir.

— *Não desligue o telefone, mas não fale mais. Apenas me ouça.*

— Certo.

— *Vá para o closet e se tranque lá.*

— Estou nele agora.

— *Eu te amo. Cheguei no portão. Não vou desligar o celular, mas não posso falar mais. Não temos ideia do que nos espera.*

— Estou com medo.

— *Eu sei, mas prometo que vou tirá-la daí. Eu nunca deixarei que ele a machuque. Confie em mim.*

— Eu confio. Sei que você vai nos proteger.

Capítulo 51

Ricco

— O alarme está desligado — Tommaso diz quando entramos pela porta da garagem ao invés de usar a da frente.
— Minha mãe deve ter se esquecido novamente.
No caminho para cá, nós chamamos a polícia e também mais dos nossos seguranças.
Decidimos entrar pelos fundos, porque os guarda-costas que deveriam se encontrar na entrada não estavam lá.
Quando chegamos à cozinha, vemos a razão: os homens, assim como minha mãe, estão caídos no chão.
Enquanto corro para verificar a pulsação dela, o coração saindo pela boca, Tommaso vai até onde os seguranças foram subjugados.
Coloco os dedos em sua garganta e vejo que está respirando.
Meu celular ainda está na ligação com Luna, então me viro para Tommaso, mas percebo que ele já está chamando uma ambulância.
Depois que desliga, pergunta:
— Como ela está?
— Respirando. Acho que foi dopada porque não encontrei qualquer machucado.
Tento controlar a raiva porque não posso perder a cabeça agora.
— Eles também. Devem ter sido sedados mesmo — diz, apontando para um pedaço de pão que um dos homens tem perto de seu corpo desacordado.
Um som de baque, como alguém se jogando contra uma porta, nos faz agir.
Vejo-o pegar as armas dos dois seguranças desmaiados. Ele me entrega uma delas. Sei que tanto quanto eu, também aprendeu a atirar.

Esse é um dos esportes favoritos do nosso pai e tenho certeza de que inseriu todos os filhos nele. Em uma de suas casas nos Estados Unidos, Dino tem um cofre repleto delas, já que, naquele país, a flexibilização para a posse e porte de armas de fogo é muito maior do que no nosso.

O corredor da casa da minha mãe é muito longo e como uma espécie de "u", tem entrada para os dois lados.

Cada um de nós segue em uma direção diferente, tentando surpreender o desgraçado.

Os barulhos contra a porta continuam e sei que ele só não a destruiu ainda porque é uma estrutura muito sólida, centenária.

Mais alguns passos e então, eu finalmente o vejo.

O homem não é tão alto quanto eu e Tommaso, mas deve pesar uns vinte quilos a mais. Enquanto tenta derrubar a porta, seu rosto está transtornado. Encontra-se tão imerso em sua fúria que não percebe minha aproximação.

Não consigo me lembrar dele, mas isso não é uma surpresa, já que minha equipe de segurança sempre foi muito grande.

Pela força que faz, sei que não tenho muito tempo. Uma hora a estrutura cederá.

Noto que segura uma arma.

— Procurando por alguém, filho da puta? — Tommaso, que chegou neste instante, fala por trás dele.

Apesar de estar inicialmente com o corpo virado para mim, Carlo se volta para o meu irmão, e como em um pesadelo em câmera lenta, atira nele.

A adrenalina que já havia dominado meu corpo triplica.

— Carlo!

Ele não consegue ser rápido o bastante e quando torna a girar, surpreso, eu atiro em seu peito duas vezes.

A arma cai de sua mão e ele tomba de costas, a boca aberta em uma expressão de espanto. Aproximo-me e chuto o revólver caído ao seu lado para longe. Há sangue escorrendo de sua boca, mas ainda lhe resta consciência.

— Eu prometi ao meu filho que mataria seu assassino — digo, de pé, perto dele. — Espero que faça uma boa viagem para o inferno.

Sei que está morrendo. Eu mirei em áreas fatais.

Corro para perto do meu irmão, o idiota imprudente que tentou me salvar, chamando a atenção do ex-segurança para si.

Noto que foi atingido no braço direito e acredito que somente o fator surpresa não permitiu que Carlo se preparasse para alvejá-lo na cabeça e matá-lo.

— Por que fez isso? — pergunto, me abaixando perto dele, enquanto ouço as sirenes da ambulância do lado de fora.

— Eu não ia deixar você ficar com toda a diversão — ele diz, tentando sorrir, mas percebo que está sentindo dor.

Seguro sua mão, apertando com força.

— Por que fez isso? — repito.

— Porque você é meu irmão. Eu nunca deixaria que fosse morto.

Nos olhamos por muito tempo. Mesmo quando os paramédicos se aproximam, eu ainda não o solto. Anos de afastamento voluntário, rancor, mágoas, suplantados pelo medo que senti de perdê-lo. Não importa o que nosso pai fez, Tommaso é meu irmão.

— Senhor, precisa nos deixar trabalhar — um enfermeiro me diz.

— Vá atrás de Luna. Diga-lhe que tudo ficará bem — Tommaso me pede.

Há uma movimentação grande de pessoas agora, entre policiais e enfermeiros.

Enquanto me levanto para ir verificar minha esposa, vejo um deles recolher as três armas — as nossas e a de Carlo —, e um outro avisa:

— Ele está morto.

Quando coloco a mão na maçaneta para finalmente encontrar minha mulher, um detetive se aproxima.

— Precisaremos de seu depoimento sobre o que aconteceu.

— Depois que eu conferir se a minha esposa está bem.

— Sua esposa?

— Sim, ela está dentro do quarto.

Sei que não posso responder a mais nada. Não pago uma banca caríssima de advogados à toa. Não devo conversar com a polícia sem a presença de algum deles.

— De qualquer modo, só deporei acompanhado do meu advogado — aviso.

Quando abro a porta, o quarto está vazio. Ela ainda deve continuar escondida no *closet*, como mandei, e nunca fiquei tão agradecido na vida como naquele instante, por ela ter me obedecido.

Não estou mais segurando o celular, então vou até a entrada do quarto contíguo e chamo seu nome algumas vezes antes que ela saia.

Quando a vejo, me ajoelho aos seus pés, abraçando seu corpo, a cabeça encostada em sua barriga.

Não existem palavras suficientes inventadas até hoje que consigam expressar minha gratidão a Deus, e como se entendesse o que estou sentindo, ela não fala nada também, somente acariciando meu cabelo.

Depois de alguns minutos assim, diz:

— Você nos salvou.

Eu não sei se ela falou aquilo de caso pensado, mas era o que eu precisava ouvir.

Eu recebi uma segunda chance e dessa vez, consegui defender minha família. Nada trará meu filho de volta, mas saber que destruí o monstro que o levou para longe de mim, e que o impedi que machucasse minha mulher e filhinha, finalmente me dá a absolvição que eu nem sabia que buscava.

Espero que Nicolo, nos olhando do céu neste instante, possa me perdoar por não estar ao seu lado quando mais precisou.

— Eu prometi que não deixaria que ele as tirasse de mim. Morreria para cumprir essa promessa, *cuore mio*[71].

CINCO HORAS DEPOIS

O corredor do hospital está lotado com parentes de Dino Moretti de ambos os lados. O médico acaba de nos avisar que a cirurgia pela qual Tommaso teve que passar foi bem-sucedida, e somente agora consegui voltar a respirar.

Quando saímos do quarto, minha intenção era seguir com Luna e minha *mamma* para o hospital para que fossem examinadas, mas antes que eu pudesse dizer ao detetive que deporia tão logo cuidasse da saúde delas, um advogado, enviado por Odin Lykaios, apareceu.

Tenho minha própria equipe, mas aparentemente, o homem pensa vários passos à frente e antecipou no que resultaria meu confronto com Carlo.

O advogado conseguiu que eu fosse liberado do depoimento até hoje à noite e se encontra aqui, junto com nossos parentes.

Luna e minha mãe estão bem, mas enquanto o médico achou melhor que mamãe ficasse internada em observação, mandei minha esposa, junto com Chiara e uma enfermeira, para nossa casa. Há um verdadeiro exército guardando-as, dentre eles, ex-soldados treinados da empresa de segurança cujo concunhado de Odin é um dos sócios.

Liguei para Antonella e contei o que aconteceu. Ela e Hudson estão chegando dentro de algumas horas. Ficou apavorada e chorou comigo ao telefone, só se acalmando quando ouviu a voz da irmã.

Eu entendo. A sensação de impotência diante de uma possível perda é uma dor excruciante. Mesmo que agora eu tenha a certeza de que ela está protegida e de o médico que a examinou ter garantido que estava tudo bem, ainda me sinto muito acelerado.

Nós descobrimos o que aconteceu.

O funcionário da padaria em que Luna pediu a encomenda — que realmente estava trocada, e que no fim, foi o que a salvou, porque caso contrário ela não teria razão para se ausentar da cozinha — foi rendido perto da casa da minha mãe.

O que significa que Carlo estava vigiando os passos da minha esposa.

Depois, disfarçado, ele colocou sonífero no pão em uma quantidade suficiente para derrubar um cavalo.

Acredito que o plano saiu melhor do que ele esperava quando minha mãe deu o lanche aos guarda-costas, porque a arma dele tinha um silenciador, o que quer dizer que ele foi preparado para matar os dois homens que tinham como responsabilidade cuidar da minha esposa.

Acho que sua intenção era somente drogar minha mãe e Luna principalmente, para tentar tirá-la da casa sem estardalhaço. Havia uma *van* sem placa parada em frente ao casarão, que a polícia confirmou pertencer ao ex-segurança.

— *Signor* Ricco Moretti, o paciente deseja vê-lo — um médico anuncia.

Levanto-me de onde estou e sinto os olhares do meu pai, assim como dos meus quatro meios-irmãos em mim. Nenhum deles falou comigo e provavelmente estão me culpando pelo que aconteceu a Tommaso. Eu também. Culpa é um ingrediente sempre presente em minha vida.

Greta não veio. Soube por Luna que ela está muito doente e provavelmente os filhos optaram por não lhe dar as notícias até terem certeza do estado do irmão.

Menos de um minuto depois, estou frente a frente com o homem que ainda não sei definir em minha vida, mas com o qual tenho uma dívida de gratidão.

Além do tiro que tomou para me defender, se não fosse por

Tommaso, provavelmente eu só teria descoberto o que aconteceu a Nicolo quando fosse tarde demais.

— Não deveria ter feito aquilo. Foi idiota da sua parte.

— Não fiz por sua causa. Luna é jovem demais para ficar viúva e minha sobrinha merece ter um pai ao seu lado.

— Um inferno que não fez por minha causa.

Ele me olha e mesmo ainda pálido da cirurgia, mantém a mesma expressão de orgulho tão típica em nossa família.

— Obrigado — digo, cansado de continuar alimentando tantos anos de mágoa. — Luna agradeceu também e disse que virá visitá-lo. Eu a mandei para casa com Chiara.

Não posso dizer que consigo perdoar as vezes em que a mãe dele ofendeu a minha, mas agora vejo que, independente de tudo, o maior culpado nisso é Dino. Foi ele quem jogou com as nossas vidas.

— Se está pensando que seremos melhores amigos, pode esquecer — ele resmunga e eu quase sorrio.

— Isso nem passou pela minha cabeça — respondo, mesmo tendo a certeza de que há um novo caminho para nós dois a partir daqui. — Agora, deixe de ser preguiçoso e trate de melhorar rápido. Sua sobrinha nascerá em um mês e sabe como as mulheres com nosso sangue podem dar trabalho.

Viro as costas para ir embora porque mesmo que eu ainda tenha muito a lhe dizer, não se pode curar uma ferida aberta por anos em poucos dias.

— Ricco?

Paro de andar.

— O que foi?

— Paola sempre será protegida por mim.

Capítulo 52

Ricco

FLORENÇA
CERCA DE UM MÊS DEPOIS

— Ricco, quem vai parir sou eu.
— Racionalmente, eu sei que sim.
— Mas?
— Não há nada de racional em mim agora. Por que não parece nervosa, esposa?
— Estou ansiosa, não nervosa. Quero ver o rostinho dela, beijar e amamentá-la. Quanto ao parto, as mulheres fazem isso desde o início dos tempos. Vai dar tudo certo.

Eu me abaixo e colo nossos rostos.

— Estou com medo. A ideia de colocar a vida de vocês nas mãos de outra pessoa, para alguém controlador como eu, é um pesadelo.
— Não é nas mãos do médico que estamos, amor, mas nas de Deus. Ele tem sido o grande maestro da nossa história desde o começo, por que nos abandonaria agora?

Luna tem muita fé e aos poucos, após muitos anos afastado, tenho me reconectado com Deus. Principalmente depois que descobri que não foi uma fatalidade, mas a maldade humana o que tirou meu filho de mim.

A investigação sobre a morte de Carlo ainda está em andamento, mas meus advogados — um banca completa, e não somente o que foi enviado por Odin — me garantiram que no máximo em um mês o inquérito será encerrado, já que foi um caso claro de legítima defesa.

Não estou preocupado com isso, porque sei que não há como a polícia chegar a outra conclusão.

Empurro essas lembranças porque não quero pensar em morte em um dia como o de hoje.

— Está na hora — uma enfermeira avisa e meu coração, a despeito de tudo o que Luna disse para me acalmar, martela dentro do peito.

— Vai dar tudo certo — repito para nós dois.

— Sim, vai, porque eu não aceito outra opção — ela diz.

Uma hora depois, Paola Cox De Luca Moretti faz sua estreia na vida.

Com quarenta e sete centímetros e três quilos e cem gramas, nossa filha chegou chorando forte, como que para mostrar que herdou cada gota do sangue italiano dos dois lados.

Ela é carequinha, mas as sobrancelhas e cílios são quase brancos, o que me diz que será loira como a mãe. A pele, no entanto, tem um tom mais dourado, como a minha.

— Oi, filha — falo quando a enfermeira a coloca em meus braços, mesmo que ela esteja com os olhos fechados.

Sinto-me muito nervoso.

— Ela é tão delicada e pequenina que tenho medo de fazer algo errado e feri-la — confesso à minha esposa, que nos observa.

— Não vai machucá-la. Tenho certeza de que não existirá pai mais cuidadoso e amoroso.

A confiança de Luna em mim faz meus olhos encherem de lágrimas. Como se pressentisse minha emoção, minha garotinha acorda e me encara.

— *Tu sei il sole del mio giorno*[72], Paola. Agora meu mundo está completo. Tenho meu sol e minha menina lua.

No dia seguinte

— Nossa família está aterrorizando Florença — Luna diz, sorrindo, depois que os parentes reunidos, Gray e Moretti, finalmente se vão. — Paola vai ser a criança mais mimada da história deste país.

— Amor nunca é demais — falo, enquanto a observo se preparar para amamentar nossa filha.

— Não, não é. E por falar em amor, como andam as coisas entre você e Tommaso?

— Não sei como responder isso.

— Achei que ele viria hoje.

— Ele me disse que prefere visitá-la quando você for para casa.

— Por causa da nossa família, né? Principalmente da sua.

— Sim. Por mais que minha mãe não os culpe, e acho que nem mesmo a Greta, o resto dos meus primos e tios não têm tanto espaço no coração para o perdão.

— Ele sente vergonha.

— O quê?

— Foi isso mesmo que você ouviu. Já percebi há um tempo. Tommaso sente vergonha da ação dos pais.

Puxo uma cadeira e me sento perto da cama, uma mão sobre a coxa de Luna e a outra segurando o pezinho da nossa Paola.

— Como bem disse, foram ações dos nossos pais. Eu custei, mas finalmente entendi. Talvez, em algum momento do futuro, Tommaso também compreenda.

Ela concorda com a cabeça.

— Mas não quero falar sobre isso hoje, pois me faz lembrar de Dino, e não há uma vez que pense nele que o desprezo não se espalhe por mim.

— Vai deixar que veja Paola? Me desculpe, mas não quero minha filha próxima a ele — Luna diz, sem jeito.

— Então a decisão está tomada, esposa. Mas posso perguntar a razão? Você geralmente tem o coração mais aberto para o perdão do que eu.

— Naquele dia, na casa de sua mãe, ele foi desrespeitoso ao falar de Nicolo. Não quero entrar em detalhes porque só lhe magoará e não mudará nada, mas seu pai é um ser humano horrível.

Capítulo 53

Ricco

Um ano depois

— *Pappa*[73]! — minha Paola grita assim que desço do carro, cantarolando, o que para mim é a canção mais linda do mundo.

— *Sì, principessa*[74], seu papai chegou.

Ela está no colo da minha Luna, mas quando me viu começou a fazer força para ir para o chão. A mãe não consegue contê-la por muito tempo, então a desce, sorrindo, observando-a dar passinhos trôpegos até mim.

Começou a andar na semana passada.

Eu a pego no colo, beijo e abraço, porque nunca vou conseguir ter o suficiente da minha garotinha. E quando sinto seus bracinhos em volta do meu pescoço, agradeço a Deus, como faço todos os dias.

Caminho até minha esposa, que está grávida outra vez, mas agora de um menino, e a trago para mais perto.

— Ela estava ansiosa. Acho que já sabe a hora mais ou menos em que vem apanhá-la.

Ainda há muitas questões sobre a morte de Nicolo para serem trabalhadas dentro de mim, mas, aos poucos, estou tentando superar algumas barreiras.

A maior delas foi deixar minha filha chegar perto de uma piscina.

Desde os seis meses de idade, matriculei Paola em um curso de natação.

Inicialmente, pensei em pagar um profissional para ensiná-la em casa, mas a pediatra nos disse que seria importante que ela interagisse com outras crianças.

Faço questão de levá-la pessoalmente duas vezes por semana. Não importa que compromisso eu tenha, mudo minha agenda para estar ao lado dela.

Não se trata apenas de dar à minha filha um tipo de habilidade que pode ser necessária no futuro, mas de romper um bloqueio dentro de mim.

A ideia das aulas de natação não foi minha, mas de Luna, e eu relutei um pouco em aceitar. Fiquei uma semana me corroendo, lutando uma batalha interna, mas finalmente percebi que ela estava certa.

No primeiro dia, eu confesso que morri um pouco enquanto a entregava dos meus braços para os do professor. Devo ter ficado sem respirar por alguns segundos, e somente quando a vi mergulhar e depois emergir sorridente, foi que comecei a relaxar.

Ainda assim, continuo atento e acho que esse tipo de reação vai demorar a passar, mesmo tendo certeza de que minha filha ama suas aulinhas.

— Quer vir junto? — pergunto, beijando a testa da minha menina lua.

— Bem que eu gostaria, ela ficou tão linda com esse maiô estampado de fadas que Antonella enviou — diz, mostrando o traje que Paola ganhou da tia —, mas tenho que estudar. Ainda faltam três provas.

Ela está cursando fotografia e muito empolgada em nos fazer de modelos. Minha filha ama. Eu, nem tanto. Mas faria qualquer coisa para ver minha esposa sorrir.

— Porém — ela continua, puxando minha cabeça para um beijo —, tenho planos para logo mais.

Naquela mesma noite

— Acho que vou investir em uma sorveteria — falo enquanto a ensaboo depois de horas de uma brincadeira muito doce em nosso quarto.

— Por favor, não faça isso. Estou virando uma bola — diz, rindo e acariciando a protuberância linda em seu corpo.

— O médico falou que está na média de ganho de peso para cinco meses de gravidez.

— Sim, eu sei, mas é que acho que estou meio viciada em sorvete de morango em você.

— Continue, por favor. O que posso fazer para piorar esse vício?

— Você é um devasso, *signor* Moretti.

— Não posso negar, mas é só com você.

— Se quiser manter todas as suas partes de menino no lugar, é bom que continue assim — ela ameaça, mas em seguida, vira o rosto para trás quando percebe que estou excitado de novo. — Não deveria ficar feliz com isso, italiano. Acabei de dizer que sou capaz de machucá-lo se sua devassidão for estendida a outras representantes do sexo feminino.

— *Bella mia*, eu não quero outra mulher. Então, quando falou sobre meu pau, a única coisa que pensei foi em você de joelhos, embaixo desse chuveiro, me devorando.

Segundos depois, ela rouba meu fôlego, fazendo exatamente o que sonhei.

— Assim, *signor* Moretti? — pergunta, enquanto a língua atrevida brinca com a minha extensão.

Emaranho a mão pelo seu cabelo. Desejo e amor me engolfando na mesma medida.

— Não existe outra, minha Luna. Nunca existirá.

Epílogo 1

Luna

GRAYLAND — TEXAS
DOIS ANOS E MEIO DEPOIS

— Sua família é bem animada — Ricco diz, sorrindo.

Isso, vindo de um italiano que, ao reunir todos os parentes, precisou de um microfone em nosso último Natal, não é pouca coisa.

Estamos deitados na suíte que Mary nos destinou — não na cama, mas no tapete felpudo —, em frente à lareira, depois de fazermos amor.

Nossos dois filhos, Paola e Gianluca, estão sendo paparicados até dizer chega pelos Gray. Minha menina, acostumada a conviver com muitas crianças da família na Itália, demorou um nada para se sentir em casa. É engraçado vê-la tentando conversar com os membros da família Gray, falando metade das palavras em italiano, metade em inglês. Tenho certeza de que, na maior parte das vezes, eles não entendem nada, mas são gentis demais para corrigi-la.

Finalmente conseguimos nos organizar para visitá-los depois de alguns ajustes, tanto nossos quanto do clã texano, já que vovó Mary queria todos reunidos.

Honestamente, eu não sei como ela dá conta. É tanta gente e assunto que não acaba mais, que quando levantamos da mesa ao fim de uma refeição, já está quase na hora da outra.

A simples escolha de onde iríamos nos hospedar foi praticamente um campo de guerra.

Hudson nos queria em sua fazenda, e cada um dos outros quatro Gray ofereceu suas casas.

Meu marido, que apesar da família imensa na Itália, não está acostumado ao modo texano muito acolhedor, preferia alugar uma mansão, helicóptero e um exército de empregados em Dallas.

Mas quem acabou vencendo essa batalha mesmo foi Mary Grace, que disse que não aceitaria que o marido da neta — eu sendo a neta — se hospedasse em outro lugar em sua primeira estada em Grayland.

— Você não faz ideia, mas confesso que adoro esse tumulto. E prepare-se porque amanhã iremos a uma festa no estilo texano.

— Vai usar minissaia e botas? Porque se for, não ficaremos muito tempo lá.

— Eu não me importo. É somente para você conhecer o jeito local de se divertir. Mas já tenho planos para o restante da noite, *signor* Moretti.

— Você faz de propósito — ele acusa, me girando no tapete e prendendo-me embaixo de seu corpo musculoso.

— Não entendi — disfarço, mas já estou sem fôlego e com a pulsação acelerada.

— Claro que entendeu. Sabe que toda vez que me chama assim, me deixa louco. Lembro de quando o fez, logo que nos conhecemos.

— Logo que *você* me conheceu, porque eu já o conhecia há anos.

— Nunca vai me perdoar por não me lembrar, né? — ele pergunta, mordiscando meu pescoço.

— Talvez, se você se esforçar bem. Quem sabe... quando nosso terceiro filho nascer, eu já tenha esquecido.

Eu sinto sua excitação dura como aço contra meu estômago, mas ele para e afasta o rosto um pouquinho depois do que falo.

— Eu vou ser pai de novo?

— Sim. Soube um dia antes de virmos para cá, mas quis esperar estarmos juntos para descobrir o sexo.

Ele agarra minhas coxas e me penetra profundamente.

— Você me transforma em um homem sem juízo, *cuore mio*[75]. Um neandertal que sente vontade de bater no peito e gritar para o mundo: minha mulher e meus filhos!

— Mas é isso que nós somos, marido. Seus amores. Sua vida.

Epílogo 2

Ricco

**SAN BERTALDO
TRÊS ANOS DEPOIS**

Luna, mais linda do que nunca, me acena a alguns metros de distância, enquanto observo nossos três filhos pisando as uvas[76] em um tacho que mandei fazer especialmente para eles.

Os três amam a época da vindima[77] e ficam eufóricos, cada um pegando um baldinho e tesoura — sem ponta, porque eu continuo com o mesmo cuidado obsessivo sobre minha família — para ajudar na colheita.

Eu nunca imaginei, depois que meu Nicolo morreu, que poderia voltar a sentir paz, mas posso dizer que, depois de tantos anos, já consegui me perdoar.

Isso não diminui a falta que sinto dele, mas eu enfim entendi que existem coisas que estão fora do nosso controle.

Eu perdi meu garotinho, mas Deus me deu uma segunda chance.

Às vezes, acordo de madrugada e vou verificar as janelas. Rondo a casa, vejo se o alarme está funcionando. Vou no quarto das crianças conferir se estão cobertos e então, volto para ela.

Meu amor. Minha lua. Meu abrigo.

Uma vez a cada seis meses, voamos para Boston. É lá que se encontra o médico que descobriu sua doença e também o que investiu em um tratamento experimental que resultou em sua cura.

Cada vez que ela entra na sala de exames, eu prendo a respiração.

Tenso, ansioso, ameaçando e fazendo promessas silenciosas a Deus e todos os santos. E sempre que sai com a confirmação da cura, eu me ajoelho e rezo.

Eu brinco dizendo que ela é minha lua, mas isso é simplificar muito as coisas.

Minha esposa é meu amor, minha amante, a mãe dos meus filhos, mas foi também minha salvação. A única capaz de reconstruir meu coração dilacerado.

— Mais meia hora e vocês vão para o banho. — Ouço-a dizer ao nosso miniexército, e em segundos, os protestos começam.

— Tudo bem, já que não é bom o suficiente, vamos embora de uma vez — ela fala, fingindo começar a recolher as coisas.

— Meia hora, *mamma*. Êêêê! — Gianluca muda de ideia rapidinho, Paola começa a dançar e Vito bate palmas, embora eu tenha certeza de que nosso caçula não esteja entendendo nada, apenas indo na onda dos irmãos mais velhos.

E por falar em irmão, eu e Tommaso estamos tão próximos atualmente quanto sou dos meus sete amigos.

Meus filhos o adoram e sei que o amor é recíproco.

Quanto aos outros filhos de Dino, ainda não há amizade entre nós, embora já aceitem Chiara. Ela frequenta a casa deles e adora os sobrinhos.

Há cerca de dois anos, Greta, a mulher que foi por uma existência a amante do meu pai, perdeu a batalha para o câncer.

Sei que minha mãe foi visitá-la e na hora não entendi como, mas Luna me explicou que aquilo não tinha nada a ver com Dino ou até mesmo com a mãe de Tommaso, mas com a necessidade da minha *mamma* de encerrar de uma vez por todas aquela história.

Perdoando Greta em seu leito de morte, minha mãe conseguiu finalmente recomeçar sua própria vida.

Ela está namorando um viúvo que, segundo me contou, foi um dos seus pretendentes descartados na época em que conheceu meu pai. O homem disse que nunca a esqueceu e talvez, agora, ela finalmente tenha sua chance de ser feliz.

— Não saiam daí. Vou falar com seu *pappa* e já volto.

Luna vem e senta no meu colo.

— Pensativo, *signor* Moretti?

— Agradecido. — Aponto para os três bagunceiros. — Vamos ter que dar um banho de mangueira antes de deixá-los entrar na casa. O cabelo de Paola está vermelho do caldo da uva.

— Nossos filhos adoram essa época.

— Eu queria que pelo menos um deles desse continuidade aos negócios.

— De qual você está falando? Investe em tanta coisa que eu fico meio perdida.

— Os outros, como bem disse, são investimentos. Isso aqui é minha paixão.

— Tenho certeza de que um deles vai acabar se influenciando e querendo permanecer na Toscana.

— Quero que sejam felizes e não que se sintam obrigados a dar continuidade, mas mentiria se não dissesse que sonho em ver um dos meus filhos, e não um *CEO* contratado, comandando as vinícolas.

— Bom, se não for um dos três, podemos continuar tentando até fabricarmos um filho apaixonado pela Toscana. Sabe, puramente por uma questão estatística, uma hora a gente acerta.

— E o que tem em mente? — pergunto, porque já conheço aquele ar levado.

— *Hum...* tenho tido um sonho recorrente. Eu e você, nus, em um tacho cheio de uvas... digamos que, ao invés de uma pisa, faríamos um rolar nas uvas. Talvez assim consigamos fazer um apaixonado por vinhos.

Eu me levanto com ela no colo.

— Não sei se faremos um apaixonado por vinhos, mas sou cem por cento a favor de realizar seus sonhos — falo, sinalizando com a cabeça para que as babás cuidem das crianças.

PAPO COM A AUTORA

    Espero que tenham apreciado acompanhar a narrativa de Luna Cox e Ricco Moretti.
    Acho que todos concordaram comigo que ela era o que faltava para reaquecer o coração gelado do lindo bilionário. Luna é uma guerreira que, apesar da aparente fragilidade, sabia o que queria e correu atrás.
    Ela mostrou ao homem que escolheu ainda adolescente que não aceitaria nada menos do que o pacote completo em um relacionamento. E com sua alegria de viver, doçura e determinação, o conquistou.
    Também deu para matar um pouquinho a saudade de Antonella, Hudson, Dante, e também da vovó Mary, né?
    Acho que perceberam que os outros meios-irmãos de Ricco, assim como Chiara, terão sua própria série.
    Um abraço e até a próxima aventura.

D. A. Lemoyne

SOBRE A AUTORA

D. A. Lemoyne iniciou como escritora em agosto de 2019 com o livro Seduzida, o primeiro da saga Corações Intensos. De lá para cá, foram várias séries de sucesso como Alma de Cowboy, Irmãos Oviedo, Alfas da Máfia, dentre outras, além de duologias e novelas.

Sua paixão por livros começou aos oito anos de idade quando a avó, que morava em outra cidade, a levou para conhecer sua "biblioteca" particular, que ficava em um quarto dos fundos do seu apartamento. Ao ver o amor instantâneo da neta pelos livros, a senhora, que era professora de Letras, presenteou-a com seu acervo.

Brasileira, mas vivendo atualmente na Carolina do Norte, EUA, a escritora adora um bom papo e cozinhar para os amigos.

Seus romances são intensos, e os heróis apaixonados. As heroínas surpreendem pela força.

Acredita no amor, e ler e escrever são suas maiores paixões.

Contato: dalemoynewriter@gmail.com

Made in the USA
Las Vegas, NV
29 January 2025